404 이름을 찾을 수 없습니다

무명 장편소설

404 이름을 찾을 수 없습니다.

지 은 이 무명
발 행 인 김홍열
발 행 처 율도국
디 자 인 김예나
초판발행 2020년 4월 20일
주   소 서울특별시 도봉구 시루봉로 286 (도봉동 3층)
출판등록 2008년 7월 31일
홈페이지 www.cafe.naver.com/uldo
이 메 일 uldokim@hanmail.net
I S B N 979-11-87911-52-4 (03810)

404 이름을 찾을 수 없습니다

평화를 깨뜨리는 미사일이 날아왔다. 낯선 발신자 번호였다. 처음엔 바로 끊었다. 곧이어 같은 번호로 다시 전화가 왔다. 또 끊었다. 또 다시 같은 번호로 전화가 왔다. 이번엔 받지 않을 수 없었다. 지독한 스팸 전화일리는 없었다. 굵은 남자 목소리였다. 안나의 남편이냐는 전화였다. 노아는 뭐라고 대답할지 고민하다 그렇다고 대답했다. 언젠가 안나가 노아라는 이름으로 저장한 것까지 봤지만, 어느새 남편으로 저장돼있나 보다, 하고 직감했다. 기분이 좋았다. 발신자는 동료 직원이겠거니, 생각했다.

남자였다. 그는, 오늘 저녁 8시에 안나가 차 안에서 자살했다고 건조하게 전했다.

욕을 잘 하지 않는 노아였지만 욕이 튀어나왔다. 이런 심한 장난을 치는 미친놈에게 거친 욕설 말고는 방법이 없었다. 장난이었다고 사과하는 말을 뱉어내게 하려고 생각나는 대로 심한 욕을 다 쏟아냈다.

갑자기 큰 소리로 욕을 하는 모습에 옆에 있던 수지도 어리둥절했다. 표정을 보니 화가 나서 하는 욕이 아니었다. 무서워하고 있었다.

상대가 대답할 시간도 없이 노아가 욕을 하고는 일방적으로 전화를 끊었다. 욕은 데시벨을 낮췄지만 씩씩대며 계속 나오고 있었다. 노아가 손톱을 물어뜯으며 시선을 고정하지 못했다. 몸을 이리저리 흔들면서 휴대폰으로 어딘가 전화를 걸려고 하던 순간이었다.

다시 전화가 왔다. 형사였다. 마음을 이해한다는 의례적인 인사를 서둘러 하고, 자신의 말을 덤덤히 이어갔다. 안나가, 예약 문자라는 것을 밝히고 가급적 빨리 시신을 인계해 장기를 필요한 사람에게 전달해달라고 했단다.

시신기증 서약서를 기반으로 자살로 사건을 종결하고 장기 적출을 위해 병원으로 보내도 되냐고 물어왔다.

갑작스러운 충격에 도무지 견딜 수 없었다. 장난 전화라면 좋겠다고 생각했다. 어떻게든지 빌어서라도 장난이었다, 는 말을 듣고 싶었다.

형사는 짧은 유서도 남겼으니 와서 확인해달라고 했다. 휴대전화의 발신 목록에 남편이라고 저장돼 있어서 전화했다고 말했다. 그는 가족들에겐 직접 전달하겠냐고 물었다.

모든 질문에 "네…" 라는 말밖에 할 수 없었다. 덤덤한 형사의 어투에 장난은 전혀 없었다. 안나가 죽었다. 죽어버렸다.

달리 무엇을 물어볼 정신적인 여유도 없었다. 안나 가족들에게는 형사 전화보단 직접 전화하는 게 그나마 나았다.

형사는 푸른병원 데스크에서 기다리고 있겠다고 했다. 전화를 끊자 머릿속에서 미사일 뇌관이 터졌다. 노아는 그 자리에서 산산조각 났다. 도저히 서 있을 수 없었다. 비틀거리다 바닥에 주저앉아버렸다. 얼굴의 열기가 온 몸으로 퍼져나갔다. 울음소리도 나지 않았다. 어깨가 거칠게 흔들렸다. 짐승의 울부짖는 표정으로 두 손을 얼굴에 계속 비볐다. 계속 마른 세수를 하며 스스로 얼굴을 때렸다.

수지는 안나가 죽은 이유를 물었지만 노아는 말조차 할 수 없었다.

안나에게는 여동생 미나가 있었는데 특별히 자주 통화를 하지는 않았지만 살가운 성격 덕분에 친했다. 오빠가 없어 노아를 더 오빠처럼 따랐다. 셋이서 식사도 자주했다.

"어떻게 말해야하지…"

쪼그려 앉아 휴대전화를 두 손으로 고이 붙들고 기도하는 자세로 생각했다. 여러 번 전화를 했다가 끊었다, 를 반복했다. 동물원 속의 동물처럼 같은 행동을 반복했다.

"……"

미나가 전화를 받았지만 말을 하진 못했다. 거친 숨소리만 나왔다.

"오빠가 웬일이야, 술 먹은 거야?"

"…… 아니, 엄마는 뭐하셔?"

"내일 일찍 아빠 납골당 다녀오신다고 주무실 준비하시는데, 언니는 아직 안 들어오고."

"그래……"

"웬일로 이 시간에 전화를 하고, 진짜 술 마신 거 아니야?"

"언니가... 죽었어."

"……"

정적이 흘렀다. 휴대폰 너머로 숨소리만 들렸다.

"오빠, 그런 농담하면 못 써, 술버릇이 왜 그래… 술도 잘 안 마시는 사람이."

"내가 지금 갈게… 엄마한테는 대신 얘기해줘…"

"무슨 말이야, 대체?"

미나의 목소리가 커졌다.

"언니 자살했어. 푸른병원 데스크에 가면 형사님 있을 거야…"

미안하다는 말을 꺼내려하자 전화가 툭 끊겼다.

수지에겐 전화 내용으로 설명을 대신했다.

"내가 운전해줄까?"

수지의 말에 노아는 말없이 고개를 저었다. 비틀거리며 힘겹게 몸을 운전석에 올렸다.

"내가 운전해주는 게 나을 거 같아서."

"가볼게…"

왜 죽었을까?

자신의 이름마저 버린 채, 안나의 죽음을 처음부터 복기하기 시작했다.

어쩌면 선전포고를 평화협정으로 오해했을까. 이미 늦었다. 이유야 어찌됐든 결과는 쑥대밭이었다. 그래도 반드시 복기 해내야만 했다. 정확한 죄명을 알아야 정확한 형량을 알 수 있었다. 하지만 번 아웃된 뇌는 점점 과부하 돼 총기가 점점 사라졌다. 흐려지는 총기를 다잡고 안나를 만나기 전부터 거슬러 올라가 복기해나갔다.

*

안나를 만나기 전, 노아는 경제적 실패로 인간관계가 파탄 났고, 마음과 지갑에도 메워지지 않는 큰 구멍이 생겼다. 처음엔 싱크대가 없는 작은 원룸이었다. 그 다음에는 개인 욕실도 없는 두더지 굴 같은 곳이었다. 굴의 월세 납입 일자도 조금씩 늦어지기 시작했다.

휴대폰도 노아와 같이 고요해졌다. 벨소리에서 진동으로, 다시 무음으로 변했다. 누군가로부터의 연락이 두려워졌다. 노아는 점점 움츠러들고 작아져 쫓기듯이 어머니의 세계, 태고의 보금자리로 숨어 들어갔다. 찢기고 발긴 만신창이가 갈 다른 곳은 없었다.

사람이 익은 복숭아보다 약한 것도 자연의 이치였다. 크고 작은 충격들은 알게 모르게 노아의 뇌에 가해졌다. 뇌의 안쪽에는 아몬드 모양의 편도체가 있는데, 이것이 작동하지 않으면 두려움을 느끼지 않고 때론 무모한 행동을 가능하게 한다. 노아의 뇌에서 아몬드가 깨졌다. 본능적 공포가 사라졌다. 이로서 노아에게 남은 것은 생존을 위한 자연계의 원초적 본능뿐이었다.

*

"내가 뉴스를 하나 만들어 보려고 하는데."

"뉴스?"

"100억 원의 홍보비를 쓰는 것보다, 뉴스를 만들면 그게 마케팅이 되니까."

"뉴스를 만들어?"

안나는 어리둥절하다는 표정이었다.

"그게 무슨 말이야?"

"말 그대로, 뉴스를 만드는 거야."

"그냥 돈을 써서 광고를 하는 건 안 돼?"

"내가 돈이 없잖아."

"응… 그래서, 그 뉴스라는 건 어떻게 만드는 건데?"

"이름을 훔치는 거야."

"이름을 훔치다니…"

안나는 말을 흐렸다. 입술에 침을 묻히고 눈을 또렷이 쳐다보며 다시 물었다.

"혹시 불법은 아니지…?"

"당연하지, 이보다 합법적인 것은 없어."

"훔치는 게 합법이라니… 자기가 무슨 말하는지 모르겠어. 또 장난치고 웃기려는 거야?"

"아니, 훔친다기보다 이름을 합법적으로 빌린다고 표현해도 되겠다. 어차피 같은 거니까."

노아는 계속 말을 이어갔다. 호흡이 빨라지고 눈이 커졌다. 약간 상기된 표정이었다. 자신의 계획을 풀어놓을 때의 표정을 안나는 감지했다. 그가 설레는 표정은 늘 같은 표정이었기 때문이다.

"세계에서 가장 큰 회사, 생각나는 거 몇 개만 말해볼래?"

"그야…미국 아마존, 애플, 마이크로 소프트, 구글 정도 아닐까? 석유회사들도 있고…"

"대충 맞아, 자기가 말한 4개 중에 2개의 이름을 훔치려고."

"이렇게 큰 회사의 이름을 훔친다고? 그게 대체 무슨 말이야, 가능한 거야?"

안나는 바로 휴대폰을 꺼내 시가총액이 얼마인지 검색했다.

"아무 회사를 조합해서 더해도 시가 총액이 2조 달러가 넘는데… 여기 회사들 직원 수만 몇 만 명이야… 아니 몇 십만 명은 될 걸? 자기는 한 명이잖아… 뭐 하려는 거야?"

"그래서 훔치려는 거야. 여러 명이면 발각될 확률이 높으니까 혼자가 편해."

"… 응? 농담하는 거지?"

"혹시나 놀랄까봐 미리 말해주는 거야. 어떤 일이 있어도 놀라지 않기로 약속해."

"자기를 믿긴 하지만…"

안나는 중얼거리며 말을 더했다.

"당장 은행에 가도 저 만큼의 돈은 없을 거 같은데…"

"요즘 은행에는 돈 없어. 재밌는 거 하나 알려줄까? 전 세계 돈을 다 합치면 얼마나 될 거 같아?"

"음… 나야 모르지."

"80조 달러."

"미국 달러 맞지?"

안나의 엉뚱함에 노아는 웃으며 고개를 끄덕였다.

"응, 그럼 지폐나 동전으로 돌아다니는 돈은 얼마나 될까?"

"절반 정도는 되지 않을까?"

"아니, 5조 달러. 1/16 정도밖에 안 돼. 근데 이것도 줄어들고 있어. 나머지는 컴퓨터에 숫자로만 존재할 뿐이야. 진짜 중요한 것들은 눈에 잘 안 보이잖아."

"하긴 나도 현금을 잘 안 쓰니까…"

순간 안나의 머릿속에 뭔가 스쳐 지나간 듯 진지한 표정으로 바뀌었다.

"설마 해킹 하겠다는 거야…?"

"아니. 해킹은 불법이잖아. 난 불법적인 건 안 해. 가장 합법적인 방법으로 이름을 훔치는 거야."

"뭔가 실감이 전혀 안나… 평생 월급만 모아도 아파트 한 채 사기가 어려운데 조 단위 금액이… 근데 이름을 훔친다는 거… 그게 불법인 건 진짜 아니지?"

"응, 조금만 지나면 알게 될 거야."

"큰 일만 벌이지 말아줘… 나 심장 약한 거 알지?"

"잘 알지. 자기는 공무원 되길 잘했어."

타고난 성격은 고치기 어렵다. 누구는 성격이 환경적인 요인이라고, 또 누군가는 유전적 요인이 크다고 한다. 비슷한 사람끼리 끌린다고 하고, 반대인 사람끼리 끌린다고도 한다.

노아와 안나. 이름은 비슷했지만 둘은 완전히 반대에 있는 사람이었다. 조용하고 차분한 성격의 시청 공무원인 안나와 노아는 애초에 다른 종의 인간이었다. 대개 안나는 잘 숨겼고 노아는 잘 드러냈다. 조용했고 시끄러웠다. 안나의 세포는 헌신으로 이뤄져 있었고, 노아는 꿈으로 이뤄져 있었다.

노아는 포드의 모델T를 시초로 한 대량 생산의 기성품이 되기 싫어했다. 막스 베버의 관료제도 싫었다. 위태위태한 스타트업을 하면서 스스로를 인간 형상을 한 벌레에 비유했다. 좋고 싫음이 분명했고, 특히 좋아하는 것에는 더 진한 분명함이 있었다. 그는 역설적이게도 이성보다는 욕망과 본능을 충실히 따르는 것이 인간성을 회복하는 것이라고 말하곤 했다.

하지만 아이러니다. 극과 극은 서로 끌리는 법이었다. 인류의

DNA 알고리즘이 그렇게 짜여있다. 서로 다른 유전자가 끌리게 된 게 인류 진화의 자연스러운 과정이다. 그래야 근친을 막고 건강한 교배종이 만들어진다.

"나도 알아. 난 미래에 대한 기대보다 두려움이 더 커. 공무원이 내 성격에도 조금은 맞아. 그리고 나중에 연금도 나오잖아."

*

퍼런 냄새로 싸인 고요한 새벽, 갈대는 나지막이 깔린 새하얀 안개를 덮고 있었다. 봉긋한 두 산을 타고 벌건 해가 떠오르자, 안개는 서둘러 들춰졌다. 갈대 사이로 속살을 드러낸 바다는 햇빛을 튕겨내며 반짝였고, 갯벌은 반들거리는 기름진 민낯을 부끄럽게 드러냈다. 드디어 깨어났다.

노아는 잠든 안나가 깨어날 때의 모습을 가장 좋아했다. 잠에 취해 꿈틀거리면서 안겨오는 모습, 그러니까 아무나 못 보는 진짜 모습을 보는 걸 좋아했다. 아직 잠에 취한 일그러진 표정, 적당히 단입 냄새와 헝클어진 머리, 정리 안 된 옷매무새를 좋아했다.

늘 다이어트를 하겠다고 입에 달고 살지만, 적당히 오른 살집은 큰 매력으로 비춰졌다. 등 돌려 잘 때면 말랑한 배를 쓰다듬는 게 좋았다. 그런 안나를 밤에 안는 것과 아침에 안는 것은 달랐다. 노아는 아침의 새로움을 더 좋아했다.

그의 입은 웃고 있었다. 오랜만에 진정한 의미의 웃음이 묻은 숨결이었다. 가슴 속에서 작은 기쁨들이 거품처럼 무수히 터지는 것 같았다. 얇은 미소도 슬며시 내보였다. 발걸음은 경쾌했고 이따금씩 한 쪽 어깨와 다른 발을 높게 들쳐드는, 누가 봐도 신나는 발걸음으로 걷고 뛰었다.

중간 중간 예쁜 경치를 찍고 스스로의 모습을 사진에 담기도 했다. 사실 노아는 평소 사진을 찍지 않지만 기분이 좋으면 그 모습을 스스로 찍곤 했다. 기분이 최고조에 이르면 스스로 찍은 얼굴 사진을 안나에게 보내기도 했다.

대개 가짜 웃음은 숨기기 힘들기 마련이다. 사람 상대하는 직업을 가진 사람들의 입 꼬리를 자세히 보면 알 수 있는데, 능숙하지 못한 초짜는 입 꼬리의 부자연스러움이 때론 기괴한 모습으로 나타나기도 한다. 입은 웃지만 눈은 웃지 않는다. 이는 보는 사람을 더 민망하고 괴롭게 한다.

노아는 표정 관리를 매우 잘 하는 편이었고 최선을 다해 웃었다. 속마음을 절대 들켜선 안 된다는 강박이라도 있는 듯 어떤 상황에서도 화를 내는 법이 없었다. 대신 차가워지는 것으로 대신 냈다. 그에게 웃음의 종류는 매우 다양하게 나타났다. 낯선 이를 만날 때의 사회적 웃음, 화났을 때의 웃음, 슬플 때의 웃음. 진짜 웃음은 대자연이나 안나를 마주할 때만 보였다.

불면증을 앓은 뒤였다. 노아는 집에서 무의미한 밤을 채울 바에야 자연을 보자고 마음먹었다. 그래서 종종 밤을 새워 별을 보거나 어두운 바다의 파도 소리와 동침하곤 했다.

그는 중고로 산 흰색 SUV를 타고 다녔는데 이름을 마렝고라고 지어주고, 그 이니셜을 차 뒤에 새겼다. 주행거리 10만km를 넘긴 마렝고가 그의 유일한 재산이었다.

마렝고 뒷문에 걸터앉거나 2열 시트를 접어 누워있는 걸 좋아했다. 비 오는 날 마렝고를 타고 빗소리를 곁들인 음악을 듣는 게 좋았다. 2열 시트를 접고 뒷문까지 닫으면 완벽한 개인 공간이 만들어졌다. 처음에는 필요할 때마다 세워진 2열 시트를 접었지만, 매번 접기도 귀찮아 아예 접고 바닥에는 쿠션을 놓았다. 이불과 베개도 가져다 놓았다. 여벌의 옷과 신발은 작은 바구니에 담았다.

2명이 누워서 잠들기에도 크게 부족하진 않았다. 그 공간을 침대 삼아 잠을 자기도, 음악을 크게 듣기도, 때로는 자위를 하기도 했다. 온 힘을 다 해서 웃기도 울기도 했다. 노아는 그 공간에도 작은 우주라는 이름을 지어 주었다.

누군가에겐 자연이 오르가슴의 대상이 된다. 위대한 예술작품을 마주하면서 심장이 두근두근 뛰고 의식 혼란, 어지럼증, 상황에 따라서는 환각까지 경험하기도 한다. 이를 두고, '스탕달 증후군'이라고 이름까지 있는 것처럼. 자연을 품에 안는 것이 사랑하는 이를 안을 때만큼 황홀할 때가 있다.

"언젠가는 꼭 자연 속에서 내 사람을 안고 싶다."

대자연 속에서 사랑을 나누는 것이 노아의 로망이었다. 오르가슴과 환각은 비슷하다. 크게 보면 차이가 없다. 자연에 대한 의존

성이 높아진 노아는 바다, 산, 강. 여러 자연을 대상으로 환각을 즐겼다.

되짚어보면 우울증상이 커지면서부터 자연에서 위로받는 일이 잦아졌다. 정신과에 다니긴 했지만 처방 받은 여러 종류의 약은 먹지 않았다. 그저 의사와 상담하는 것만이 약간의 치료 효과가 있다고 생각했다. 정신과적 문제를 유일하게 이야기할 상대가 되었기 때문이다. 그마저도 상담 시간까지 만이었다. 향정신성의약품이라는 명칭도 무서웠고, 무엇보다 약을 먹은 후 기억이 종종 끊기는 것이 두려워 약물은 입에 대지도 않았다.

약보다는 근본적인 처방을 대자연에서 찾으려고 했다. 어차피 치료 방법 또한 내부에 있을 터. 노아는 자연 속에서 자신이 하찮은 존재라는 것을 느낄 때 비로소 자유를 찾았다. 어둠의 바다에서 반짝이는 별을 볼 때 느끼는 부질없음, 허무함, 하찮음을 만끽했다.

"10억 년 전의 불빛이 지금 내 눈에 닿다니. 볼수록 신기하다. 티끌만도 못한 버러지만도 못한 나인데. 뭘 두려워해야 하나. 그냥 살면 되지."

노아는 혼잣말로 중얼거렸다.

대자연과 동침한 날이면 잠을 자지 않아도 대뇌 피질이 깨끗하게 씻기는 기분, 머리가 산뜻해지는 기분을 즐겼다.

철새 도래지로 유명한 이 곳은 주변에 인가가 없었다. 철새들을 위해 전봇대도 모두 뽑았다. 광원이 전혀 없다보니 달이 밝으면 달빛에만 의지해 걷는 것을 즐겼다. 그렇게 밤과 아침을 동시에 만나러 그 곳에 가곤 했다.

노아는 안나의 취침 알람 시간을 알고 있었다. 매일 아침 7시 30분. 그에 맞춰 일출 사진을 7시 29분에 보냈다. 어김없이 7시 30분, 늦어도 7시 32분에는 안나의 연락이 온다. 공무원인 그녀는 시간 개념 하나만큼은 완벽했다. 스스로도 학창 시절부터 직장 생활을 하는 지금까지 단 한 번도 지각을 한 적이 없다고 자랑스럽게 말하곤 했다.

"오늘도 혼자 간 거야? 같이 가자니까…"

안나는 아침 7시 30분이면 어김없이 노아에게 연락했다. 주로 잘 잤냐는 인사였지만 하루 밤 사이의 마음은 다치지 않았는지 오랜 시간 연락이 닿지 않은 사람에게 안부를 묻는 느낌이었다. 안나는 일출 사진을 보고, 약간은 서운해 하는 눈치를 보냈다.

"12시쯤 누웠는데 눈을 감을수록 머릿속이 또렷해져서 그냥 나왔어. 다음엔 꼭 같이 오자."

평범한 일상을 공유한지도 꽤 시간이 흘렀다. 남자가 나이가 들면 진정한 의미의 친구는 많이 사라지는 게 보통이다. 가벼운 사이는 매우 사소한 계기로 걸러진다. 어쩔 수 없다. 가짜 웃음은 많아지고 가짜 친구들이 많아진다.

인간관계에서 불필요하게 부정적인 기운이 전해지기도 하고, 듣고 싶지 않은 이야기를 듣다보면 굳이 만남의 필요성을 느끼지 못할 경우가 많아진다. 그런 노아에게 유일하게 일상을 나눈다는 건 여자 친구 이상의 의미였다. 친구, 의사, 애인, 가족의 역할이었다.

"나 오늘 월급 받았는데, 지갑에 얼마나 있어?"

"내가 술, 담배도 안 하는데 돈 쓸 일이 뭐 있어. 안 줘도 돼."

안나가 유일하게 고집을 피우는 부분이 노아의 주머니 사정이었다. 종종 노아의 지갑에 지폐를 몰래 넣어두곤 했다.

꿈이 높을수록 추락의 고통은 컸다. 노아는 사업에 실패한 후 영상을 편집하는 아르바이트를 하며 생계를 근근이 이어나갔다. 이메일로 영상 원본을 받으면 효과를 넣어 꾸미는 방식이었다. 1시간 분량을 편집하려면 7,8시간의 작업 시간이 필요했는데 건설 현장 노동자의 하루 일당 정도는 받을 수 있었다. 그렇게 한 달에 10번 정도의 작업을 했다.

자동차 유지비와 커피 값, 가벼운 간식 비를 제외하면 돈 쓸 곳이 없어 부족하지도 않은 수입이었다.

안나는 월급날이면 꼭 노아의 지갑 두께를 확인했다. 뻔 한 공무원 월급이었지만 특별한 기념일이라도 된 양 조금은 비싼 곳에서 저녁을 함께 먹었다. 메뉴는 주로 장어 같은 고급 생선이었다. 제철 생선은 노아가 가장 좋아하는 특식이었다.

초겨울의 생선은 월동준비에 바쁜 시간이었다. 기름을 잔뜩 머금고 살을 찌우는데, 살 찐 생선에 시간을 더하면 맛은 곱절이 됐다. 껍질에서부터 오는 고소함이 입안에 퍼진다. 사실 어떤 소스도 필요하지 않다. 숙성과정에서 나오는 감칠맛이 으뜸이다. 하루 이틀의 시간이 만들어낸 선홍빛 살점에 소스를 찍는 건 어찌 보면 바보들의 짓이다. 그들에게는 싸구려 회를 갖다 줘도 마찬가지다. 숭어회 같은 거 말이다. 노아는 그런 숭어를 보며 맛이 숭해서 숭어, 라고 말하곤 했다.

자연산 장어 샤브샤브를 앞에 두고 노아는 시간의 흐름을 빨리 돌리고 싶었다. 택배 기다리는 것과 배달 음식을 기다릴 때, 맛있는 음식이 차려질 때는 시간을 돌려버리고 싶었다. 빨리 늙어도 좋을 맛이었다. 죽음을 앞당겨도 될 만큼 맛있는 맛이었다.

이내 상차림이 끝나고 샤브샤브 육수가 끓는다. 칼질을 수 백 번 해서 뼈를 하나하나 손질한 장어를 뜨거운 육수에 넣자마자 꽃이 핀다. 그 모양새 또한 예술이다. 고소한 장어 기름 냄새는 스님의 엉덩이도 들썩이게 만들 만큼 강력한 기세로 퍼져나갔다.

추가로 선어회도 시켰다. 추가 메뉴로 전락해버렸다고 성을 내지는 않을까, 할 정도로 그 또한 대단한 맛이다. 우열을 가릴 수 없다. 생선회를 하루 정도 숙성해 감칠맛을 더한 선어회는 일품이었다. 입과 눈이 동시에 열리고 턱의 움직임이 빨라진다.

음- 소리를 내지 않을 수 없다. 미각에 둔감한 안나의 눈조차 커지게 한다. 갓 잡은 활어회보다 선어회가 더 부드럽고 맛있다. 선어회를 먹고 만약 소리를 내지 않는다면 불감증일거야, 라고 입 밖에 내려고 했지만 참았다. 노아 턱의 RPM이 더 빨라져서다. 말하는 것도 참았다. 시간과 공간의 개념을 휘게 만드는 맛이었다.

식사 후에는 꼭 신용 카드를 노아에게 건네 계산하도록 했다. 핑크색 일색이었던 신용카드를 중성적인 디자인으로 재발급 받을 정도로 배려 깊었다. 1차 식사를 하고 2차는 조용히 대화할 수 있는 근교의 카페로 갔다. 안나의 월급날 반복되는 데이트 코스였다. 서로 다른 둘이었지만 술집보다 카페가 편했고, 게임보다 책장을 넘기는 독서가 편한 아날로그형 인간이라는 접점이 있었다. 그런 안나는 노아가 부담을 갖거나 민망하지 않도록 늘 하는 말이 있었다.

"나중에 자기가 돈 많이 벌면 더 맛있는 거 사줘. 그 때 실컷 얻어먹을 테니까. 그 때는 비싼 것만 먹을 거니까 긴장해."

혹시라도 노아가 가질 부담을 모두 없애려고 자주 하는 말이었지만 남자의 자존심이라는 것이 쉽게 사라지는 성질의 것은 아니었다. 노아는 사실 부담을 가지는 것이 더 좋았다. 부담은 곧 그녀를 위한 책임으로 변했다. 책임감을 가질 때 사랑을 느꼈다.

둘은 눈을 보면서 때로는 진지하고 깊은 얘기하는 것을 즐겼다. 영화를 보고 다른 해석을 얘기하는 것에서부터, 어떻게 살아야 행복하고 의미 있는 것인지, 어떤 사람으로 죽어야 하는지, 오래 얘기해도 답이 나오지 않는 철학적인 이야기였지만 그런 대화 주제도 즐거워했다.

안정적인 직업의 안나에게 노아의 거칠면서도 다양한 실패담은 흥미로운 주제였다. 노아도 그런 얘기를 즐거워했다, 주로 안나가 질문을 하고 노아가 답변을 하는 대화 방식이었다.

처음 가보는 카페. 인테리어에 힘을 잔뜩 준 카페에서 연인들이 사진 찍기에 여념이 없다. 한껏 꾸민 여자들은 입을 삐쭉 내밀며 귀여운 표정을 짜내며 사진을 찍고 있었다. 입술 모양을 구겨서 한껏 도도한 표정으로 사진을 찍는 사이, 혹 눈이라도 마주치면 서로가 민망한 상황에서 노아는 안나에게만 시선을 고정했다. 사랑을 주제로 이야기하면 더 풍성할 것 같은 분위기의 카페였다. 하지만 그 날은 유난히 진지한 분위기로 시작했다.

"어제 TV 보는데 인상적인 사람이 나오더라. 창업하다가 실패하고 다시 일어난 사람이 하는 강연이었어."

노아가 무뚝뚝하게 대답했다.

"응."

"거기서 이런 저런 거 질문할 거리를 줬는데 조금 의미 있는 거 같았어."

"그게 무슨 질문이었는데?"

안나가 말했다.

"자기는 성공의 자산과 실패의 자산 중 어느 것이 더 크다고 생각해?"

TV에 나온 강연가의 생각과 어떻게 다른지 진지하게 들어보고 싶은 말투였다.

"실패의 자산? 나이든 꼰대가 하는 재수 없는 얘기밖에 더 돼?"

노아는 자기계발 강사의 식상한 질문에 답하듯 건조한 말투였다. 왜 이런 분위기 좋은 카페에서 실패라는 말을 꺼내는지 의아했다. 약간의 퉁명도 섞여있었다. 그리곤 이내 목을 가다듬고 말을 이어갔다. 흡사 어른 아이의 흥미로운 질문에 대답해주는 것 같은 아버지의 표정이었다. 자신의 철학이 명확한 주제였기 때문이었다.

"실패는 말이야 재앙이야. 재해, 재난이고. 매일 수십 통씩 오는 독촉전화, 하루가 멀다 하고 날라 오는 법원 서류, 채권추심 업체 사람들. 사람이 사라지는 느낌이야. 내가 점점 작아지다가 결국 점이 되고 이 점마저도 사라지는 느낌. 붕괴하는 게 아니라 사라지는 거야. 큰 이상이 무너질 때 생기는 공허함은 어떤 것으로도 채우기 힘들어. 부푼 풍선이 꺼지면 안에 있던 공기는 흩어지고 사라지잖아. 잡을 수 없어. 우울감, 불안감, 공황, 불면증에 위장병까지. 융단폭격 맞은 패전국의 도시처럼 몸 안팎에 큰 상처가 생겨. 근데 재밌는 게 뭔 줄 알아? 시간이 지나면 조금씩 무뎌진다는 거야. 그래서 시간이 무서운 거야. 내성이 생겨. 바이러스처럼."

노아는 거침없이 얘기했다.

"아까 라디오를 듣는데 한 CEO가 인생이 힘들 때는 자서전에서 가장 힘든 부분을 쓰고 있다고 생각하래. 그 이야기 듣는데 자기가 생각나서."

노아의 목소리가 약간 커졌다. 주변의 커플이 힐끔 쳐다보는 것을 느꼈는지 목소리를 낮추고, 안나를 향한 시선도 낮췄다. 속삭이듯 말을 더했다.

"웃기는 소리야. 그건 정말 밑바닥까지 떨어져보지 않은 사람들이 하는 허울 좋은 언어 수사에 불과해. 실패는 무조건 가난을 동반해. 무조건. 가난은 감옥의 독방 같은 거야. 수 없이 날아오는 독촉장이라는 창살 하나, 압박 전화라는 창살 둘, 가난은 시간을 왜곡해. 사소한 은행 일을 보더라도 시간이 더 필요해. 그래서 창살 셋, 심리적으로 위축되니 창살 넷, 가난은 또 몸과 마음을 헤쳐. 창살 다섯, 가난은 숨기고 싶지만 알아차리기 쉬워. 지워지지 않는 얼룩 같아. 어떻게든 표시나 나게 돼 있어. 표정과 걸음걸이에서도 묻어나오거든. 그래서 창살 여섯…. 감옥에서 나오는 방법은 두 가지야. 착실하게 순응하면서 형기를 채우다 죽는 것, 아니면 감옥을 부수는 거.”

노아는 목소리에 힘을 약간 주며 진지한 표정으로 말을 이어갔다.

“실패 한다는 건 PTSD, 외상 후 스트레스 장애야. 전쟁이나 고문, 천재지변을 겪고 나면 생기는 트라우마.”

노아는 거침없이 이야기를 이어나갔다. 약간의 미소도 흘러 나왔다.

“근데 웃긴 게 실패해도 꿈을 꾸는 것 자체가 재밌어. 그러니까 계속 하잖아. 내가 죽어야 끝나는 거야. 실패의 고통은 처음엔 끝이 안 보이더니 여러 번 실패하면 고통의 주기가 짧아져. 만성질환 같은 거지. 한 번 걸리면 절대 낫진 않는 거. 관리를 잘 하는 게 가장 중요해. 관리 못하면 자칫 손, 발을 다 잘라야 하는 고통이 따르니까.”

노아에게는 실패에 관해서라면 확실한 철학이 있었다. 경험에서 체득한 철학이었다. 하지만 이런 분위기 좋은 카페에서 할 이야기는 아니었다. 안나는 꽤 흥미롭게 듣고 있었다.

하긴, 실패라는 것도 도전을 해야 알지, 공무원이 무슨 도전이라는 걸 해봤겠어, 라고 노아는 생각했다. 친구 사이였다면 분위기 깨는 질문하지 말라고 한 마디 했을 거였다. 하지만 사랑하는 안나가 살아오면서 큰 경제적인 굴곡을 경험하지 못한 것이 어쩌면 다행이라고 생각했다.

안나는 노아의 실패담이 들을 때마다 즐거운 주제였다. 노아도 사실 자부심이 있었다. 실패를 여러 번 했다는 것은 여러 번 도전해온 증거였다. 요즘은 누가 도전이라는 것도 잘 못하는 겁쟁이들이 판치는 시대, 라고 스스로 위안 삼았다.

*

도시와 시골에는 시차가 있다. 특히 겨울철 시골의 밤은 유난히 더 길다. 노아는 도시와 시골의 중간쯤 되는 도시에 살았다. 그는 이곳에서의 하루는 36시간처럼 길다고 입버릇처럼 말했다. 빽빽함 보다는 여백을 깊이 좋아하는 노아에게 이보다 좋은 곳은 없었다. 36시간의 여유로움이 좋았다.

일찍 어두워지는 겨울은 가벼운 계절성 우울증을 동반하기도 하는데, 일조량 감소로 사람의 기분을 담당하는 세로토닌 농도도 감소한다. 겨울이 오기 전 찾아오는 이른 어둠. 노아는 이 어둠을 지독히 싫어했다. 어둠 안에 숨겨진 슬픔이 있다고 생각했다.

해가 짧게 끝난 어느 날 노아는 새로운 사실을 발견했다. 자신에게는 실패로 이끄는 관성이 있다는 사실을. 뭘 해도 안 되는 인생이 있다. 아니 뭘 해도 안 되는 시기라고 하는 게 정확하겠다. 그게 1,2년이 될 수도, 때론 10년 20년 어쩌면 평생이 될 수도 있다. 수많은 실패들과 그 안에서 생기는 아주 미세한 성과들을 위안 삼아 겨우 겨우 살아가는 것이 인생이다.

그것이 노아의 인생이었다. 그도 그럴 것이 실패가 연속되고 만성화되면 포기하는 단계를 넘어서버린다. 7번 실패하든 8번 실패하든 상관없는 것처럼. 오히려 원자핵을 둘러싼 전자처럼 자만심이 그를 둘러싸게 되는 지경에 이르는 것이다.

마치 술에 취한 사람처럼 혈중 자만심 농도가 높아지고 겁이 없어진다. 스스로를 객관적으로 바라보지 못하고 "안 취했다."를 반복하는 취객처럼 만취한 상태로 사는 것이 더 편했다.

이쯤 되면 꽤나 거칠고 괴팍한 성격도 바뀐다. 실패와 절망에 침식되면서 둥글고 부드럽게 변한다. 이게 더 깎이면 달관한 모습처럼 보이기도 한다. 노아는 둥글게 변해가는 과정이었다.

월급이 많지는 않지만 안정적인 직장을 가진 안나는 자신의 모습과는 정반대인 그런 노아의 모습을 인정하고 지지해주었다. 안정적인 사람이 보기에 노아의 위태로우면서도 하고 싶은 걸 다 하며 사는 모습은 분명 색달라 보였을 것이다. 어쩌면 안나의 욕망을 대신하는 노아의 모습을 사랑하는 것인지도 모른다.

안나는 말단 공무원이었고 반복되는 따분한 생활을 이어가는 것에도 지쳐가고 있었다. 그런 와중에 교회에서 만난 노아와의 대화에 공감했고 때로는 같이 슬퍼하고 분노하기도 했다. 거칠었던 노아의 태도는 안나를 한 순간에 장악했다. 길거리의 다친 새끼 고양이를 안쓰럽게 보는 것처럼 작은 모성애가 발현되었는지도 모른다. 시간이 지나고 안나는 노아를 불쌍하게 봤다고 털어놓기도 했다.

노아는 다시 신앙을 회복하고 싶어 했다. 무언가에 의지하고 싶어 했다. 예고도 없이 아버지를 잃었다. 뇌출혈로 1시간 전에도 통화했던 아버지였다. 사랑했지만 미처 사랑을 한 번도 표현하지 못했던 아버지가 죽은 시간이 해가 진 직후의 시간이었다. 그래서 이르게 찾아오는 겨울의 어둠을 유독 싫어했다.

노아의 아버지는 사랑과 추억을 남겼지만 빚도 남겼다. 노아는 급작스럽게 남편을 잃은 어머니를 지켜야했고 빚 문제를 정리하는 것도 그의 몫이었다. 법원에서 상속 포기 절차를 밟고 여러 행정 절차를 직접 밟았다. 대행업체를 통하지 않고 직접 일일이 서류를 챙겨서 아버지를 보내고 싶었다.

태어날 때는 서류 한 장이었는데, 죽을 때는 서류가 많고 복잡했다. 삶의 흔적들을 직접 지워나갔다. 은행과 신용카드사의 부채도 꽤 많았다. 아버지의 힘듦을 아들의 손으로 직접 지워나갔다. 준비해야할 서류를 채워나갈 때마다 아버지가 멀어져 갔다.

그렇다고 슬픔에 잠겨있을 수만은 없었다. 실패한 자에게 시간은 사치에 가깝다. 지켜야할 어머니와 형도 있었다. 노아는 신앙이 깊은 그의 어머니 뜻에 따라 못 이기는 척 교회에 갔다. 노아에

대한 유일한 부탁이었다.

노아도 사람이 아닌 무언가에 의지하고 싶었다. 처음엔 한 달 정도만 다녀야겠다고 생각했다. 어머니와 같은 교회를 다녀야 했지만 그러지 않았다. 실패하고 부서진데 대한 부끄러움 때문이었다.

대신 다른 교회라도 다니겠다고 중간쯤에서 합의를 보았다. 다른 사람들에게 묻혀 조용히 한 달 동안 예배를 드리고 그 증거를 남기기로 했다. 매주 발행하는 주보라면 충분한 증거가 되겠지, 생각하고 조용히 묻힐 수 있는 큰 교회를 선택했다.

처음 교회에 간 날부터 묻히지 못하고 산 채로 파헤쳐졌다. 아마도 낯선 젊은 교회에 처음 가니 새 신자로 붙잡아두고 싶었나보다. 젊은 사람이 새롭게 신앙을 가지는 것이 흔치 않은 시대인 탓에. 먹잇감을 앞에 둔 맹수의 눈으로 붙잡더니 이내 하나님의 사랑을 보여주는 사슴의 눈으로 인도했다.

첫 예배부터 권사로 보이는 아주머니의 손에 이끌려 맨 앞자리에서 예배를 드리게 되고, 예배 후 다시 그 권사님의 손에 이끌려 새 신자 교육 담당자와 맞선을 하게 됐다.

안나는 새 신자인 노아를 맞이하고 1:1 성경 수업을 담당했다. 정신을 차려보니 이미 낯선 교회의 작은 상담실 문을 두드리고 있었다. 왠지 자신과는 어울리지 않는, 들어가면 안 될 것 같은 장소에 어색한 목소리로 인사를 건넸다.

"안녕하세요, 이거 참. 33살인데 청년부에 들어와도 되는지 모르겠습니다."

능청스럽게 말했다.

"어서 오세요. 더 많으신 분들도 많아요. 33살이면 청년이죠."

약간은 차갑고 건조하고 무뚝뚝한 목소리였다. 사무적인 목소리에서 예수님의 사랑을 느낄 수는 없었다. 노아는 이 여자도 자신과 같은 처지라는 것을 은연중에 알았다. 큰 믿음이 안 보였다.

"중장년층이 아닐까 싶어서요."

노아가 웃으며 말했다. 안나도 억지스런 미소를 지어보였다.

"결혼을 안 하셨잖아요. 그럼 청년부에요."

"그렇군요."

"앞으로 제가 성경 교육을 담당할거예요."

명함에는 안나, 라는 이름과 시청에서 일하는 공무원이라는 정보가 담겨있었다. 나이는 28살이라고 했다.

교회 복도 끝에 있는 작은 교육실에서 둘은 대화를 이어 나갔다. 안나의 첫 인상은 웃음기가 별로 없어 다소 무뚝뚝한 인상이었다. 너무 예쁘지도 않고, 그렇다고 너무 못 생기지 않은, 보기 좋게 살이 오른 평범한 얼굴이었다. 피부는 하얀 편이었고 치아가 특히 가지런했다.

어쩌면 평균에 조금 못 미치는 얼굴일지도 모른다. 키는 170cm 정도로 큰 편이었다. 노아와 큰 차이가 나지는 않았다. 자신을 사회복지 공무원이라고 소개했는데 그에 맞게 정장 차림이 잘 어울렸다. 머리가 짧은 노아가 보기에 특히 가슴을 넘어서는 긴 머리가 보기 좋았다.

"어? 이름이 비슷하네요. 저는 노아의 방주에서 그 노아에요. 이름만 봐도 아시겠지만 모태신앙이구요, 어릴 때 잠깐 교회 다니긴 했는데 신앙이 없다고 보는 게 맞습니다. 교회에 실망도 많이 하고 잘 가까워지지 않더라고요. 어머니가 모은 십일조 몰래 떼먹기도 하고요. 그 정도로 믿음이 없어요."

"뭐… 그럴 수도 있죠. 이제 돌아온 탕자가 되셨네요? 주님이 계속 기다리셨을 거예요."

"과연 그럴까요."

노아는 시니컬한 표정을 지었다.

"다시 회복하시면 돼요. 앞으로 제가 2개월 동안 교육을 담당하게 될 거예요. 여기요, 성경책은 선물로 드릴게요."

손바닥 크기의 작은 성경책을 내밀었다.

"그런데…"

"네?" 하고는 안나가 멀뚱히 쳐다봤다.

"헌금은 꼭 안 내도 되는 거죠? 사실 교회에서 매번 헌금 얘기할 때도 껄끄럽고, 약간 거부감 들더라고요. 조금만 내면 왠지 민망하고."

"그럴 수 있어요. 이해해요."

"헌금 조금만 내면, 나중에 정산하면서 비웃을 거 같고… 그런 느낌 알아요?"

"조금은 알 거 같아요."

"그래서 교회에 가끔 가더라도 헌금은 아예 안 냈어요."

28

"헌금은 하나님께 드리는 예물이니까 조금이라도 드리면 좋아요. 형편에 맞게."

"정말 조금이어도 괜찮은가요?"

"그럼요."

"하나님이 부자가 천국에 가는 것은 낙타가 바늘구멍에 들어가는 것만큼 어렵다고 했는데, 그럼 가난한 사람은 천국 가기 쉽다는 뜻이에요? 그럼 난 프리패스인데… 시비 거는 게 아니라 진짜 궁금해서 물어보는 거예요."

"꼭 그렇다고 할 순 없지만 구원을 받으면 가능해요. 오늘부터 진지하게 신앙생활 해봐요, 제가 도와 드릴게요."

안나는 성경책을 들면서 말했다.

"제가 좋아하는 말씀은요. 빌립보서 4장…"

"근데…, 어떤 죄도 용서받을 수 있기는 합니까?"

노아는 안나의 말을 가로챘다.

"그럼요, 진심으로 회개 하시면 하나님이 용서해주세요."

"근데 자살을 하면 천국에 못 갑니까?"

"네?"

안나는 노아를 노려보았다. 놀라는 눈치였다. 그리고 이내 차갑고 당황스러운 눈빛으로 바뀌었다.

"자살하면 천국에 못 가냐고요."

노아가 꽤 단호한 표정으로 재차 되물었다.

안나가 머뭇거리며 마른 침을 삼켰다.

"어떤 상처가 있든지 하나님께서 사랑으로 어루만져주시고 고쳐
주세요. 나쁜 마음먹으면 그건 죄가 돼요."

"기독교에서는 죄를 회개하면 된다면서요? 아 죽어버리면 회개
가 안 되는구나. 아니다, 죽기 직전에 회개를 하면 천국에 갈 수
있지 않나요?"

노아는 본인이 말하고도 어이없다는 듯이 웃어버렸다.

"죄송해요, 질문이 너무 웃겼네요. 제 정신이 아니어서 그래요.
요즘"

짧은 침묵이 흘렀다. 안나는 작은 한 숨을 내쉬었다. 그리곤 목
을 가다듬었다.

"제가 재밌는 이야기 하나 해드릴까요?"

"아니요. 교회에서 재미있는 이야기는 없을 거 같은데요."

안나는 예상하지 못한 답에 당황하며 말을 삼켰다. 숨도 멈추는
듯 보였다.

"……"

"농담입니다. 해보세요. 그 재밌는 얘기."

안나가 다시 숨을 내쉬었다. 노아의 도발에도 비교적 차분함을
유지하려는 태도였다.

"혹시 단테의 신곡 읽어보셨어요?"

"제목만 들어봤는데요, 설마 그걸 다 읽어 보신 거예요?"

"3년 전쯤이라 기억이 정확하지는 않아요. 단테의 신곡에서 지
옥을 9단계로 나누거든요. 제 기억이 정확하진 않지만, 1단계부

터 9단계까지 나눴어요."

"굉장히 디테일하네요. 지옥이라는 곳이."

"1단계는 세례 받지 않은 아이처럼 선한 사람이 가는 곳인데, 어떤 형벌도 없지만 대신에 신을 볼 수 없는 곳이에요."

"아이도 지옥에 간다고 쓰여 있어요? 세상에 그게 말이 되나. 그럼 9단계에는 누가 있어요?"

노아가 흥미로운 눈으로 물었다.

"9단계는 반역, 배신 지옥이에요. 영원히 차가운 얼음 속에서 신음한다고 해요. 예수를 배신한 가룟 유다, 악마 루시퍼가 머물고 있는 곳이요."

"9단계답게 익숙한 이름이네요."

안나가 잠시 머뭇거렸다.

"그럼 7단계는 뭘까요?"

"살인자?"

"맞아요, 폭력지옥이에요. 타인에게 해를 끼치고, 신과 자연에게 해를 끼친 사람이요."

"아, 쓰레기를 함부로 버려선 안 되겠네요. 하하"

"근데… 폭력이라는 게, 자기 자신에게 폭력을 가하는 것도 포함돼요. 근데 그 지옥도 남은 가족이 열심히 기도를 하면 죄를 씻을 수도 있다고 해요…"

안나는 말을 잠시 잇지 못했다. 표정 관리가 안 되나 싶더니,

"아무튼, 나쁜 생각을 하면 안돼요. 하나님이 지켜 주실 거예요.

두 세 사람이 모인 곳에는 하나님이 함께 하신다고 하거든요. 같이 기도해요. 눈 감으세요." 라고 서둘러 마무리 지으려 했다.

안나는 노아를 바라보고 눈을 한 번 깜빡였다. 눈을 감으라는 제스처였다. 그리곤 두 손을 모았다.

"하나님 아버지, 오늘 새로운 형제가 왔습니다. 이 형제의 상처를 주님이 어루만져주시고 진정으로 주님을 만나 뵐 수 있는 형제가 될 수 있게 해주시옵소서. 제게도 이 청년을 인도할 수 있는 지혜를 주시옵시고……"

노아는 따분해했다. 어릴 때부터 듣던 레퍼토리의 연속이었다. 기도가 어서 끝나기를 바랐다. 중간에 눈을 지그시 떴다. 가늘어진 눈꺼풀 사이로 안나의 감은 두 눈과 길고 하얀 손가락이 눈에 들어왔다. 기도가 끝나자마자 바쁜 척 하며 자리에서 일어났다. 나가는 길에 새 신자 등록을 하고 연락처를 남기고 매주 1시간 교육을 받기로 했다. 별로 내키지 않았지만 갑자기 남편을 잃은 어머니를 위해서 꾹 참고 다니기로 한 것이다.

다음 날 안나는 노아에게 전화를 했다.

"오늘 저녁에 청년부원들끼리 모임이 있는데 나오실래요? 친해질 기회도 가지면 좋잖아요."

노아는 낯선 전화가 싫었다. 메시지가 편했다. 그도 그럴 것이, 사업 실패 후 독촉 전화에 시달린 후유증이었다. 대체로 짧게 통화하고 필요한 경우에만 직접 만나는 것을 좋아했다.

"아… 전 그런 거 안 나가요."

"비슷한 또래도 있으니까 나오셔서 인사도 나누고…"

노아는 그런 말이 듣기 싫었다. 안나의 말을 중간에 끊었다.

"청년부 그거 솔직히 연애 갈망하는 사람들끼리 간 거 아니에요? 겉으로는 신앙이고 속으로는 연애 상대 찾으러 가는 거 같아서, 굳이 갈 필요를 못 느끼겠는데요."

노아는 사실 교회 청년부 활동에 대해 굉장히 냉소적이었다.

"청년부끼리 서로 알고 교제하는 것도 신앙의 일부…"

"하나님이 있다면 왜 내가 이렇게 됐는데요, 우리 아버지는 왜, 살려주셨겠지."

안나의 당황스러움이 숨소리로 전해질만큼 커졌다. 어떤 말을 해야 할지 잘 몰랐다.

"더 낮은 곳으로 임하게 해서 하나님을 만나게 한 거예요…"

"하. 개소리하시네요. 먼저 끊겠습니다."

노아는 비웃으며 전화를 끊었다. 끊고 나서야 거칠게 내뱉은 말이 마음에 남았다. 약간은 후회스러웠다. 하지만 이미 전화를 끊어버린 후였다. 이번 주에 교회에 가지 않겠다는 다짐 하에 나온 거친 말이기도 했다. 다른 교회에서 주보만 가져와서 예배를 드렸다고 거짓말할 심산이었다. 어쩔 수 없다, 애써 생각하며 다른 생각으로 후회스러움을 덮으려고 했다.

뻔한 말로는 절대로 믿음을 가지지 못할 거라는 생각이 들었다. 노아의 어머니가 늘 하던 말과 크게 나르지 않았다. 그런 말이 통했다면 이미 노아는 목사가 되어 있었을 정도로 귀에 못이 박히게 들었던 것이다.

아마 현실에서는 눈을 보고서는 절대 얘기하지 못 했을 테지만, 전화상으로는 좀 더 직설적으로 말 할 수 있었다. 그런데 시간이 지나도 좀처럼 미안한 마음이 가시지 않았다. 다소 거친 말이 미안해 잠시 숨을 고르고 장문의 문자 메시지를 보냈다.

〈아깐 제가 실수한 거 같네요… 제가 작은 회사를 운영하다 실패 하고 우울증 치료 받고 있거든요. 자살 시도까지 하고… 그 와중에 아버지까지 잃게 되고 어머니 생각해서 교회에 간 거라 사실 제 정신이 아닙니다… 무슨 말을 했는지도 잘 기억이 안나요. 핑계이겠지만 마음이 조금 힘든 상황이라서요. 아까 말은 잊어주시면 감사 하겠습니다. 죄송했습니다… 제 이야기는 부디 비밀로 해주세요. 결코 알려지기를 원하지 않습니다… 부탁드립니다. 그럼 이만…〉

노아는 평소 문장 끝에 마침표를 여러 개 찍지 않았다. 왠지 모르게 무기력하고 불분명한 태도의 자신감 없는 문장이 싫었다. 그런데 안나에게 보내는 메시지에는 마침표를 많이 찍었다. 안나가 그런 사정을 알 수는 없겠지만, 미안한 마음을 더 전하려고 했다. 문자 메시지에 최대한 미안한 감정을 실었다.

어쩌면 노아 스스로가 가장 잘 알았을지도 모른다. 인생의 종착은 비극으로 끝나게 될 거라는 사실을. 그 희미한 생각이 선명해지는 데까지는 오랜 시간이 걸리지 않았다.

자살을 시도했다는 것을 처음으로 안나에게 알렸다. 아무도 모르는 사실이었는데 얼떨결에 안나에게 사과하려다 말해버렸다. 노아가 거칠게 말한 것이 정말 핑계가 아니라는 것을 어필하려고 했던 건, 어쩌면 자신과 다른 종의 안나에게는 큰 상처가 될 수도 있다는 것을 인지했기 때문이었다.

안나에게 다시 전화가 왔다. 노아는 받지 않았다. 받을 수가 없었다. 목소리를 듣고 싶지 않았다.

〈오늘 저녁에 카페에서 뵐까요? 해줄 얘기가 있어요.〉
안나의 빠른 답장이었다.
〈아니, 괜찮아요. 일요일에 예배만 참석할게요. 매주 예배드리다보면 성경 공부도 되겠죠, 뭐. 신경 쓰지 않으셔도 됩니다.〉
〈그 얘기가 아니에요. 꼭 해줄 얘기가 있어요. 이따 어디서 뵙는 게 편해요?〉
〈괜찮습니다. 진짜. 아니면 메시지로 보내도 괜찮아요.〉

노아는 방금 한 거친 말 때문이었는지 직접 얼굴을 보고 얘기하기가 민망하고 부끄러웠다.

〈사실 어제 말씀 해드리려다… 잠깐이면 돼요. 이따 7시쯤 어디가 좋을까요?〉

안나는 꼭 해줄 말이 있다며 노아와의 약속을 잡으려고 했다. 노아는 답장을 보내지 않았다. 그러자 다시 메시지가 왔다.

〈시청 앞 스타벅스 카페 괜찮으실까요?〉
〈아니, 괜찮다니까요. 아까 한 말은 죄송했습니다. 답장은 보내지 말아주세요.〉
〈어디서 뵙는 게 편하세요?〉

노아는 답장을 보내지 않았다. 그러자 전화가 왔다. 역시 받지 않았다. 어떤 이야기인지 궁금한 동시에 왜 이렇게까지 집착하는지 무서움이 일었다. 잠시 후 또 다시 메시지가 도착했다.

〈전화보다는 직접 뵙고 이야기 해주는 게 나을 거 같아서요.〉

계속 거절하면 안나가 민망할 수 있겠다는 생각에 노아도 더 이상 거절하지 못했다.

〈그럼 해양공원에 있는 2층 카페 어때요? 거기 전망이 좋아요. 평일은 조용하기도 하고요.〉
〈혹시 다른 동네는 안 될까요?〉
〈지금 제가 해양공원이라서요, 그럼 그냥 다음에 뵐까요?〉

〈아니에요, 그럼 제가 퇴근하면 거기로 갈게요.〉

〈그럼 도착 10분 전에 미리 연락주세요. 커피 주문해놓을게요. 어떤 음료 드실거예요?〉

〈고마워요. 저는 따뜻한 카페라떼요.〉

내키지 않았지만 정신을 차리고 보니 약속 장소를 정해버렸다. 어떻게 안나를 볼 것인지 노아는 벌써부터 낯이 화끈거렸다. 해양 공원은 과거 어선들이 정박하고 수리를 하던 낙후된 동네였다. 최근 재개발로 공원으로 개발되고 큰 카페들과 게스트하우스, 중저가의 호텔도 여럿 생겼다. 낚시하는 주민들, 바다를 거닐며 산책하는 연인들, 버스킹하는 무명의 음악인들로 꽤나 붐비는 곳이 됐다. 낙후된 곳이 몇 년 사이에 완전히 새롭게 달라진 곳이었다. 한 귀퉁이에는 여전히 떠나지 못하고 남은, 작은 공장들이 줄지어 있었다. 선박 엔진을 수리하고 관리하는 낡고 녹슨 작은 공장들이었다.

노아는 카페 2층의 가장 구석진 곳을 좋아했다. 벽을 등지고 선, 출입구가 보이는 자리에서 가장 안정감을 느꼈다. 그 곳에서는 고개를 어디로 돌려도 창문으로 바다가 보였다. 늘 그렇듯 그 날도 구석진 자리를 선점했다.

곧 도착한다는 안나의 메시지가 도착했고, 곧장 1층으로 내려가 라떼를 미리 주문했다.

"카페라떼 따뜻한 거, 그란데 사이즈 한 잔이요."

저녁 시간인지라 손님이 밀려 서성이며 기다렸다. 주문한 라떼가 나오기도 전에 안나가 먼저 도착했다. 잠시 머뭇거리더니 조심스럽게 노아의 곁으로 다가가 어깨를 손가락 끝으로 톡톡 두드렸다. 어색함과 부끄러움, 약간의 안도가 공존하는 미소였다. 어색하고 미안하기만한 노아는 안나와 가볍게 눈인사만 했다.

"제가 커피 받아서 올라갈게요. 카페 2층 끝자리, 노트북 있는 자리로 가시면 돼요."

안나를 먼저 올려 보내고 이어 커피를 받아 올라갔다.

노아는 커피 머그컵을 안나 앞에 두고 자신의 것도 앞에 내려놓고 앉았다. 의자에 앉는 사이에 어떻게 인사해야할지 오만가지를 떠올렸다. 아무리 생각해도 답이 나오지 않았는데 그 짧은 사이에 뭔가 떠올릴 수도 없었다. 그저 머쓱하게 웃었다.

"아깐 죄송했어요, 잠깐 예민했나 봐요."

이어서 사과를 하려는 찰나였다.

"저희 아버지는 자살을 하셨어요. 저 뒤쪽에 있는 동네에서 작은 공장을 하셨고요, 직원은 5명이었거든요."

"아…"

순간 할 말을 찾지 못했다. 머릿속에서 몇 번이고 알맞은 단어와 문장을 조합했지만 실패했다. 노아의 몸 전체가 미안함이라는 이름의 세포로 바뀌는 것 같았다. 노아의 머리에는 갑작스러운 위로의 말과 미안한 말을 저장한 파일 공간이 없었다.

"정말 미안합니다."

노아의 머쓱함이 순간 강한 미안함으로 바뀌었다. 본능이 시키는 대로의 표현이었다.

"자살을 하면 그 이후에 남은 가족들은 어떻게 되는지 아세요? 자살하면 천국 못 가냐고 물으셨죠? 네, 못가요. 그거 정말 비겁한 거예요. 저번에 상담실에서 그 얘기할 때 저… 그쪽 뺨 때릴 뻔 했어요. 때리고픈 마음 꾹꾹 참고 기도했어요."

안나는 말을 빠르게 내뱉고, 숨을 고르려 라떼를 한 모금 마셨다.

"뭐라 드릴 말씀이 없네요."

노아는 온 몸으로 미안함을 표출했다. 몸짓과 표정이 말했다.

"아까 그 문자 메시지 이후에 아무 것도 못했어요. 알기나 해요? 죽을 생각이면 남은 가족들이 없을 때 그 때 죽어요. 그거, 남은 가족들도 다 죽이는 거예요."

안나는 인사도 없이 3년 전에 아버지의 자살로 힘들었던 얘기로 말꼬를 텄다. 목소리는 크지 않았지만, 속도가 빨랐다. 속삭이듯 울분을 게워냈다. 얼굴은 상기되고 눈시울이 붉어졌지만 눈물은 흘리지 않았다. 자신의 지난 시간이 증발했다는 표현을 많이 했다.

처음 만난 안나의 말은 느린 편이었다. 목소리도 차분했다. 한 템포 느린 말투는 어찌 보면 답답해 보일 수 있었다. 그런데 목소리 톤이 높아 답답함 대신 친절하게 느껴졌다. 느리지만 분위기가 지나치게 어둡고 무겁거나 진지하지는 않았다. 그것이 매력이었다.

굳이 강아지로 치면, 골든 레트리버 같은 성격이었다. 그런 골든 레트리버가 뾰족한 송곳니를 드러내고 으르렁 거렸다. 미간을 찡

그리는가 싶더니 스스로 낯선 표정임을 인지했는지 이내 풀었다. 이 표정을 여러 번 반복했다. 주로 고양이에게 끌리던 노아는 처음으로 강아지에게 강한 이끌림을 느꼈다.

노아는 가족을 잃은 아픔을 공유할 수 있는 사람이 있다는 것만으로도 위로가 되는 듯 했다. 비극엔 더 비극적인 상황이 위로가 되었다. 갑자기 죽거나, 스스로 죽거나 비슷했지만 말이다. 큰 파도가 칠 때는 그 파도를 넘으려고 하지 말고, 파도 속으로 들어가는 게 가장 안전하다, 고 말했던 자신을 떠올렸다. 노아는 고개를 끄덕이며 그녀의 과거 이야기를 내내 듣기만 했다. 아마 멀리서 실루엣만 본다면 혼나고 있는 사람처럼 보였을 테다.

안나는 아버지를 잃는 아픔을 천붕(天崩)이라고 가르쳐줬다. 하늘이 무너지는 아픔. 둘은 갑자기 아버지를 잃었다는 아픔, 슬픔을 공유했다. 다친 사람들끼리는 끈끈한 연민의 정이 있었다. 시간이 점점 지나면서 안나의 빨라진 말투도 금세 이전 속도로 돌아왔다.

아버지의 자살 이후 장기요양 신청이 받아들여져, 두 달 동안 기도원에 들어가서 산 적이 있었다고 말했다. 그 때 단테의 신곡을 읽었다고 말했다. 단테의 신곡에서, 자살한 사람이 지옥에 있다는 말을 보고 무서웠다고 했다.

"신곡을 읽는데, 무서웠어요. 아버지가 지옥에 있다고 하니까."

노아는 조용히 안나를 보며 고개만 끄덕였다.

"근데, 살아있는 가족이 기도를 하면 그 지옥에서 벗어날 수 있다고 했어요."

"아 그래서 어제 그 말씀 하셨구나."

"네…"

안나의 표정도 한결 부드러워졌다.

살아있는 가족이 기도하면 구원받을 수 있다는 말에 끊임없이 기도했다고 했다. 새벽에도 밤에도. 그게 안나가 할 수 있는 아버지를 위한 유일한 행동이었다.

"아버지가 스스로 목숨을 끊게 한, 하나님의 뜻이 무엇이었냐며 싸우듯이 살았어요."

"혹시 거기에 대한 결론이 있었나요?"

노아가 조심히 물었다.

"맞는 결론인지는 모르겠지만, 내가 아버지를 기억하고 추억하는 동안에는 살아 계신다고 생각했어요." 라고 말하고는 바로 고개를 가로 저었다.

"아니요. 사실은 아직도 모르겠어요. 3년이 지났지만 그 순간은 어제 일처럼 또렷해요. 지금은 그저 불쌍한 아버지를 위해서 기도할 뿐이에요."

"아…"

노아는 무슨 말을 해야 할지 가늠하지 못했다.

"지옥 불에서 온 몸이 타는 느낌이었어요. 증오와 분노가 가득했어요. 그 지옥이라는 게 제 안에 있더라고요. 그 순간에 작은 음성이 들렸어요."

"뭔가요, 그게?"

"아가야, 이 순간까지도 나를 찾아서 고맙구나. 모든 육신이 찢어지고 짓이겨 욱신거리고 죽을 거 같으냐. 네 아버지도 그럴 것 같아 두렵느냐. 그래서 한 숨도 못 자는 것이냐. 네 기도로 아버지는 지옥에서 벗어났으니 이제 걱정 말거라."

"좋은 음성이었네요."

"그게 진짜 하나님의 음성이었는지, 그저 내가 듣고 싶어 하던 말을 듣게 된 건지 모르겠어요."

"뭐가 됐든지 그 음성을 들었다는 게 중요한 거죠. 들었다는 건 스스로 만들어낸 게 아니라, 말 그대로 들은 거니까요."

"고마워요."

안나가 들었다는 음성이 신에게서 받은 거라고 말 해준 것이 고맙다는 눈빛이었다. 그 말을 다른 사람의 입으로 듣고 싶었는지도 모른다. 안나가 듣고 싶어 하는 말이 무엇인지 짐작하고, 여러 번에 걸쳐 그 음성이 하나님에게서 온 거라고 강조했다. 더 안심할 수 있도록 진지한 표정과 목소리로 말했다.

"나야말로 고마운데요. 누구와도 말할 수 없었는데, 큰 위로가 되네요. 철학자 니체가 그랬어요. 나를 죽일 수 없는 고통은 나를 강하게 만든다. 안나씨도 더 강해질 거예요."

"네. 그쪽도 같이 강해져요."

사실 안나는 그 전에는 절에도 다녔다고 비밀스럽게 말했다. 하나님이든 마리아든 부처님이든 따져 물어야할 대상이 필요했다.

절, 성당, 교회, 인간의 영혼을 취급하는 곳을 찾아다녔고, 점점 따질 것이 많아지자 그저 집과 가까운 교회를 선택한 것이다. 그것이 전부였다. 대단한 신앙심이 있지는 않았다.

믿음이 강하진 않았지만 아버지의 자살을 원망하면서 그 책임을 절대자에게 따지며 살았다. 불쌍한 아버지를 원망할 수는 없었다. 따지면서 살아간 시간들이 다져져 어느새 새 신자를 교육하는 청년부 역할을 하게 된 것이라고 살며시 일러주었다.

안나는 내내 노아를 위로하듯 타일렀다. 큰 상처도 시간이 지나면 나아진다며 스스로를 가장 아껴야 한다는 것과 어머니 곁을 잘 지켜주라는 조언을 해주었다. 특히 어머니와의 통화 내용을 녹음하거나 사진도 같이 찍고, 가끔 유행하는 영화를 같이 보는 것도 좋다고.

높은 톤의 차분한 목소리로 남은 가족들이 겪는 트라우마를 생생히 들려주었다. 이 과정에서 아버지의 자살 이후 겪은 우울과 불면증을 약으로 치료했던 경험을 조심스럽게 털어놓기도 했다. 다른 가족들은 모른다고 했다. 매우 비극적인 이야기였지만 안나의 얼굴은 비극을 이야기할수록 점점 평온을 찾아갔다.

남은 가족에 대한 상처를 먼저 경험한 안나는 진정으로 어른스러웠다. 노아 역시 그동안의 일들을 풀어놓으며 자신이 겪었던 일들을 얘기했다. 눈을 보며 서로가 고개를 끄덕였다. 우울에 대한 경험은 더 깊은 공감을 끌어내는 좋은 재료가 되었다.

"사람은 불법을 공유하거나 말 못할 비밀을 공유할 때가 가장 돈

독해지는 거예요."

노아가 안나의 귀에 속삭이고 웃어 보였다. 안나도 노아의 웃음
에 화답하듯 깊은 한숨을 내쉬었다. 휴우 하는 안도의 한숨이었다.

이런 깊은 대화를 할 수 있는 사람이 한 명 있는 것만으로도 큰
위로를 받았다. 두 명까지도 필요 없었다. 한 명이면 차고 넘칠 만
큼 충분했다. 노아에겐 안나였고, 안나에겐 노아였다.

어느새 커피는 차갑게 식었다. 안나의 머그잔도 차가워보였다.
대화를 나누는 동안, 두 세 모금을 마신 것이 전부였다.

노아와 안나는 그 날 처음으로 마음을 섞었다. 서로를 위로했고
공통의 아픔이 있던 둘은 금세 친해졌다. 아버지를 잃은 시간마저
도 비슷했다. 그래서 밤이 찾아오는 시간이 싫다는 말에 공감했
다. 그렇게 어느새 말을 놓을 정도로 친해졌다. 호칭은 '그쪽'에
서 '오빠'가 됐다.

"오빠, 한 가지만 기억해. 어린 아이를 안을 때처럼 스스로를 달
래고 안아주는 거. 알았지?"

"명심할게."

"온 마음을 집중해서 마음이 내뱉는 소리를 들어봐. 안 들려도
괜찮아. 오빠 마음이 아직 준비가 안 된 거니까. 더 다독이고 또
다독여. 천천히 오래 걸려도 괜찮아. 시간에 절대 얽매이지 마."

"그럴게. 정말 고마워."

"절대 두려워하지 마. 무서워하지도 말고, 알았지?"

"알았어. 시간도 늦었는데 내가 데려다줄게."

"나도 차 갖고 왔어."

"노아, 안나. 우리 이름도 약간 비슷하다. 근데 안나는 무슨 뜻이야?"

"성모 마리아의 엄마래. 나도 사실 잘 몰랐는데 저번에 성당에 가니까, 알려줬어. 우리 가족 중엔 교회나 성당에 다니는 사람이 없는데, 왜 그렇게 지었는지는 모르겠어."

"이름이 주는 어감이 착하고 좋아 보이잖아. 안나. 안나. 안나. 여러 번 불러도 정말 좋은 이름이야."

"나… 속마음 얘기한 게 정말 처음이야. 누구와도 나눌 수 없을 거라고 생각했어. 솔직히 아까는 심장이 너무 뛰었는데 지금은 오히려 편해졌어."

깊은 숨결이 테이블 맞은편까지 닿았다.

"나도 같은 마음이야. 근데 지금도 때리고 싶어?"

노아는 안나를 웃게 하고 싶어 분위기를 바꾸려고 했다.

"나중에도 나쁜 말 하면. 그 때는 정말 안 참으려고 해."

"미안해. 늦게 들어가도 되면 좀 걷자. 근데 배는 안 고파? 퇴근하고 밥도 못 먹었을 거잖아."

노아는 자신의 식은 아메리카노를 들이켜 마셨다. 안나의 라떼가 시선에서 멀어지자 고개를 젖혀 라떼도 단 번에 들이켰다. 고개를 다시 내리자 테이블 위에는 라떼 값이 놓여있었다.

"이건 내 커피 값이야."

"아니야. 됐어. 내가 샀잖아. 방금 내가 또 다 마셨고."

"지난번에 헌금 내는 것도 어렵다고 하지 않았어?"

"그 정도는 살 수 있어."

"나도 그 정도는 낼 수 있어."

"일단 나가자."

밖은 초겨울이었지만 바람이 없어 춥게 느껴지지 않았다. 내일 출근을 위해 일찍 보내야 한다는 생각과 더 이야기하고 싶은 마음이 충돌했다. 노아는 12시, 안나는 11시를 제안했는데 안나의 뜻에 따라 11시에 헤어지기로 했다. 대신 노아의 마렝고를 타고 근처 공원으로 이동하기로 했다.

*

안나 아버지는 자살을 준비한 모양새였다. 그는 가족들에게 작은 단독주택과 작은 오피스텔을 남겼다. 보험금과 공장을 처분해서 직원들에게도 나눠주라는 유언도 남겼다. 어떤 이유로 그런 선택을 했는지는 차마 묻지 못했다.

다행히 안나는 안정적인 공무원 수입이 있었다. 매월 나오는 아버지의 연금과 제빵사로 일하는 동생 미나의 수입, 그의 어머니가 운영하는 작은 커피숍으로 생활엔 문제가 없는 형편이었다.

노아는 그래도 빚이 없으니까 다행이라고 속으로 생각했다. 정말 다행이라고 생각했다.

가는 길에 편의점에서 샌드위치와 우유를 샀다. 늦은 저녁이라 사람들의 선택을 받지 못한 샌드위치만 덩그러니 있었다. 노아는 왠지 자신의 모습을 보는 것 같았다. 귀한 보물인 양 엄지와 검지로 샌드위치를 살살 집어 담았다.

다시 마렝고를 타고 오르막길을 올라 바다가 보이는 곳에 주차했다. 마렝고의 엉덩이를 바다로 향하게 했다. 야경 조망이 꽤 괜찮은 공원 입구였다. 둘은 내려서 트렁크로 이동했다. 안나가 뒷문에 새겨진 이니셜을 보고 물었다.

"근데 마렝고가 뭐야?"

"나폴레옹 하면 떠오르는 사진 알지? 흰 말이 앞발을 들고 있고, 그 위에 나폴레옹이 있잖아. 그 말 이름이 마렝고야."

"차에도 이름을 붙여줬구나."

"너무 소중해서. 유일한 재산이야. 내 명의는 아니지만."

노아는 차 뒷문을 열었다. 작은 우주라고 부르던, 두 명이 누워도 전혀 부족함 없는 공간이 생겨났다. 푹신한 시트를 깔고 이불과 베개까지 있는 말 그대로 침대였다. 따뜻한 느낌의 노란색 조명도 보였다.

안나는 멈칫 하더니 한 마디 내뱉었다. 당황한 모습을 들키려 하지 않는 것처럼 보였다.

"아늑하네. 차에 이름을 붙여서 이니셜을 새기는 사람은 처음 봤어."

노아는 이불을 걷어 올려 엉덩이를 걸칠만한 공간을 만들었다.

둘은 살짝 뛰어 올라 마렝고에 올라앉았다.

"이름이 있다는 건, 존재한다는 거잖아. 그냥 존재하는 게 아니라, 소중하고 귀하게 존재한다는 거. 별 거 아닌 것에는 이름도 안 붙여주잖아. 소중하니까 이름 붙였지."

다리의 조명과 가로등 조명, 카페들의 조명, 유람선의 조명이 바다에 반사되는 화려한 밤이었다. 까맣고 노랗고 붉기도 한 밤바다를 보며 말없이 샌드위치를 씹었다.

"여기 살면서도 오랜만에 바다 봐."

"난 매일 봐도 새롭게 예뻐서 자주 봐. 밤엔 알록달록 화장한 거 같고, 아침이 되면 맨 얼굴이 된 거 같고. 시시각각 다르게 예쁘잖아. 이렇게 봐도 좋고, 저렇게 봐도 좋아. 근데 난 화장한 것보다는 맨얼굴이 더 좋아. 왠지 나만 볼 수 있는 모습 같아서. 더 소중하게 느껴져."

"그렇구나."

안나도 천천히 고개를 끄덕이며 동의하는 눈빛으로 답했다.

"사람도 그래, 내 눈에만 예쁜 사람이 좋아. 남들 눈엔 안 이뻐도, 내 눈에만 이뻐서 나만 온전히 아끼고 사랑하고 싶으니까. 만인의 연인은 왠지 내 것 같지가 않아. 그래서 연예인을 좋아해본 적도 없어. 나는 나만 마음을 열어 볼 수 있을 때가 좋아."

"오빠가 소유욕이 있어서 그런 건 가봐."

"남자라면 욕망이 있어야지!"

"맞아. 뭘 좋아하는지 아는 건 살아있다는 증거야."

48

"안나, 너도 먹어. 배고프니까 그럭저럭 먹을 만해. 평소에는 거들떠보지도 않는 편의점 샌드위치도 이렇게 먹으니까 맛있어."

"난 스트레스 받으면 입맛이 없어서…"

"입맛 떨어뜨린 원인 제공자로서 사과드립니다."

노아가 고개를 숙이며 가볍게 웃음을 지어보였다.

"아니야. 오빠가 왜. 내 문제일 뿐이야."

안나의 낯빛은 아직 흐렸다. 그런 그녀를 웃기고 싶었다.

"문득 궁금한 게 있어. 물어봐도 될까?"

"이상한 게 아니라면."

"만약에 말이야, 만약에. 친구든 애인이든 함께 여행을 갔다고 가정해보자. 만약에."

안나가 어리둥절한 표정을 지었다.

"하루 여행 예산은 둘이 합쳐서 100이라고 쳐."

"응."

"1. 숙박비 90%에 식비 10% 2. 숙박비 10% 식비 90% 중에서 선택하면 어떤 걸 선택해?"

"음… 난 잠자리가 훨씬 더 중요하니까 1번으로 할게."

"그럴 거 같았어."

"싱겁게… 그럼 오빠는 몇 번이야?"

"난 3번. 숙박비 0%, 식비 100%"

"그럼 어디서 잘 수 있어?"

"길바닥."

하찮은 농담에도 작은 미소를 보였다. 웃음과 함께 안나의 긴장
도 풀린 느낌이었다. 생각보다 쉽게 무장 해제됐다. 별 거 없는 농
담에 웃어주는 여자 앞이라면 무한한 자신감을 가지는 것이 남자
라는 동물이었다. 노아 역시 남자였다.

안나는 멍하니 밤바다를 바라보다 생각에 잠기는가 싶더니 작은
손가방에서 지갑을 꺼내 가족사진을 보여주었다. 노아는 아무나
에게 가족사진을 보여주지 않을 것이라고 생각했다. 어느새 자신
이 특별해졌을 거라고 여겼다.

여동생을 포함한 네 가족의 단란한 모습이었다. 여동생 미나는
빵을 좋아해서 제과제빵 전문학교를 다녔는데, 졸업 기념으로 찍
은 사진이라고 설명해주었다. 빵을 좋아하는데 마침 동생이 제과
제빵을 공부해서 너무 좋다는 말로 시작해서, 어릴 적 에피소드들
을 이야기했다.

노아는 그저 보고 듣기만 했다. 그리곤 아까 카페에서는 차마 하
지 못했던 형에 대한 그리움에 휩싸였다. 둘은 11시에 헤어지기로
합의했지만, 어느새 시간은 1시를 훌쩍 넘겼다.

서둘러 헤어져서 2시가 넘어서야 집에 도착했다. 먼저 DSLR 카
메라를 찾았다. 사업이 초반에 반짝 잘 나갔을 때 샀던 DSLR 카
메라와 렌즈를 팔 요량이었다. 인물 사진에 좋은 단렌즈는 없었
고, 자연을 찍기에 좋은 광각 렌즈만 있었다. 메모리카드 속엔 꽃,
바다, 음식 사진이 대부분이었다. 정작 아버지와 가족사진은 없
었다.

*

   그 날 이후 매주 일요일엔 교회의 좁은 교육실에서, 평일에도 카페에서 꽤 오랜 시간 대화를 나눴다. 주로 신앙에 대한 얘기보단 서로의 개인적인 이야기였다. 그래야 신앙으로 인도할 수 있겠다고 생각했던 안나는 그의 생각을 계속 듣게 됐다. 이 때부터 안나가 질문하고 노아가 주로 대답하는 대화 방식이 습관화되었다. 안나는 차분하고 지혜로운 여자였다. 나이는 노아보다 다섯 살이 어렸지만 자주 누나 같은 모습을 보여주었다.

   소중한 것을 잃을 때의 고통과 마음을 다스리는 방법을 차분히 가르쳐주었다. 안나의 퇴근 시간에 맞춰 함께 저녁을 먹고, 카페에서 시간을 보냈다. 유일하게 마음을 내보여도 부끄럽지 않은 유일한 사람이었다. 안나를 만나면서부터는 정신과 의사를 만나지도 않았다. 안나보다 훌륭한 의사는 없었고, 노아는 점점 안정돼 갔다. 안나 역시 안정을 찾으며 자신의 비극을 풀었다. 아버지를 잃고 여러 신과 싸우고 있을 때, 친구들과도 멀어졌다고 고백하듯 얘기했다.

"어릴 때부터 친한 친구가 나를 포함해 세 명이었어."

"삼총사였구나?"

"그랬었지. 우정을 동성끼리 하는 연애라고 하잖아."

"그렇지."

"친구들은 둘 다 결혼을 하고, 아이가 생기면서 일을 그만두니까 남편 출근 시키고 오전에 자주 만났어. 난 당연히 그 시간에 일을 하고 있었고."

"여자에게 홀수는 위험한 숫자라고 하던데…"

"무슨 말이야, 그게?"

"아, 여자가 3명이나 5명일 경우에 짝이 안 맞고 1명이 남잖아. 그럼 겉으로는 같이 다녀도, 한 명에게는 아주 미세한 틈이 생기는 거. 근데 이 작은 틈이 여자들 사이에서는 꽤나 크게 작동한다고 누가 그러더라."

"음…. 틀린 말은 아니야. 나는 결혼도 아직 안 했고 일을 하니까 점점 연락도 줄어들게 되고, 친구들과의 공감대도 줄어드니까 약간 어색해졌어. 그래서 지금은 깊은 얘기를 나누기보다는 가끔 만나서 밥을 먹는 정도 밖에 안 돼."

"아버지를 잃고, 친구도 잃어가는 마음이었겠구나."

"그런 셈이지."

"주변 사람을 잃는 건, 마치 내 과거와 미래를 도둑맞는 기분이더라. 나도 그 기분 잘 알아. 나도 망하고 나서 인간관계가 없어졌어. 내가 사람을 피한 거라고 봐도 무방하지만 어쨌든 사라져버렸어."

둘은 아픔을 보듬으면서 자연스럽게 가까워졌다. 매일 만났다. 누구에게도 말하지 못하는 슬픔을 말할 때의 기쁨을 만끽했다. 어느새 마주보며 얘기하던 것이, 옆을 보며 하게 됐다. 나란히 길을 걸을 때도 사람 한 두 사람이 쑥 지나갈 수 있을 정도의 거리에서,

날쌘 고양이 한 마리도 지나가지 못할 거리로 좁혀졌다.

서로 알아가는 단계에서 자연스럽게 사랑하는 것이 노아는 싫었다. 어물쩍 사귀는 사이가 되는 건 상대에게 비겁한 행동이었다. 뭔가 확실한 것이 좋았다.

"사람 관계가 헷갈리는 건 도무지 싫은데 말이야. 내 여러 가지 비밀을 알고 있는 여자니까. 나는 그 비밀을 지킬 의무가 있잖아. 새어 나가면 안 되니까. 그런 의미에서 우리, 서로의 비밀을 지켜주는 관계가 되는 게 어때?"

"무슨 말 하는 거야?"

"그러니까…"

"우리는 지금도 서로의 비밀을 지켜주고 있잖아."

"지금부터 사귀어 보자고."

"……"

"내가 다른 건 몰라도 사랑받는 느낌은 계속 받게 해줄게. 지금 망가지고 부서졌지만 다시 일어날 거야. 나는 좀비처럼 어떻게든 다시 일어날 거야. 동의하면, 눈 감아봐."

안나는 잠시 머뭇거렸다. 이윽고 눈을 천천히 감으며 말했다.

"오빠, 좀비처럼 일어나지 않아도 괜찮아. 쓰러진 인간으로 살아도…"

노아는 그 눈에 한 번, 입에는 여러 번 입을 맞추었다.

"이제 도장 찍었다. 등기까지 된 거야."

안나가 말없이 듣고 웃어만 보였다. 어색한 분위기를 만회하려,

노아는 계속 농담을 던졌다. 농담의 형식을 빌어서 진지한 마음을 전했다. 그게 노아의 언어였다.

"이제 지분 51%는 내 거고, 경영권은 나에게 있어. 방금 계약서에 도장도 찍었고, 이 계약은 절대 무를 수 없어."

안나의 입이 씰룩 거렸다. 웃음을 애써 참는 듯 했다.

"그럼 나는 몇 % 지분 줄 거야?"

"49%."

안나가 눈을 떠서 말했다.

"오빠 말대로라면, 난 경영권은 없네?"

"다시 눈 감아봐."

다시 입술을 안나에게 갖다 댔다. 여전히 입이 씰룩거리는 거 같았다. 노아는 웃음기를 걷어내고 입술에 힘을 주었다. 안나의 입이 작게 벌어졌다. 노아는 힘을 줘 더 크게 벌려 섞었다. 둘의 벌어진 입은 꽤 시간이 지나서야 닫혔다.

"이제 같이 51%."

입이 닫히자 조금은 부끄러움이 느껴진 노아는,

"머리부터 발끝까지 도장 찍으면 100%."

더 진한 농담을 던졌다.

"나쁜 말 하면 때린다고 했을 텐데…?"

장난스럽게 삐진 표정으로 말했다.

"이건 나쁜 말 아니잖아. 그리고 지분 51%. 경영권!"

노아가 갑자기 당황한 표정으로 말했다.

"어? 아…"

어딘가 아픈 눈치였다.

"왜?"

안나가 무슨 일이냐며 걱정하는 눈으로 쳐다보았다.

"여기 블랙홀이 있어. 어어. 입술이 빨려 들어가." 하고 안나에게 마저 입을 맞췄다.

노아의 장난스러움과 진지함을 동시에 보여줄 수 있는 유일한 상대가 바로 안나였다. 안나도 그랬다. 마음의 필터링 없이 한 사람에게만 보여줄 수 있는 온전한 모습을 보이는 게 편했다. 마치 어릴 때 발가벗고 놀아도 부끄러움이 없는 친구가 어느새 사랑하는 이가 된 것처럼. 그렇게 사랑을 시작했다.

이따금 둘은 말없이 보곤 했는데, 그 시간을 종종 즐기곤 했다. 세상에 둘 밖에 없다는 생각이 겁나기 보다는 편하고 아늑해 했다. 마렝고의 작은 우주와 같은, 어머니의 자궁 같은 따뜻한 편함이었다.

"누군가를 잃을 때의 아픔. 그걸 먼저 겪은 내가 자기를 위로해 줄 수 있어서 감사하게 생각해."

"안나라는 이름이 너무 예뻐. 어떤 애칭보다 좋은 이름이야. 안나는 사랑이야. 눈을 보고 이름을 부를 때만큼 행복한 순간은 없어."

안나는 모성애가 많은 여자였다. 안나와 만나기로 한 날, 차를 조금 먼 곳에 주차하고 발걸음을 옮겼다. 멀리서도 실루엣이 보였다.

무언가에 홀려서 정신이 빠진 모양이었다. 조금 더 다가가니 새끼 고양이었다. 고양이에 입을 맞추기도, 두 손으로 마주 잡아 얼굴 위로 치켜 올리기도 했다. 마치 아이와 놀아주는 모습이었다. 고개를 흔들면서 들었다 났다 하는 게 보였다. 안나의 몸짓만 봐도 표정과 웃음소리가 귓전에 들리는 듯 했다.

사랑이 눈에 보인다면 이런 모습일거야, 노아는 생각했다.

점점 가까워지자 단박에 뛰어갔다. 안나의 행복한 얼굴은 빨리 보고 싶었다. 1초라도 더 눈에 담아야 직성이 풀렸다.

"이 고양이는 뭐야? 너무 이쁘다."

"저기 밑에서 울고 있길래. 엄마 오는지 기다리려고. 벌써 이름도 지었어. 복이야 복이."

"사람 손을 타면 엄마가 안 데려갈 수도 있을 거야. 그나저나 이름도 귀엽네. 촌스럽지만."

"예쁠수록 촌스럽게 지어야지. 그래야 더 건강하게 살지."

노아는 복이를 안았다. 안는다기보다 손으로 살살 집어 손바닥 위에 올렸다. 작은 생명이 들숨 날숨을 내뿜으며 움직였다. 살포시 눈높이에 맞춰 들어 올리곤 귀한 보물을 보듯 고양이를 쳐다봤다. 1개월 남짓한 생명체에서 나오는 고주파의 '야옹' 소리는 심장으로 듣는 듯 했다.

고등어 무늬를 닮은 복이는 손바닥 위에서도 얌전히 있었다. 강아지 같은 고양이었다. 절대 이 세상의 아름다움이 아니었다.

시간이 지나도 엄마 고양이는 나타나지 않았다.

"우리가 이 고양이 키울까?"

안나가 올려다보며 물었다.

"벌써 이름도 지었잖아, 이름을 줬다면 이미 가족이지. 복이 이전에 그냥 고양이었다면 몰라도 말이야."

"그럼 우리가 복이 엄마아빠 하면 되겠다."

대화 중에도 안나의 눈은 복이에게 향해 있었다.

더 기다려도 어미 고양이가 나타나지 않자, 곧장 동물병원에서 데려갔다. 간단한 검진과 예방 접종을 마치고 고양이 용품들을 구입했다. 고양이는 안나의 집에서 키우기로 했다.

사랑을 시작하고 처음으로 간 안나의 집이었다. 대리석으로 마감된 살풍경한 복도를 지나자, 안나는 잠시 문 앞에서 기다리라고 했다. 속옷이나 여러 여성 용품들을 숨기겠거니, 생각하고 잠자코 기다렸다. 안에서 푸닥거리는 소리가 잠깐 들리는가 싶더니 이내 문이 다시 열렸다.

양 손에 무거운 짐을 들고 들어가니, 높은 천장의 넓은 거실 겸 주방이 눈에 들어왔다. 시선을 돌리자 방 1개의 공간이 보였다. 신도심에 위치해 주변의 건물들도 반듯하고 정갈했다. 약간은 차가운 느낌이었다. 깔끔하다는 것 말고는 다른 특징은 찾을 수 없다. 오피스텔 분양을 위한 전시관 같은 집이었다. 어쩌면 인테리어를 따로 하지 않은 느낌 같기도 했다. 복이는 차가운 공간의 따스한 난로 같은 존재였다.

"잠깐만 복이 안고 있어."

노아는 집안을 둘러볼 겨를 없이 박스를 뜯어 캣 타워를 설치하고 박스 모양의 집도 뚝딱 만들었다. 발톱을 정리할 수 있는 스크래쳐도 설치했다. 식기와 사료, 간식들은 한 곳에 밀어 두었다. 용품 정리가 끝나고 둘은 함께 욕실로 들어가 복이를 씻겼다. 아이를 씻기는 기분이었다.

노아는 무심코 욕실을 둘러보다 세숫대야에 담긴 하얀색 팬티가 눈에 들었다. 시선을 눈치 챈 안나는 서둘러 세숫대야의 팬티를 감추었다. 문 밖에 세워두고 속옷 숨기려다 잊은 모양이다, 생각하니 더 사랑스러웠다.

복이를 씻기고 말린 후, 집 안 구경을 해도 되냐는 허락을 구하고 여기 저기 둘러보았다. TV 선반에는 안나의 네 가족이 찍은 사진이 있었다. 일부러 아버지 이야기를 하기 싫어 사진에서 눈을 거두고 작은 책장으로 발을 옮겼다. 단테의 신곡과 심리학 책들이 띄었다. 주로 상처와 치유에 관련된 책들이었는데 제목만 봐도 그동안 안나의 고독함을 짐작할 수 있었다. 혼자 힘듦을 짊어지고 살아온 게 활자로 보여 짠하고 마음 아팠다.

생각을 더듬어보면 안나는 유독 동물을 좋아했다. 특히 다친 동물을 볼 때면 걸음을 이어가지 못하고 눈이 그렁그렁해졌다. 노아는 그런 눈을 보며 자신의 처지를 떠올렸다. 나도 다친 동물이라 마음을 주는 건가, 라는 생각을 떨치기까지는 꽤 오랜 시간이 걸렸다. 안나는 강아지, 고양이를 좁은 우리에 두고 분양하는 가게를 지나칠 때나 동물원 이야기를 할 때는 무척이나 핏대를 세웠다.

공장형 동물 분양은 야만적이라며 절대 해선 안 된다고, 동물원은 동물 복지를 위해 없애야 한다고 강변했다. 아쿠아리움의 수조 속 돌고래를 볼 때도 눈시울이 붉어지곤 했다. 그런 안나가 동물권 단체를 위해 매달 기부를 하는 것은 당연지사였다.

"동물 좋아하는데 그동안 왜 안 키웠었어?"

"응, 끝까지 책임지지 못할까봐. 내가 먼저 죽을 수도 있잖아. 마음 깊숙한 곳에서 올라오는 측은지심은 해결하고 싶었어. 그래서 매달 조금씩 기부라도 하는 거야."

책장을 자세히 보니 내셔널지오그래픽 동물 다큐멘터리 세트와 아프리카 야생 동물을 다룬 책들도 여러 권 보였다. 강렬한 태양을 표지 사진으로 한 노랑, 빨강이 조화로운 아주 컬러풀한 책이었다. 노아는 아저씨들이 동물 다큐를 좋아한다고 놀렸지만, 안나의 표정은 아랑곳하지 않는 듯 했다. 평소와는 다른 모습이었다.

하얀 벽면엔 고래와 침팬지, 물개, 곰의 그림이 있었다. 아마추어가 그린 것처럼 투박하면서 동물의 선이 분명했다. 어린 아이키 정도의 큰 액자였다. 점 하나만 잘 찍어도 엄청난 가치가 인정되는 게 현대 미술이 아닌가, 라고 생각하며 그림에서 시선을 거두지 못했다.

노아가 그림 앞에 계속 머무르자 안나는 유화라고 일러주었다. 그림 밑에는 사인과 날짜가 적혀 있었다. 흘려 쓴 사인을 자세히 보니 Anna(안나)와 날짜가 적혀 있었다. 액자 4개의 날짜는 모두 2개월 사이에 그린 그림이었다. 그림보다는 날짜에 집중했다.

저 시기에 그림 수업을 들은 것일까, 노아는 생각해도 답을 찾을 수 없었다.

"그림은 언제 배웠어? 물감 표면이 거칠어서 입체감 있어."

"그냥 연습 삼아 그려봤어. 동물이 갇혀 있는 건 싫은데 막상 액자 안에 갇힌 거 같아서 조만간 버릴 생각이야."

"괜찮은데 왜 버려?"

"사람이든 동물이든 갇히면 안 되니까. 물리적이든 심리적이든. 자유로워야 해."

"그야 그렇지. 근데 저건 그림일 뿐이잖아."

"아니야."

안나는 다른 말을 꺼내려는 듯 망설였지만 이내 되삼켰다. 답답한 사무실 생활이 힘들었을 거라 생각했다.

"동물 중에서 어떤 동물이 가장 좋아?"

"고래가 가장 좋아. 어쩌면 침팬지보다 더 사람 같거든. 고래도 우울함을 느껴."

"고래가 똑똑하다고는 들었는데 우울한 감정까지 느낄 정도구나."

"고래 마음이 내 마음 같았거든."

"그 마음이 뭔데?"

"비밀."

안나는 대답 대신 옅은 웃음으로 대신했다. 발을 옮겨 냉장고 문을 열었다.

"뭐야, 대체 뭘 먹고 사는 거야?"

냉장고에는 생수 몇 병과 음료수뿐이었다. 과일도 없었다.

"아직 초저녁이니까 좀 이따 마트 다녀오자. 내가 요리 해줄게."
노아가 말했다.

"아니야, 어차피 혼자서는 잘 안 먹어서 그래."

"혼자 살수록 잘 먹어야지. 어떻게 과일이나 채소도 없어."

"주로 즉석요리 해먹게 되니까. 편하기도 하고."

어휴- 한 숨으로 대답을 대신했다. 안나의 말을 뒤로 하고 베란다로 향했다. 초저녁 야경이 쨍하게 눈에 들어왔다. 무심코 고개를 돌리니 빨래 건조대에 팬티와 브라가 널려 있었다. 안나는 아차 싶었는지, 서둘러 노아의 손을 이끌고 다시 방으로 들어왔다. 문 앞에 세워두고 뭘 정리한 건지 생각하니 문득 궁금해지려던 찰나, 건조대에서 풍겨져 나오는 섬유유연제의 냄새에 궁금증도 휘발됐다. 노아의 눈에는 모든 것이 예뻤다.

찬장 앞으로 몸을 옮겨 즉석요리 중 뭐가 나을지 살폈다. 가장 빠르고 간단히 할 수 있는 게 카레였다. 즉석 밥과 즉석 카레를 냄비에 담았다.

"자연에 해를 끼치는 거 지옥의 몇 단계더라? 즉석요리는 플라스틱 많이 나오잖아, 가급적이면 귀찮아도 밥을 해먹어."

안나는 복이에게 정신이 팔려 새겨듣지 않고 응응 하며 고개만 끄덕였다. 카레는 5분도 안돼서 뚝딱하고 만들어졌다. 반찬도 없이 즉석 밥과 카레만 먹었다. 역시나 대량 생산의 맛은 돈 맛이었다. 세상 단 하나뿐인 희귀 명품인 안나에게 먹일 맛이 아니었다. 빨리 소화되기를 바랐다. 다른 걸 채우고 싶어졌다.

"오늘 괜찮으면 같이 별 보러 갈까?"

노아는 새벽 별을 좋아했다. 고요함과 적막함, 특히 날씨 좋은 날에 올려다보는 별은 오르가즘을 느낄 만큼 황홀했다. 고용한 새벽에 쏟아지는 별을 보는 것은 단순히 시각적인 아름다움에만 그치지 않았다. 철학적인 생각을 하게 만들고 두려움을 없애는 장소였다. 버러지만도 못한 존재감이 생각을 하게 만드는 장소였다. 시간도 공간도 존재하지 않는 완전한 무(無)의 상태. 도심 어디에서도 이런 생각에 빠져드는 장소는 없었다. 내면 깊숙한 곳에 빠질 수 있는 노아의 피난처, 방주 같은 곳이었다.

한 시간 정도 달려 빛이 없는, 바다와 인접한 곳에 당도했다. 노아가 늘 가던 곳이었다. 잘 닦인 도로를 벗어나 농사용 도로에 접어들었다. 들판이 드넓게 이어졌다. 천천히 더 달려 중간 지점에 도착해 시동을 껐다. 주변은 아무 것도 없었다.

둘은 말없이 밖으로 나왔다. 당연하다는 듯, 둘은 차 뒷문을 열고 엉덩이를 걸쳐 앉았다. 꽤 추운 날씨여서 자연스럽게 안나는 노아에게 기댔다. 지켜주는 느낌이 좋았던 노아는 안겨오는 안나가 가장 사랑스러웠다. 안겨올 때 이는 초속 1m의 바람이 코를 자극했다. 향수든 살 냄새든, 아련히 남아 있는 샴푸 냄새든 안나의 것이라면 모든 것이 다 좋았다.

"이렇게 별 많은 거 처음 봐. 별이 왜 이렇게 잘 보이지?"

"그래서 내가 여길 자주 와. 완전히 압도되거든."

"다음엔 나도 자주 데려 와."

"나야 더 좋지. 같이 자주 오자. 내 선택에 의해서, 스스로 격리되고 고립된 기분이 좋아. 언제나 연결된 기분은 지옥 같거든. 늘 감시받는 기분. 이런 게 자유 같아. 자유롭게 울기도 하고, 엄청 크게 웃기도 하고. 여기서는 내 마음대로 할 수 있어."

"맞아. 폭설에 오도 가도 못하고 갇혀있거나 큰 태풍으로 어디에도 못 나갈 때 책이나 영화, 드라마 몰아서 보는 게 좋아. 어, 아니 근데 울기도 한다고? 자기가?"

"남자가 마음 놓고 울 수 있는 장소가 어디 있겠어. 집에서? 에이… 절대 못 울지."

"나도 집에서 마음 놓고 못 울어. 혹시나 누가 들을까봐. 울고 싶을 땐 입을 막고 울어."

"누구나 목 놓아서 울고 싶을 때가 있잖아. 어른이 되었다고 해서 울고 싶지 않은 건 아니니까. 여기서는 소리쳐서 울어도 아무도 몰라. 누가 볼까봐, 들을까봐 신경 쓰지 않아도 돼. 내가 하고 싶은 대로 할 수 있는 게 자유잖아."

"자유로움… 좋아. 지금도 자유롭게 하늘을 올려다보니까 행복해져. 근데 저기 별 3개가 연속으로 이어져있는 게 뭔지 알아? 어릴 때 배웠던 거 같은데 기억이 안 나."

"저건 오리온자리. 내가 제일 좋아해. 오늘 따라 유난히 달도 예쁘다. 난 보름달보다는 저런 초승달을 더 좋아해. 자기 눈썹처럼 생겼잖아. 앞으로 달이 차오를 테니까 미래가 있는 달이기도 하고."

시간이 지나자 눈이 어둠을 깊이 빨아들였다. 별빛은 더 커졌다. 어두운 방에 미등을 켠 것 같았다. 초겨울이라 여름의 풀벌레 소리조차도 들리지 않는, 당혹스러울 정도로 아주 조용하고 늦은 밤이었다. 간혹 멀리서 바람이 바닥을 쓰는 소리만 옅게 들렸다.

"달도 가까이서 보면 그냥 돌 같은데 지구에서 보면 저렇게 빛나잖아. 멀리서 보면 다 빛나는 건가?"

안나가 혼잣말 하듯 내뱉었다.

"누구에게나 빛이 있어. 안 보려고 해서 그렇지. 자기도 그래, 멀리서보든 가까이서 보든 빛이 나"

"에이…"

"나한테는 보여. 나한테만 보이면 좋겠다. 그 빛. 잠깐 가만히 있어봐. 눈에 비친 별이 보여. 진짜야. 더 가까이 와 봐."

"그런 말 다른 여자한테 쓴 적 있지?"

"처음이야. 진짜 눈에 별이 비친다고."

"믿어줄게."

"믿든지 말든지…"

노아는 자신만의 공간에 처음으로 안나를 초대했다. 처음이라는 사실을 말해도 왠지 믿을 것 같지는 같았다.

"자기도 결국엔 별에서 왔어. 혜성이 지구와 부딪히면서 탄소나 칼슘 같은 인체를 구성하는 유기물을 지구에 선물해줬고, 그게 진화해서 지금 내 눈 앞에 있는 거잖아. 물도 전부 다 우주에서부터 온 거야. 액체 상태로 존재하는 게 우주에서 쉽지 않다고. 대부분 얼음으로만 존재하거든. 물 귀한 줄 알아야 해. 혹시 골디락스 존이라고 들어봤어?"

"뭐야, 지구 과학 선생님 같은 거 보니까, 나한테 처음 쓰는 멘트인 거 알겠어. 믿을게!"

노아를 한 번 쳐다보더니 다시 하늘로 시선을 옮겼다.

"근데 사실 정말 신기해. 저기서 왔구나. 우리가. 어! 별똥별 봤어?"

"응, 종일 밤하늘 보면 5개도 넘게 봐. 특별한 건 아니지만 밤하늘을 올려다 볼 일이 없으니까. 소원은 빌었어?"

안나가 잠시 뜸들이더니 "행복!"이라고 말했다. 순수한 여자아이의 카랑카랑한 목소리였다. 그리고선 노아에게도 소원이 있냐고 되물었다.

"나는 성공! 열심히 재미있게 일도 하고, 자기 고생도 안 시키고 싶다. 꿈, 미래가 없으면 너무 심심하고 재미없으니까."

"지금의 행복이 쌓여서 미래가 있고 꿈이 있는 거 아닌가…"

안나가 혼잣말 하듯 무심하게 내뱉고 다시 하늘을 올려다보며 말했다.

"정말 다른 행성에 와 있는 거 같아. 별빛에 의지해서 주변을 본다는 게 경이로워. 어두운 밤에도 다 보여.”

“별빛 달빛 햇빛 말고는 다 가짜 빛이라 안 이뻐. 아니, 자기 눈빛은 제외. 진짜 눈에서 빛이 나고, 온 몸에서는 후광이 비춰.”

“믿어준다고 했지. 여러 번 강조하면 안 믿을 거야.”

“진짜야… 나만 오는 공간에 같이 오니까 더 이뻐. 정말 이뻐. 그래서 아예 확 못난이가 되면 좋겠다. 나만 좋아하고 사랑할 수 있게.”

노아의 시선은 내내 안나에게만 머물렀다. 그런 노아의 말이 싫지 않았는지 안나도 눈으로 웃었다.

“저 별들 다 이름이 있겠지?”

잠시 머뭇거리며 안나가 물었다.

“별의 개수가 수 백, 수 천 조가 넘을 텐데… 이름 없는 별들이 더 많을 거야.”

“하긴, 저 많은 별에 이름 지어주는 것도 힘들겠다.”

“이름이 없다는 걸 생각하면 조금 슬퍼져. 우리도 언젠가 이름 없는 별들처럼 잊혀지겠지. 잊혀진다는 건 조금 슬프다.”

노아가 우는 표정을 우스꽝스럽게 지었다.

“만약에 우리가 헤어진다면, 내 이름도 잊혀지는 거 아니야?”

안나가 물었다. 원하는 답을 기대하는 눈치였다.

“헤어져도 이름은 안 잊을게”

노아는 웃으며 답했다.

“뭐? 절대 안 헤어진다고 대답했어야지, 절대로.”

"아, 여자들의 언어는 정말 어렵단 말이야. 안 헤어지고 안 잊을게. 어떻게 잊어. 자기가 내 인생에 충돌했잖아. 큰 흔적을 남겼고 이 분화구는 어떻게 해도 메워지지가 않아. 워낙 커서."

안나가 째려보며 말했다. 삐진 사춘기 여학생의 눈이었다.

"여자들의 언어가 아니라, 내 언어는 자기만 알잖아. 날 죽이고 살리는 건 자기한테 달렸어."

"그렇게 무섭게 얘기 하지 마."

"사실이니까. 자기 말 한마디에 기분이 살았다, 죽었다 해."

"그런 저자세도 안 돼. 숙이고 들어올 필요 없어. 자기라는 존재는 나한테 그렇게 나약하지 않으니까."

"자기 말고 이름 불러줘. 이름 불러주는 게 좋단 말이야."

"안나. 몇 번이고 불러도 좋은 이름. 이름 부르는 입술 모양도 맘에 들어. 이름을 말할 때 혀끝이 살짝 입천장을 두드리는 것도 좋아. 안나, 안나, 안나!"

정말이지 큰 소리로 외쳤다. 소리가 일렁거렸다. 오랜만에 누군가의 이름을 크게 부르는 기분도 좋았다. 내친김에 더 크게 불렀다. 노아가 이어서 말했다.

"자기가 종종 흥얼거리던 노래 있잖아. 아까도 차에서 흥얼거리던데, 그거 노래 듣고 싶어."

작은 목소리도 숨소리도 잘 들리는 고요한 밤, 큰 소리로 노래를 불러도 아무 걱정 없었다. 안나는 나지막이 노래를 불렀다. 오래된 발라드였다. 먼 기억의 한 구석에 있던 가사도 기억나지 않는,

멜로디만 어렴풋이 기억나는 오래된 노래는 어둠을 타고 멀리 퍼져나갔다. 끊길 듯 끊기지 않다가 끊어졌다. 소리의 파동마저 예뻤다. 노래 부르는 안나의 입술도 예뻤다. 노래 부를 때 짧게 나타났다 사라지는 하얀 입김마저도 예뻤다. 감미로움의 한 가운데에 있었다. 또 듣고 싶은 노래가 있냐는 물음에 노아가 말했다.

"나이가 들면서 바뀌는 게, 노래를 잘 안 듣게 된다는 거야. 요즘 노래는 철학이 없어. 멜로디는 몰라도 가사도 제목도 너무 가볍고 유치해서, 조금 시간이 흘러서 다시 들으면 온 몸이 가려워져서 못 듣겠더라."

"우리 가끔씩 여기 오자. 아무도 없고 좋아. 노래 불러줄게."

"인생이 풍요로워지는 거 같지? 부자가 되는 느낌. 이래서 오는 거야. 다시 시작할 수 있게 충전되는 느낌이야."

크게 춥진 않았지만 노아는 입김으로 차가운 안나의 손을 녹였다. 손을 쓰다듬다가 손등에 입을 맞추었다. 안나도 같이 노아의 손등에 입을 맞추었다. 서로가 손등에 입을 맞추겠다며 장난을 했다. 그러다 눈이 짧게 마주쳤다. 노아의 움직임이 느려지나 싶더니 이마, 눈, 코, 볼에 차례로 입 맞췄다.

그리고 자연스럽게 입술을 두드렸다. 처음엔 톡톡 입술만 두드리다, 둘은 동시에 입을 열었다. 안나의 볼과 코는 차가웠지만 입 안은 따뜻했다.

노아는 두 손으로 안나의 볼을 감싸 안았다. 바람은 없었지만 꽤나 쌀쌀했다. 짧은 키스가 끝나자 노아는 멋쩍은 웃음을 지으며 엄지손가락으로 안나의 입 주변을 정리했다.

그리고 마렝고 뒷문을 다시 닫았다. 그러자 작은 우주가 열렸다. 고요함이 더 고요해졌다. 안나가 추웠는지 코를 훌쩍이는 소리가 났다. 자동차의 공기는 차가웠지만 바닥엔 엔진이 뿜어내는 따뜻한 온기가 아직 남아있다. 이불을 덮고 같이 누웠다. 두꺼운 이불이 엔진에 데워져 아직은 따뜻함을 잃지 않고 있다.

"내가 언제부터 자기를 좋아한 줄 알아?"

노아가 물었다.

"언제부터였어?"

"우리가 얘기하는데 내가 한 말을 똑같이 반복하는 거야. 거울 같았어."

"거울이라니?"

"내가 -아 배고파- 라고 말하면, -배가 고프구나, 얼른 밥 먹으러 가자-라고 말하는 거야. -피곤해- 하면 -피곤해? 조금 쉬자.-라고 말하는 거. 이 때, 이 여자 뭐지? 싶었어. 그 이후에 자기 입에서 나는 소리는 다 좋았어. 말소리, 숨소리, 밥 먹는 소리까지 전부 다."

"걱정돼, 예쁜 소리만 들려야 할 텐데…"

"여기서는 작은 소리에도 귀 기울이게 되니까 더 좋다. 특히 숨소리가 좋아, 입 맞출 때 아주 옅은 신음소리도 좋고. 음악 같아."

"내가 그랬어? 몰랐어…"

"큰 악기가 내는 가냘픈 음악소리 같거든. 나만 들을 수 있는 음악. 난 나만 볼 수 있는 모습을 볼 때, 자기가 내 사람 같아."

안나의 코 훌쩍이는 소리가 커졌다. 추워서 내는 소리가 아니었다. 울음을 삼키는 소리였다. 안나는 눈물을 감추려 고개를 들어 연신 얼굴에 손부채질을 했다. 그런 안나를 살포시 안고 고개를 돌려 뺨에 입을 맞추며 다독였다. 우는 이유를 묻지는 않았다. 노아의 입술도 젖어버렸다. 안나는 고개를 돌리지 않고 천장만 바라보고 있었다. 약간의 시간이 흐르고, 마음이 가라앉았는지 고개를 옆으로 돌려 노아의 눈을 보며 말했다.

"잊혀지지 않는다는 걸 어떻게 믿어?"

안나의 불신엔 확실한 이유가 있었다. 아버지의 자살. 안나를 더 안고 싶었다. 욕구와 본능이 아니었다. 사랑을 확인하고 싶어서였다. 상처 입은 고양이가 서로를 핥아주는 것처럼. 서로만 아는 상처 부위를 싸매주었다.

"난 부족한 사람이 좋아. 내가 챙겨줄 수 있고, 내가 필요한 사람일 때가 좋아서."

"내가 부족해서 좋은 거야?"

"아니, 전혀. 누가 봐도 넘치는 사람이지."

"근데 왜? 동정 하는 거야?"

"왜, 동정에서부터 시작하면 안 돼? 사랑의 시작이 동정이든 첫눈에 반함이든 뭐가 중요해. 잠깐 불쌍하고 가엾다고 생각하면 그게 나쁜 건가. 길게 보면 결국 사랑뿐이야. 이번에 더 확실히 알았어, 내가 지켜줄 때 행복하다는 걸."

"……"

안나는 말을 하지 못했다.

"왜, 그럼 안 돼?"

"고마워, 사랑해줘서."

"고맙다는 말은 하지 마. 사랑해주는 게 아니라 사랑할 수밖에 없었어."

천천히 안나의 얼굴과 뒷머리를 어루만졌다. 긴장을 풀라는 작은 의식이었다. 그리고 귀와 목을 간지럼 태우듯 쓰다듬었다.

안나의 어깨 위로 살포시 손을 올렸다. 안나의 작은 떨림이 사라지자, 손가락으로 유두 주변을 쓸었다. 간지러웠는지 몸이 가볍게 움찔했다.

윗옷 한 꺼풀을 조심이 들어 올려 손을 넣었다. 브라가 있었다. 와이어 밑으로 살짝 손을 밀어 넣었다. 날씨가 꽤 추웠는지 닭살이 손에서 느껴졌다.

차가운 손이 따뜻한 가슴에 닿자 더 크게 움찔하는 것이 느껴졌다. 다시 윗옷을 내렸다. 옷이 감싸고 있었지만 봉긋한 가슴의 촉감이 느껴지는 듯 했다. 천천히 주변을 마사지하듯 만지다 한 번씩 세게 움켜쥐었다. 그럴 때마다 안나의 입이 벌어졌다.

들릴 듯 말 듯 한 탄식이 터져 나왔다. 아...! 짧은 입김이 하얗게 보였다가 사라졌다. 노아는 안나의 따뜻한 혀를 달래며 손으로는 귀와 목, 옆구리, 가슴을 차례로 어루만졌다.

가슴 주변을 만지다 유두를 만질 때 안나의 허리가 들렸다. 점점 아래로 손이 내려가자 몸을 움츠렸다. 약간은 두려움이 섞인 눈빛이었다. 노아는 눈을 바라보며 안심시켰다. 안심시킬 때는 키스보다는 쪽 소리 나는 입맞춤으로 다독였다. 마치, 섹스라는 행위가 그저 욕구를 해소하는 것이 아니라는 걸 어필하려고 했다. 손을 머리 뒤로 옮겨 천천히 눕혔다. 노아의 손은 안나의 치마를 거쳐 스타킹 안까지 들어갔지만 팬티 안으로는 넣지 않았다. 혹시나 씻지 않은 손이 걱정이었다.

눈은 마주치면서 손은 팬티를 조심스럽게 내렸다. 아주 조심스럽게 팬티를 내리면서 눈은 그녀를 안심시켰다. 그리고 조심스럽게 그녀의 위로 올라탔다. 좁은 차안에서의 체위는 제한적이었다. 달빛, 별빛에 하얀 속살이 보이는 듯 했다. 촉촉이 젖어있는 그곳을 천천히 두드렸다. 다시 안나의 긴장이 느껴졌다. 미세한 움직임을 느끼며 몇 번 두드리자, 페니스는 미끈하게 들어갔다.

봄비처럼 촉촉했다. 봄비가 내리자 계곡에 물이 흘렀다. 계곡의 물소리가 청량하고 듣기 좋았다. 부끄러움이 묻어나는 안나의 작은 움직임에는 생명력이 넘쳤다. 둘은 기름칠 잘 된 톱니바퀴처럼 잘 맞물렸다. 페니스를 넣는 동시에 안나의 눈을 보며, 목과 귀, 가슴을 애무했다.

부끄러운 표정을 이어가던 안나는 이내 부끄러움을 걷어냈다.
"너무 예뻐."
"얼굴 보지 마, 창피해"
"나만 볼 수 있는 표정이라 더 좋아, 정말 예뻐."
희미하게 보이는 얼굴이었지만 정말이지 아름다웠다.

"더 가까이 안아줘."

얼굴을 보이는 게 창피했는지 목을 감싸고 어깨에 얼굴을 숨겼다.

"아프면 얘기해…"

안나는 최대한 신음소리를 참았다.

"음악 틀어주면 안 돼?"

노아는 페니스를 넣은 채, 손을 뻗어 휴대폰을 켰다. 잠이 오지 않을 때 틀던 백색소음, 그 중 빗소리를 크게 틀었다. 봄비 소리와 계곡의 물소리는 아까보다 더 커졌다. 소리가 섞였지만, 안나의 소리는 정확히 구분할 수 있었다.

허리의 움직임은 최고조에 달했다. 촉촉한 봄비가 소나기처럼 세차게 내렸다. 노아는 그 빗소리를 좋아했다. 강하게 약하게 혹은, 약하게 강하게. 정해진 패턴 없이 비규칙적으로 허리와 손, 입을 놀렸다.

깊숙이 넣고 거기에 몸을 더 밀어 넣었다. 질 벽에 닿는 듯 했다. 입으로는 유두를 계속 깨물 듯 핥고 손으로는 다른 가슴을 쥐었다. 격렬한 움직임 속에서 입을 맞추면 전에 없던 안나의 빨간 야함이 솟구쳤다. 따뜻하고 끈적거리고 달콤했다. 들숨 날숨이 뒤섞인 따뜻한 숨 냄새도 흥분을 더했다.

"여보…! 여보…!"

안나가 크게 신음했다. 허리를 튕기더니 팔딱 팔딱 튀어 올랐다. 괴상한 소리를 내며 온 힘을 다해서 매달렸다. 울음소리인지 신음소리인지도 구분하지 못했다. 마치 안나 안의 다른 여자를 안은 듯 하는 짜릿함이었다. 노아는 이제 허리 움직임의 완급을 조절할 수 없었다. 안나의 리듬에 맞춰 계속해서 강하게 밀어 넣었다.

안나는 사정 직전의 격동을 감지했다. 노아가 굵은 신음을 내며 사정 하려던 찰나, 안나는 허리에 힘을 잔뜩 주고, 다리로 허벅지를 힘껏 감쌌다. 동시에 두 손으론 노아의 허리를 힘껏 붙들고 매달려 안겼다. 체외 사정을 하려던 노아는 워낙 강하게 수축하여 빨아들이는 탓에 체내 사정을 해버렸다. 안나도 부르르 떠는 것을 느꼈다.

아아아. 한 번, 두 번, 세 번에 걸쳐 분출된 사정을 멈출 수 없었다. 노아는 안나에게 스며들었다. 당황 반, 두려움 반이었지만 내심 좋았다. 남자들이 사정 후 겪는 가벼운 허무함이 없었다. 처음이었다. 질내 사정도, 사정 후 허무함을 느끼지 않은 것도. 이 여자는 진짜 내 여자다, 라는 소유감으로 바뀌었다. 눈에 입을 맞추고 볼에 입을 맞추고 그리고 안나의 가슴에 파 묻혔다.

평소 아이를 가지기 싫어했던 노아는 오히려 여자보다 더 피임에 신경을 쓰곤 했다. 피임이 담보되지 않으면 관계조차 피했다. 잠깐의 황홀보다 후회가 더 크다는 것을 알기 때문이었다. 사정하고 나서 성욕이 급격히 떨어지는 그 오묘한 허탈감이 싫기도 했다. 가벼운 만남에서 사정 후 어떻게든 핑계를 대서 자리에서 벗어나고 싶어 하던 어린 날의 후회가 현재까지 싫었던 것이다.

하지만 안나를 만나면서 이 여자 닮은 아이를 갖고 싶다는 막연한 꿈도 가지게 됐다. 그래서 안나 안으로 뿌려지는 것이 좋았다. 완벽히 노아의 것이 되는 기분이었다.

후우……후. 후. 후. 노아는 크게 한 번 숨을 내쉬고 작은 숨을 연거푸 내쉬었다.

"빼기 싫어. 이대로 조금만 더 있자."

안나의 가슴에 얼굴을 묻고 이따금 유두를 깨물면서 장난스럽게 핥았다.

"안 빼도 돼…"

빠지지 않게 자세를 고쳐 더 끌어안고 노아의 등을 다독였다. 머리도 쓰다듬었다.

"난 자기가 흥분하면 여보, 여보 하는 게 좋더라. 평소엔 잘 하지 않는 애칭이잖아."

안나의 행동과는 달리 부끄러운 표정은 숨기지 못했다. 노아도 동시에 미소를 지었다. 남자가 여자를 사랑하는지 확인하는 방법은 쉽다. 사정 이후의 눈빛, 행동을 보면 단번에 알 수 있다. 어떤 여자도 직감으로 알 수 있다. 그 순간에는 어떤 거짓말쟁이도 쉽게 거짓된 행동을 하기 쉽지 않다.

잠시 후 서로의 몸이 떨어지자 하체의 땀과 체액이 차가운 공기와 닿자 한기를 느꼈다. 안나에게 뿌려진 정액도 조금씩 흘러나왔다. 둘은 휴지로 뒷정리를 마치고 옷을 정리하고 더 누워있었다. 이불의 흠뻑 젖은 부분에 수건을 깔고 다시 누웠다. 안나는 노아에게 물렸다. 팔베개를 하고 안나의 머리에 코를 대고 토닥였다. 등을 쓸고 머리도 쓸었다. 가쁜 숨이 점차 안정을 되찾았다.

"나는 언제 마음을 주기 시작한 줄 알아?"

안나가 물었다.

"언제였지? 처음부터 아니었어?"

"처음엔 나쁜 말을 해서 때릴 뻔 했고…"

"아… 그랬지? 언제부터였을까…?"

"같은 얘기를 할 수 있을 때부터."

"아. 무슨 말인지 알아. 나도 그랬으니까."

"퇴근할 때 직원들끼리 우연히 만났을 때 기억나?"

"응. 그 때 여자들만 있어서 어색해 죽을 뻔 했지."

"자기 시선이 오직 나만 향해 있는 거야. 나보다 예쁜 사람들한테 눈길도 안 주는 거 보고 그 때부터 조금씩 마음 갔어. 동물 좋아하는 것도 좋았어. 좋은 아빠가 될 것 같은 남자가 이상형이었거든."

"누구에게나 예뻐 보이는 건 아무 의미 없어. 내 눈에만 예쁜 게 좋아. 속마음을 들여다보는 게 속살을 보는 것보다 더 좋잖아."

"자기 눈에만 예뻐 보여. 걱정 하지 마."

"근데 난 좋은 아빠보다 좋은 남편이 되고 싶은데…"

"좋은 아빠가 좋은 남편도 되는 거야."

"그래도 좋은 남편이 더 되고 싶어. 아이는 성인되면 떠나지만. 와이프는 평생이니까."

"현명한 대답이야."

"당연하지."

"또 있어. 언젠가부터 내가 좋다, 는 표현 대신에 나쁘지 않다, 라고 표현하는 걸 깨달았어. 근데 자기는 좋으면 좋다, 고 표정과 말이 같잖아. 자기는 표정 관리도 잘 못하는 게 솔직해 보였어. 이리저리 계산하는 거 같지 않았으니까."

"좋은 건 좋고, 싫은 건 싫지. 자기는 너무 좋아서 미치겠고. 아니다. 벌써 미쳤지. 하하"

"처음 우리 집에 왔을 때 화장실에서… 세면대에 물 틀어놓고 일 보는 것도 꽤 맘에 들었어."

노아가 계속 웃으며 말했다.

"그게 왜?"

"보통은 그렇지 않잖아."

"그건, 나이가 들어서도 남자로 보이고 싶으니까 그렇지. 생리 현상을 보이고 싶지 않아서."

"나한테는 다 보여도 괜찮아. 그래야 온전히 내 사람 같단 말이야."

"자기가 나중에 엄마가 되고, 할머니가 돼도 안고 싶으니까. 그래서 그래. 계속 남자로 보이고 싶어."

안나의 입 꼬리가 올라갔다.

"우리 나중에 아이 생기면 이름은 별이라고 지을까?"

"별도 좋고 달도 좋아, 최대한 자기를 많이 닮으면 좋겠어. 가능한 최대한 많이."

"너무 흔한 이름은 아니었으면 좋겠어서. 내 이름은 의외로 흔해서 어릴 때부터 싫었거든. 자기가 좋은 이름 생각해줘."

"응, 근데 정말 신기하지 않아?"

"뭐가? 자기는 워낙 재밌고 신기한 게 많은 사람이잖아."

"문득 확률을 계산해보려고 하니까 정말 기적이다."

"무슨 확률?"

"45억 년 지구의 시간 중 사람으로 태어나서, 같은 나라, 같은 도시, 남자와 여자로 만날 확률, 거기에 서로가 사랑하게 될 확률. 기적 같은 확률 말이야."

"자기가 신기하지 않냐, 고 물어본 것 중에서 가장 신기 했어."

"자기가 다른 나라에 태어나거나, 다른 도시에 살거나, 아니면 남자로 태어났다면…"

"끔찍해?"

"아니, 난 게이가 됐을 거야. 아니, 내가 여자로 태어나서 레즈비언이 되는 걸로 생각할래. 그게 좀 더 보기 좋아."

"으이구."

노아의 엉뚱한 대답에 안나의 표정도 한결 풀렸다. 이후 잠결에 취해 어떤 얘기를 하는지도 기억하지 못했다. 누가 먼저랄 것도 없이 서로의 체온을 속 이불 삼아 덮고, 깊은 잠에 빠져 들었다.

얼마나 흘렀는지도 모를 만큼 깊게 잠들었다. 그런데 갑자기 안나는 사나운 꿈을 꾸었는지 몸을 격하게 흔들며 놀라듯 일어났다. 노아도 일어나 무서운 꿈을 꾸었냐고 물었다. 안나는 숨을 몰아 내쉬며 고개만 끄덕였다. 어떤 내용이었는지 묻지는 않았다. 꿈은 원래 반대인거라고 안심시키고 시계를 보니 채 1시간도 지나지 않았다. 체감으로는 4, 5시간은 잔 것 같은 깊은 잠이었다. 안나를 조금 더 달래고 다시 집으로 향했다. 조수석에 앉은 안나는 힘없이 창밖에만 눈을 고정하고 있었다.

"오늘 집에서 같이 잘까?"

노아가 물었다.

잠시의 망설임 없이 안나의 대답이 이어졌다.

"응."

"토닥토닥해주는데 1분도 안돼서 바로 잠들어버리더라. 나도 잠을 잘 못자거든. 신기했어. 1시간이 5시간 정도 지난 줄 알았어. 아침인 줄 알았어."

"나도 오랜만에 깊게 잤어."

"근데 무슨 꿈 꾼거야?"

"아니…그냥…"

안나의 꿈을 더 물을 수는 없었다. 그저 오늘은 노아가 필요한 날이라고 생각했다. 속으로 집에 들어가는 시간과 안나의 출근 시간을 계산하니 4시간 정도는 재울 수 있었다. 옆에 안나를 태운 데다 밤길이라 최대한 고급 승용차처럼 몰았다.

"잠이 안 올 때 잠 오는 방법을 알려줄까? 나도 약간 불면증이 있을 때 사용하는 방법인데."

안나가 고개를 창가에서 노아로 향했다.

"그런 방법이 있어?"

"몸과 마음이 피곤하지만 잠이 안 오는 거잖아."

"응."

"그럴 때는 자기 자신을 속이면 돼. 아, 근데 자기는 거짓말을 못 해서 말이야. 능숙하게 자신조차도 속일 수 있어야 한단 말이야."

"뭔데 그래. 얘기해봐."

"피곤하지만 잠이 오지 않거나, 잡생각이 많을 때는 일단 일어나야 해. 그리고는 옷을 챙겨 입어. 나 같은 경우에는 푸쉬업 100개와 스쿼트 100개를 한다고 결심해. 명심할 건, 생각만 하지 말고 진짜로 해야 한다는 거야. 그리고 푸쉬업 10개를 하잖아? 그럼, 에나 모르겠다, 하고 잠들어."

안나는 실망하는 투로 말했다.

"그게 뭐야…"

"효과 있어. 이래도 잠이 안 온다? 그러면 아예 야밤에 1시간 정도 밖에서 운동을 한다고 생각해. 그래도 잠이 안 온다? 그러면 진짜 운동하고 샤워하면 잠이 와. 몸을 힘들게 하면 돼. 이래도 잠이 안 와? 그러면 아예 잠을 안 자. 나 같은 경우에는 이럴 때 별 보러 오는 거야. 수많은 별을 보면 내가 하찮은 버러지 같은 존재처럼 느껴지고, 세상 모든 것들의 고민도 부질없다는 결론에 다다르거든. 버러지가 고민해봐야 무슨 큰 고민이겠어."

"만약에 별이 안 보이면?"

"에라 모르겠다, 그냥 밥 먹고 자자. 하고 배를 채우고 자. 그러면 살이 찌겠지? 그럼 다시 운동해야 한다는 생각을 하겠지. 운동을 해도 잠이 안 온다? 그러면 또 별 보러 오면 돼. 쉽지?"

"뫼비우스의 띠 같아."

노아의 엉뚱한 대답에 안나의 표정도 점차 안정을 찾았다.

이윽고 안나의 집에 도착한 시간은 새벽3시쯤이었다. 노아는 마렝고 뒤에서 여벌의 옷만 챙겨서 올라갔다. 문을 열고 들어가니, 매일같이 보내주던 복이가 있었다. 볼수록 강아지 같은 고양이였다. 꼬리를 세우고 신나는 걸음으로 야옹 야옹 하며 안나의 발목 사이를 지나며 얼굴을 비벼댔다. 손바닥 크기의 생명체가 폴짝 폴짝 뛰어다니는 게 신비로웠다.

복이는 사랑을 듬뿍 받고 있었다. 고양이 코를 보면 안다. 촉촉하고 앙증맞은 깨끗한 코가 건강하고 예뻤다. 정말 예뻤다. 이 예쁨을 사진으로는 담을 수 없었다. 원래 고양이라는 동물이 그렇다. 예뻐서 사진을 찍으면 실제로 보는 것보다 예쁨이 훨씬 덜했다. 안나는 복이를 쓰윽 쓰다듬더니 입을 맞추고 욕실에 들어갔다.

안나가 서둘러 샤워를 하고 흰 수건에 무언가를 씌워서 나왔다. 노아는 그게 무엇인지 알았다. 브라와 팬티를 보이기 창피했나보다, 생각하니 귀여웠다. 노아도 샤워를 했다. 채 10분도 걸리지 않았다.

"전 남자 친구 팬티 같은 거 없어?"

노아의 농담에 안나가 크게 웃더니 새벽시간이라는 걸 감지하고 다시 웃음소리를 낮췄다.

"하루쯤은 더 입어도 되니까, 괜찮아."

크게 입모양을 내 과장된 표정을 지었다. 노아가 챙겨온 티셔츠와 트레이닝 바지를 입고, 화장대에 앉아 있는 안나를 쳐다보며 말을 더 했다.

"화장하는 모습이 정말 예쁘단 말이지. 다른 놈들한테는 예뻐 보이면 안 되는데. 내 눈에만 예뻐 보이세요."

로션을 얼굴에 바르며 안나는 절대 그런 일 없다고 걱정 말라고 소리 낮춰 웃었다. 어떤 걱정도 없는 아이 같은 미소였다. 어느덧 아까 꿈 얘기는 잊힌 것처럼 편안했다. 안나를 먼저 벽 쪽에 밀어 넣고, 노아가 침대 바깥쪽에 누웠다. 하나뿐인 베개를 베고 팔을 벌려 안나를 안았다. 무조건반사처럼 팔을 벌리자 겨드랑이 속으로 들어왔다.

"내가 지켜줄 수 있는 거리에 있으니까 마음이 너무 편하다. 자기가 나한테 기대고 의지하는 느낌이 정말 좋아."

"오빠도 언제든지 나한테도 기대. 힘들면 내 어깨가 다 젖을 만큼 펑펑 울어도 좋아. 우는 모습은 내 눈에만 담을게. 우리는 비밀을 공유하는 사이니까."

안나의 등을 쓸고 토닥이자 어느새 고르릉 고르릉 하는 옅은 코골이 소리가 들렸다.

"사랑해."

듣지 못하는 순간에도 사랑했다.

아이처럼 새근새근 잠든 숨소리가 들리자, 노아의 토닥토닥도 멈추고 깊은 잠에 빠져들었다. 무거운 눈꺼풀만큼 등을 토닥일 때의 손도 무거웠다. 실로 오랜만에 자는 깊은 잠이었다.

몇 시간 잠들지 않았지만 어릴 적, 소풍가는 날의 가뿐함으로 일어났다. 좀비처럼 힘들게 비틀거리며 일어나던 것에서 싱싱한 생선처럼 튕겨져 일어났다. 일상이 안나로 흘러넘친다는 기대에 노아의 입에서는 멜로디가 만들어졌다. 아름다운 아침이었다.

*

불행은 대개 적분된다. 겹쳐서 오기 일쑤다. 행복은 예고를 하지만, 불행은 예고가 없다. 말 그대로, 사고처럼 무작정 덮쳐온다. 노아가 실패에 대한 나름의 철학을 가지고 있는 데는 이유가 있었다. 사업에도 여러 번 실패하고 형을 지키지 못했다는 아픔에 근거했다.

노아의 어머니는 신앙이 깊어 아들의 이름도 노아와 요한으로 지었다. 요한은 어릴 때부터 공부에 두각을 보였다. 돈 벌고 사업에만 관심이 많던 노아와 달리 공부도 매우 잘했다. 같은 배에서 나왔지만 종족이 다른 듯 했다. 요한은 집안의 자랑이었다.

"그래도 집안에 명문대 대학생 하나는 있어야지."

노아는 형을 자랑스럽게 여겼다.

노아의 아버지는 초등학교 졸업, 어머니는 중학교 졸업, 노아는 고등학교 졸업이 학력의 전부였다. 요한은 집안 유일한 대학 진학자였다. 그것도 명문대 경영학과. 요한은 공공연히 세상을 바꿀만한 정치를 하겠다는 포부를 밝히곤 했고, 가족들은 그 말을 흥미롭게 들었다.

"형은 정치인 하고, 나는 큰 회사 만들어야지. 그래서 정치할 때 돈 많이 들어가니까 내가 후원금 내줄게. 정치도 결국 돈이 있어야 하니까."

어린 나이에 돈을 벌었던 노아는 형의 대학 등록금을 선뜻 내줄 정도로 차곡차곡 돈을 모았다. 대학 진학을 하지 않고 곧장 뉴스 사이트를 만들었다.

기업들이 내는 보도 자료를 모아놓은 사이트에 불과했지만 당시는 인터넷 쇼핑몰이 나던 때였다. 쇼핑몰 입장에서는 광고할 곳이 필요했다. 꽤 그럴듯한 사이트는 누가 봐도 뉴스 전문 사이트였다. 웹사이트는 하루에 건설 노동자들의 3~5일치 일당 이상의 돈을 벌어다주었다. 노아의 수완으로 집안의 빚을 일부 갚기도 하고 때로는 요한에게 용돈을 몰래 주기도 했다.

요한은 군대를 빨리 다녀오겠다며 대학 1학년을 마치자 바로 입대했다. 이등병까지는 편지가 자주 왔다. 2,3일에 한 번씩은 왔다. 군대의 부조리한 문화를 처음엔 힘들어하는 듯 했다. 주로 부모님과 노아에게 각각 2통을 보냈다. 처음엔 꼬박 답장을 보내다가 너무 자주 오는 편지에 답장을 거르기도 했다. 일병이 되자 편지가 점점 뜸해졌다. 잘 적응하는 거라 생각했다.

그런데 어느 날, 전화 한 통이 왔다. 군대였다. 요한이 군대에서

부상을 당했다는 전화였다. 헬기 레펠 연습 훈련을 하다 3미터 모형 탑에서 머리부터 떨어졌다고 했다. 수술을 해야 한다고 해서 연락이 왔단다.

훈련장과 비교적 가까운 민간 병원으로 옮겨지고 요한은 급하게 뇌진탕 수술과 허리 수술을 받았다. 노아와 그의 어머니는 곧장 3시간을 달려 병원으로 향했다. 군관계자가 기다리고 있었고 어쩌다 다쳤다는 물음에 훈련 중 부상이라고, 대단히 유감이라고 말했다.

오랜 수술 끝에 중환자실에서 요한을 마주한 노아는 뭔가 이상함을 감지했다. 흐트러진 환자복을 정리하다 허리와 다리에서 멍자국을 찾았다.

머리부터 떨어졌다면 목을 다쳤어야 했을 텐데, 머리와 허리가 다친 것을 의아해 했다. 멍 자국을 보자마자 노아의 머릿속에선 바로 결론까지 나왔다. 군대내 폭력이었다.

"환자 보호자 되십니까?"

의사가 다가왔다.

"네, 수술은 잘 된 건가요?"

"수술은 잘 됐는데 측두엽 손상으로 약간의 후유증은 감안하셔야 할 듯합니다."

"측두엽이요?"

"측두엽은 언어 이해력과 기억력을 통제하는데, 측두엽이 손상

되면, 언어능력과 기억력이 일부 저하될 수 있습니다."

"죄송하지만, 조금 더 쉽게 설명해줄 수 있을까요?"

"… 기억력이 떨어질 수 있습니다."

"기억력 떨어지는 정도라면 어느 정도…"

"환자에 따라 다르지만, 기억력이 흐릿해질 수 있습니다. 말이 어눌해질 수 있고, 처음엔 긴 문장으로 대화하기 힘드니까 가급적 짧은 문장으로 대화하시는 게 환자에게 좋습니다. 아무튼 환자가 깨어나면 정확히 알겠지만 어느 정도는 감안하고 계셔야합니다."

"정도가 심한건가요?"

"일단 깨어나 봐야 압니다. 수술은 잘 됐고, 상태도 좋습니다. 경과를 지켜보시죠. 간호사가 일반실로 안내해 드릴 겁니다."

노아의 어머니는 숨죽여 대화를 듣다 어렵게 말을 꺼냈다.

"의사 선생님…, 그래서 우리 아들이 언제쯤 괜찮아진다고요?"

"일단 깨어나 보면 아는데, 크게 걱정은 안 하셔도 됩니다. 당분간 환자 곁에서 많이 시간 보내고 얘기도 많이 나누시면 도움 될 거니까 너무 큰 걱정은 하지 마세요. 아들과 대화도 많이 하시고 시간도 많이 보내시는 게 중요합니다."

의사는 두 손으로 어머니의 손을 감싸며 걱정 말라고 말했다. 다정하고 친절했다.

노아는 어머니를 안심시키기 위한 의사의 말이라는 것을 알았다. 요한의 상태는 꽤나 심각하다는 걸 알았다. 어쩌면 요한이 자신만의 세계에 갇힐 수도 있을 거란 걸.

군 관계자는 다가와 요한이 의병전역 될 거라고 일러주었다. 자신의 경험상 요한의 상태면, 국가 유공자가 될 수 있을 거라고, 매월 약간의 연금이 나오고 치료비도 전액 지원받을 수 있다는 것을 알려주었다.

노아는 요한이 안정되면, 군대에서 있었던 일에 대해 캐물을 작정이었다. 아무래도 멍 자국이 신경 쓰였다.

저녁 늦게 요한이 깨어났다.

"일어났어? 여기 병원인데 여기 엄마도 같이 왔어."

"……"

요한은 말없이 일어나려고 어깨에 힘을 잔뜩 주었지만 이내 다시 쓰러져 누웠다.

"천천히 일어나도 돼, 약 기운 남아있어서 졸릴 거야."

"어."

"우리 아들… 엄마가 면회도 못 가고 병원에서 아들 보고 이런 못난 엄마가 어딨다고…"

"목 말라."

노아는 요한의 몸을 일으켜 세웠다. 어머니는 바로 정수기에서 찬물과 더운 물을 섞었다. 미지근한 물을 힘겹게 삼키는 요한을 보면 안심했다.

깨어난 것만으로 감사하다는 눈치였다. 물을 마시고 다시 누워서 눈을 감는 모습을 지켜봤다. 눈동자가 움직이지 않는 것으로 보아 다시 잠든 거 같았다.

"거봐, 의사가 별 거 아니라고 했잖아."

"주여… 감사합니다. 감사합니다."

"어차피 잠도 안 오니까 내가 형 옆에 있을게. 엄마는 좀 자."

노아는 멍 자국에 대해 묻겠다는 생각은 잠시 미뤄두고 안정을 찾기만을 바랐다. 의사는 심리적인 요인으로 긴 문장으로 말을 못 하는 경우도 있으니 긴 호흡으로 지켜보자고 했다. 보름 정도 간호를 마치고, 의병제대의 행정처리를 끝내고 고향 근처 요양 병원으로 옮겼다.

바다와 가까워서 배의 엔진소리가 들릴 정도였다. 자동차 엔진 소리와 달리 배 엔진 소리는 좋았다. 요한과는 여전히 단답형으로만 대화를 겨우 이어갔다.

"병원 밥 맛 없지?"

"어." 하고는 멍하니 시선을 바깥에 두는 식이었다.

가끔 성경 구절만 종이에 적어 내밀곤 했다. 〈예레미야 17:14〉 같은 식이었다.

성경책을 보면 〈여호와여 주는 나의 찬송이시오니 나를 고치소서 그리하시면 내가 낫겠나이다 나를 구원하소서 그리하시면 내가 구원을 얻으리이다〉 라고 쓰여 있었다.

어머니는 뒤 돌아서 슬퍼했다. 요한에게 쪽지를 받은 그 다음날은 꼭 새벽 예배에 갔다. 군대에서 무슨 일이 있었는지 물어도 대답을 하지 않았다.

좀 더 안정이 필요하다고 생각해 자주 묻지는 않았다. 하지만 결코 그냥 넘어갈 수는 없는 문제였다.

*

노아는 일 벌이는 것을 좋아했다. 가만히 있으면 마치 부패하는 느낌이 들었다. 그곳이 곧 지옥이었다. 노아의 관심사는 주로 심리와 마케팅과 관련된 것들이었다. 그러던 노아는 협상을 다룬 책에서 재밌는 일화를 보게 된다.

하버드 법대 교수이자 협상학의 세계적 권위자인 로저 피셔(Roger Fisher) 교수가 자동차를 싸게 구입한 사례는 유명하다. 피셔 교수는 어느 날 도요타 자동차를 새로 하나 사기로 결정하고 보스톤 시내의 7군데 자동차 딜러에게 들러서 다음과 같이 얘기했다고 한다.

"내가 도요타 자동차를 사려고 하는데, 다음 3가지 조건만 만족하면 다른 것은 어떻든 상관하지 않겠습니다.

첫째, 에어컨이 있어야 하며, 둘째, CD 플레이어가 있어야 하며, 셋째, 자주색이 아니어야 합니다. 이 3가지 조건만 충족하면 다른 건 상관없습니다.

이제, 당신이 내게 차를 팔 수 있는 가장 낮은 가격을 적어서 봉투에 넣어 주십시오. 나는 오늘 하루 종일 시내에 있는 모든 딜러를 찾아다니며 똑같이 요구하고, 마지막 딜러를 방문한 다음 가장 낮은 가격을 제시한 사람에게 차를 사겠습니다."

실제 이렇게 행동한 피셔 교수는 공장도 가격에도 미치지 않는 좋은 가격에 차를 살 수 있었다고 한다. 확실한 대안이 다수 있는 경우 상대방은 엄청난 압박을 느끼게 되는 것이다.

좋아, 이 일화를 바탕으로 뭔가를 만들자, 노아는 여기서 얻은 영감으로 검색 서비스를 만들기로 했다.

중고차라는 키워드를 검색하는 것이 아니라 《중고차를 사려고 합니다. 무사고 5만km 이내 현금 1,000만 원 예산입니다.》라고 쓰면 중고차 딜러들이 매물을 보내는 것이었다. 이걸 신용도로 정렬하면, 진짜 원하는 것을 찾는 검색이 되겠다고 노아는 생각했다.

즉, 키워드를 검색해서 찾는 것이 아니라 찾아오게 하는 것. 사람을 연결하는 검색 서비스를 만들기로 한 노아는 사업계획을 구체화 했다. 사업계획서 제목은 '사람을 찾는 검색'으로 했다. 결심하는데까지 걸린 시간은 짧았다. 바로 실행에 옮겨야 했다.

하지만 돈이 없었다. 여러 번 실패한 노아에게는 돈이 아예 없었다. 그렇다고 유일한 재산인 마렝고를 팔수는 없었다. 한 번 이름을 붙인 건 그저 자동차가 아니라 가족이었다. 자동차 명의 또한 어머니의 명의였다. 노아는 정부에서 지원하는 창업자금을 조사했다. 창업을 장려하기 위해, 아이디어만 있으면 자금을 융통해주는 정책 자금이 있었다. 거기에, 은행 추천이 있으면 더 많은 지원이 가능하다는 말에 노아는 고민에 빠졌다.

은행 대출 창구에 가면 아무 담보도 없는 나를 추천해줄까, 노아는 속으로 고민했다. 은행에 가서 어떻게 말해야 할지도 전혀 떠오르지 않았다.

고민 끝에 노아는 지점장을 만나서 담판을 지어야겠다고 생각했다. 아이디어는 여러 검증 끝에 자신감으로 바뀌었다. 근데 어떻게 은행 지점장을 만날까…, 노아의 고민은 점점 구체화되었지만 쉽게 해결되지는 않았다.

그 날 저녁 안나를 만났다.

"저녁 뭐 먹을까?"

"오늘은 약간 스트레스가 있어서, 맥주 마시자."

눈치 빠른 안나가 알아 달라는 듯 슬며시 스트레스라는 단어를 섞었다.

역시 안나는 눈치 빠르게 물어보았다.

"스트레스라니, 무슨 일 있어? 술도 잘 못 마시면서…"

"내가 하려고 하던 일이지 뭐."

노아는 안나가 관심을 가져주는 게 좋았다.

"그 검색 어쩌고 하던 거? 아직은 비밀이라고 잘 가르쳐주지도 않았잖아. 잘 되고 있어?"

"응, 괜찮은 거 같아. 우리 서비스는 광고도 없고, 수익 모델도 새롭잖아."

"근데 수익 모델이 광고가 아니면 뭔데? 다른 검색 업체들도 다 광고로 돈 벌잖아."

"우리는 사람을 찾는 검색이잖아. 사람을 찾는 과정에서 나오는 데이터로 뉴스를 만드는 거야. 축구 경기 중간 중간에 패스성공률이나 볼 점유율을 실시간으로 알 수 있는 것처럼 미국, 유럽, 중국, 일본의 경제 통계를 실시간으로 알 수 있는 거지. 뉴스를 먼저 아는 것은 결국 돈이잖아."

노아는 기다렸다는 듯이 말을 이어갔다.

"워털루 전쟁이라고 들어봤지? 거기서 프랑스와 영국이 싸웠는데 당시에는 영국의 승리를 점치기는 어려웠어. 그 때 나폴레옹이 있던 프랑스였으니까. 사람들은 영국이 질 거라 생각하고 채권을 헐값에 팔아버렸어. 근데 그 전쟁에서 결국 영국이 이겼고, 이 정보를 조금 더 빨리 알았던 로스차일드 가문이 하루만에 20배 넘는 이익을 얻었어. 뉴스를 5분만 먼저 알아도 큰돈을 벌 수 있어. 뉴스에서 늘 고용, 부동산, 물가 지표에 주목하는 이유가 뭐겠어. 뉴스를 먼저 아는 것이 돈이 되니까 그런 거야."

머릿속에서 이미 정리를 끝낸 것처럼 노아는 자신의 비전을 얘기했다.

"응. 정확히는 모르겠지만 재밌게 하는 거라면 응원할게."

"재밌긴 한데 그냥…"

어차피 숨기지도 못할 표정이었다.

"표정만 봐도 아니까 다 얘기해봐."

"음. 은행 지점장을 만나야 하는데 어떻게 만나야할까? 그냥 부자인 척 하고 VIP실로 찾아가면 될까?"

VIP실로 찾아가도 안될 거라는 걸 알면서도 혹시나 안나에게 비책이 있을까 하는 기대로 생각나는 대로 내뱉었다.

"은행? 돈이 많이 필요한 거야?"

"5천 만 원까지 정부 자금이 된대. 나라에서 해주는 거라 이자가 싸. 지점장 만나서 추천 같은 걸 받아야 하나봐."

"지점장한테 줄 자료 있으면 준비해봐."

안나가 확신에 찬 표정으로 말했다.

"미리 정리해놨지. 근데 어떻게 만난다는 거야?"

"그냥 자료만 예쁘게 준비해서 인쇄해줘. 10부 정도만 준비해줘. 근처에 1군 은행 지점이 10개 정도 되니까."

"그래 준비해볼게."

노아는 안나의 조언대로 은행 지점장들에게 보낼 사업계획서를 간단히 정리했다. 그리고 이튿날 점심시간에 자주 가던 카페에서 만났다.

"여기 서류 봉투에 자료 인쇄한 거 넣어. 지점장들에게 직접 우편으로 보내줄게."

"우편…? 지금 시대에? 우편으로 보내도 될까? 버려지지 않을까 싶은데…"

"안 버려질 거야. 지점장 말고 부하직원들은 안 볼 거야. 걱정 하지 마. 은행에서 전화 오면 잘 받기나 해."

안나는 확신에 차 있었지만 노아는 반신반의했다. 그렇게 안나가 사업계획서를 은행 지점장들에게 보냈다.

다음 날, 노아는 3곳의 은행 지점장들에게 직접 연락을 받았다. 그리고 바로 약속을 잡고 은행 지점장들을 만났다. 노아는 자신의 사업계획서가 꽤나 괜찮아서 연락이 온 거라고 생각했다.

"안녕하세요, 반갑습니다. 은행 추천서가 있으면 정부 창업자금을 더 수월하게 받을 수 있다는 안내를 받고 왔습니다."

"그렇군요. 은행에서 일하면 창업 정책자금 담당 공무원들과 정기적으로 만납니다. 사업계획서를 검토해봤는데 여기선 처음 보는 IT 쪽 사업이더군요. 흥미롭기도 하고. 내일 담당 공무원 만날 때 얘기해보겠습니다. 자료는 더 없나요?"

"미리 준비해뒀습니다. 여기요."

노아는 은행 3곳의 지점장을 만났고 나름의 긍정적인 답변을 받았다. 노아는 은행 지점장과 헤어질 때 알았다. 안나가 확신에 차서 한 말은 이유가 있었다. 우편봉투에 오른쪽 하단에는 주소 이외에 괄호가 하나 붙어 있었다.

받는 사람

xxx xxx xxx

xx 은행 지점장 앞 (개인적임)

안나는 역시 센스 있는 여자였다. 지혜로웠다. 노아는 며칠 후 정책자금 담장자를 찾아갔다.

"정부 자금 신청하러 왔는데요."

"어떤 사업인가요?"

"인터넷 검색 서비스입니다."

"아, 말 들었습니다. 서류 두고 가보세요. 저희가 한 번 검토해보고 연락해드리겠습니다."

창업자금을 지원받는 제도. 만약, 대출금을 못 갚으면 정부에서 대신 갚아주는 보증 제도였다.

이 정부의 지원을 받기 위해서는 사업계획서를 미리 제출하고 담당자와 구체적인 상담을 하는 시간이 필요했다. 사업성을 평가하고 지원 여부를 결정하는 것이다.

노아는 늘 그렇듯 미리 약속한 시간보다 조금 일찍 사무실에 갔다. 일명 미안한 마음 던지기라는 작은 기술이었다. 먼저 약속 장소에 가서 기다리는 모습을 보이면 노아가 상대적 우위에 설 수 있는 기술이었다. 사무실 건물도 내부도 깨끗했다.

저 안에는 자리 지키는데 급급한 무사안일한 공무원들만 있겠지… 아니면 고압적인 사람들일까? 아니, 둘 다 있을 거야, 속으로 생각했다. 문을 열자 앞서 상담 신청한 민원인들이 열심히 상담하고 있었다. 은행창구와 비슷한 구조였다. 여러 명의 민원인을 상대하는 담당자들이 보였다. 노아가 배정받은 담당자의 이름은 누가 봐도 남자였다.

남자 담당자는 세 명이 있었는데 두 명은 누가 봐도 40대 초반으로 보였고, 또 한 명은 50대 중후반쯤으로 보이는 남자였다. 저 50대 남자는 아니기를 바랐다. 사실 셋 다 인상이 마음에 들지 않았다. 백 번 설명해도 아무 것도 모를 것 같았다.

혹시나 하는 마음으로 갔지만, 사실은 그 혹시나 하는 마음이 가장 컸다. 하지만 그 혹시가 맞을 거라는 확신을 한 것은 그 때였다. 50대 담당자는 종종 스마트폰을 보면서 눈에서 멀찌감치 떨어뜨려 응시했다.

아주 천천히 어려운 고전 철학책을 보는 양 들여다보고 있었다. 노안이 온 50대 담당자를 설득할 수 있을 거라고 생각할 수 없었다. 제발 저 사람이 아니기를 바랐다. 99%는 말귀를 못 알아들을 거라고 생각했다. 두 민원인이 비슷한 시간에 일어났다. 그 앞에는 그나마 말이 통할 거 같은 40대, 그리고 문제의 50대 담당자가 있었다. 상담시간은 정시에 시작해 25분 내외에 끝나는 거 같았다. 3시 1분 전, 걸걸한 목소리가 울렸다. 노아의 이름을 불렀다. 시작하기도 전에 패한 기분이었다. 속으로 탄식했다.

"아…"

재판처럼 기피 신청이라도 하고 싶었다. 상담은 예상대로였다. 상담이 아니었다. 담당자는 노아의 말을 전혀 이해하지 못했다.

"저희가 사업계획서 검토를 해봤는데, IT쪽은 잘 모르겠네요."

"네? 그럼 어떻게 해야 하죠?"

"다른 곳으로 가보세요."

"청년창업자금이니까 여기서 심사하는 거 아닌가요?"

노아의 말은 정중했지만 당황스러워 입술에 잔뜩 힘을 주고 말했다.

"그건 맞는데, 제가 담당자인데 제가 서비스를 잘 모르겠네요. 차라리 옷가게 같은 눈에 보이는 건 잘 되는데, 검색 서비스? 이런 건 눈에 안 보이잖아요. 눈에 보이는 옷가게나 식당을 해보세요. 그런 거라면 바로 되는데, 데이터는 눈에 안 보이는 거니까 측정하기가 어렵네요."

"데이터가 왜 눈에 안 보입니까?"

목소리가 커졌다.

"우리는 그런 건 모릅니다."

"데이터는 뉴스가 되고 신문에서도 볼 수 있고, 방송 자막으로도 볼 수 있고. 무엇보다도…"

"모른다니까요."

담당자는 노아의 말을 잘랐다.

"하…"

굳이 설명하려고 하지 않았다. 더 설명해봐야 답이 나오지 않았다. 자리를 박차고 일어났다. 의자가 뒤로 넘어가 사람들의 모든 시선이 노아에게 향했지만, 쓰러진 의자를 일으키지 않고 씩씩대며 나갔다.

노아는 이후 3번을 더 찾아갔다. 한 번 시끄럽게 싸우고 난 뒤에 찾아갔으니 당연히 소문이 났을 터였다. 같은 담당자와 입씨름 하는 것은 꽤나 힘들었다. 서로가 언성을 높일 때는 동료 공무원들의 시선이 오직 노아에게로 향했다.

노아는 자료 검토를 하지 않는다는 이유로 감사원에 진정서를 냈지만 담당 공무원은 "감사원에 진정서 내도 내가 모르면 안 됩니다."라는 말로 일갈했다.

노아는 좌절했다.

저 늙은 능구렁이를 협박할 수 있는 카드가 있을까, 곰곰이 생각했다.

퇴근 길 저 담당자의 차에 치어볼까, 사소하더라도 불법적인 것은 없는지 뒤를 밟아볼까도 생각했다. 그렇게 약점을 잡아 협박할 요량으로 뒤를 밟아야겠다고 생각했다. 그것이 노아의 방식이었다. 먼저 미안함을 느끼게 하거나 약점을 쥐어 잡고 원하는 대로 흔들거나. 이 두 개의 효과가 가장 탁월했다. 이 남자에겐 채찍이 필요했다.

하지만 인생은 재미있다. 어디서 어떤 결과가 나올지는 아무도 모른다. 노아는 다중 우주론을 생각했다. 우주가 여러 가지 일어나는 일들과 조건에 의해 통상적으로 갈래가 나뉘어, 서로 다른 일이 일어나는 우주가 동시에 진행되고 있다는 이론이었다. 노아는 금방 다른 우주로 이동했다고 생각했다.

몇 번이나 찾아간 덕에 근성 있는 모양새로 보였나보다. 다른 공무원이 다른 기관의 IT 업무를 잘 이해하는 담당자를 소개시켜준 것이다.

다중 우주 중에서 괜찮은 우주로 빠져들었다고 안심했다. 난장판으로 만들려던 차에 노아의 사업계획을 100% 이해하는 담당자를 어렵사리 만났다.

"방송국과 신문사, 검색 업체는 사이가 안 좋거든요."

노아가 먼저 말문을 텄다.

"그렇죠, 광고 시장을 두고 경쟁하죠."

"전통 미디어인 방송국, 신문사들은 갈수록 위기라는 걸 통계가 증명하구요."

"그렇습니다. 그런데 그 힘은 아직 막강하고…"

담당자도 이해한다는 듯 맞장구쳤다. 노아의 목소리에도 기쁨이 섞여 나왔으나 꾹꾹 눌러 숨겼다.

"아직은 공룡인데 공룡이 한 순간에 멸종하지는 않을 거잖아요. 제 마케팅 전략은 이 두 공룡을 싸우게 하는 겁니다."

"언더독이 이기는 방법은 완전히 다른 방법을 쓰는 게 맞죠."

"맞습니다."

노아는 공감해주는 담당자에게 고맙습니다. 라고 말할 뻔 했다.

"검토 해봤는데요, 이 정도면 충분합니다. 운이 좋으시네요. 제가 예전에 IT 서비스를 담당했었거든요. 여기서는 IT 서비스로 창업지원을 하는 게 처음입니다. 여긴 굴뚝산업이 메인이잖아요."

차분하고 정중한 대답이었다.

"아… 감사합니다. 실은 포기하려던 차에 이렇게 찾아오게 됐습니다."

"사업은 실력이라고들 말 하지만 사실은 운에 의해 좌지우지 되죠. 저를 만난 건 그저 작은 운에 불과합니다. 포기하지 마시고 도전 해보세요."

"정말 고맙습니다. 혹시, 그럼 얼마나 지원될까요?"

"3천 만 원 지원 될 겁니다. 5천 만 원이 한도이긴 하지만 그건 사실상 어렵습니다. 대개 처음은 3천 만 원 정도입니다. 성과가 나오면 추가로 지원이 가능하니까 추후에 또 연락주세요."

"감사합니다. 그 정도면 충분합니다."

그렇게 노아는 우여곡절 끝에 초기 창업자금으로 3천 만 원을 지원받았다. 그 날, 저녁 바로 안나를 만났다. 안나도 설레는 표정이었다.

"이제 개발자와 디자이너를 찾으면 되네?"

노아에게 물었다.

"근데 돈이 너무 애매해… 월급주고 마케팅 비용을 쓰고. 그럼 빠듯하네."

노아의 목소리 대신 자신감이 빠져나갔다.

"돈 대신 다른 걸 주면 되지, 가장 중요한 거."

"지분? 난 학교를 만들고 싶은데. 지분을 주면 결국엔 기업 공개를 목표로 해야 하는 거잖아. 공익 재단으로 만들고 싶어서."

"그럼 일단 관심 있어 하는 사람들을 찾아보자. 그 뒤엔 내가 생각해볼게."

"회사 이름은 생각해둔 거 있어?"

"여러 개 생각해봤는데 그 당시엔 좋아도, 이상하게 자고나면 마음에 들지가 않아. 아침엔 좋았다가 밤엔 안 좋고, 반대로 밤엔 좋은 이름이었는데 아침엔 별로고… 자기가 예쁘고 멋진 이름 하나 생각해줄래?"

"제일 어려운거잖아, 이름이 가장 중요하니까."

"그렇지. 이름은 조금 특이한 이름이 어떨까? 내가 생각한 건, 검색을 뛰어 넘는 발견. 디스커버리 어때?"

"그것도 나쁘진 않은데, 사람을 연결하는 검색… 그건 결국 비즈니스니까, 이름에도 비즈니스를 넣고… 어…?"

"좋은 거 생각났어?"

"문법엔 맞지 않지만 Time to Business, 이거 어때?"

"너무 길지 않아? 문법에도 맞지 않고."

"워크맨처럼. 문법은 안 신경 안 써도 될 거 같아. 그럼 줄여서 앞글자만 따와서 Titob 어때? 발음도 쉽고."

"……"

노아는 입을 열지 않았다.

"별로야?"

"아니, 너무 좋아서. 알파벳 다섯 개가 주는 안정감에 T가 두 개니까 너무 좋은데?"

"괜찮은 이름 같아."

"같은 알파벳이 중복되고 발음도 쉽고, 의미가 있는 이름이라…"

"그럼 이름은 그걸로 하자."

노아는 이름을 지었으면 절반은 된 거라고 생각했다.

"사람을 찾기도 하고, 쇼핑도 하고, 비즈니스의 모든 것을 여기서 할 수 있게."

노아는 최대한 많은 걸 담고 싶었다.

그런 노아를 바라보며 안나가 조심스럽게 물었다.

"조금 작게 시작해보는 건 어떨까? 그러니까, 음, 가장 작은 단계에서부터 먼저 해보는 게 어떨까 해서… 그런 걸 린(Lean) 스타트업이라고 하던데."

말투는 매우 조심스러웠다. 혹시 노아에게 상처가 되지는 않을까 하는 걱정에서 나온 말이었다.

"무슨 말이야, 잘 만들어야지. 작게 시작하는 건 아무 의미가 없어. 시작이 작으면 열매도 작아. 그럴 거면 아예 시작도 안 했지."

단칼에 대답했다.

"아니야. 마음에 담아 두지 마. 이왕 하는 거 제대로 해봐."

안나는 어떤 말로도 노아를 설득할 자신이 없었다. 어차피 노아가 또 실패해도 여전히, 더 깊게 사랑할 수 있기 때문이었다.

"미안해, 내가 잠깐 예민해서… 자기 의견도 생각해볼게."

노아는 안나를 보며 늘 안식처라고 생각했다. 당연한 것이 여러 번 실패하면서도 계속 일을 꾸미는 노아를 인정해주는 것은 안나 뿐이었다. 자신의 일에 관심을 가져주는 안나가 매우 고마웠다. 모든 부분을 나눌 수 있는 유일한 사람이었다.

안나는 결혼과 출산을 원했다. 공무원이라는 안정적인 직장이 있으니 굶어 죽지는 않을 거라고 말해왔다. 노아가 다른 일을 해서라도 가족을 부양할 수 있을 거라는 것도 알았다. 그 믿음 아래 안정된 결혼 생활을 하고 싶어 했다.

안나는 아이 낳으면 육아 휴직도 되니까 하려면 빨리 하는 게 좋겠다고 설득했다. 하지만 늘 "내가 좀 더 안정되면 그 때 결혼하자"라는 똑같은 대답이 돌아왔다.

"아직 내 인생이 은행에 저당 잡혀 있단 말이야."

*

여느 날처럼 둘은 퇴근 후에 만났다. 안나는 충격적인 얘기를 들려줬다. 지속적으로 성희롱한다는 상사의 얘기였다.

근무 시간에 어깨에 손을 올리거나 자신의 첫 경험 에피소드, 음란한 유머를 하곤 했다는 것이다. 식사를 할 때도 옆에 앉아서 힐끔힐끔 쳐다봤단다. 안나의 표정은 살짝 어두워보였다.

안나를 보며 "나이가 들면 가슴보다는 골반 라인에 더 눈이 간다니까?"라는 직장상사의 농담을 지속적으로 받는 것에 힘들어하고 있었다. 퇴근 후 메시지를 보내거나 자신의 일상을 사진으로 보내기도 했다고 말이다.

"연락처 줄 수 있어?"

노아는 안나의 말을 들으면서 이미 자신이 해야 할 일을 결정한 듯 했다. 하지만 안나는 연락처를 알려주지 않았다. 그저 공감해 달라는 의미였다고 에둘러댔다. 노아가 상사를 해코지할 수도 있 겠다는 생각에 걱정이 앞섰다. 해결책을 찾아달라는 것이 아니었 기 때문이다.

잠깐 스쳐간 대화였지만 노아는 내내 잠을 이룰 수 없었다. 머릿 속에서 자신과 같은 정신병자가 여기저기 들쑤시고 다니면서 온 통 초토화시키는 거 같았다. 뭔가 해결되지 않으면, 다음 스텝으 로 넘어가지 않는 노아에게 당장 해결해야할 문제는 안나의 상사 에 두려움을 안겨주는 것이었다.

"존중은 두려움에 기반 해. 상대에게 무례하거나 희롱할 때 자신 에게 돌아오는 무언가가 있을 수도 있다는 그 작은 두려움. 그게 있을 때 존중하게 돼. 두려움이 없다면 무례할 수 있어. 그게 사람 의 본성이지. 두려움을 심어줄 필요가 있어. 하나의 옵션만으로는 부족해. 내가 가서 뒤집어버릴까? 그걸 바라진 않잖아."

노아는 몰래 안나의 휴대전화 속 메시지를 확인했다. 비밀번호 는 단순했다. 노아의 생일이었다. 다음 날 바로 상사의 이름으로 주차된 차량 번호를 찾았다. 차량에는 혹시 모를 주차 상황에 대 비해 전화번호가 붙어있었다.

구입한지 얼마 되지 않은 중형차였다. 퇴근 후 상사의 뒤를 밟았 다. 시청에서 멀지 않은 곳의 집을 알아냈다.

마음 같아서는 마렝고로 정면에서 박아버렸어야 직성이 풀렸을 테지만 최대한 이성적으로 행동해야 했다. 안나에게 피해가 가면 안됐다. 이성적으로. 차분히 숨을 고르고 기다렸다.

차에서 내려 집으로 올라가는 그에게 시선을 고정했다. 쉽게 집을 알아냈다. 집을 알아냈으니 밤늦은 시간에 불러내기만 하면 됐다. 인류 보편적인 응징의 방법을 택하면 됐다. 11시가 넘은 시간, 노아는 주차하다가 차를 살짝 박았다고 불렀다. 터벅터벅 귀찮은 일이 생겼다는 발걸음으로 다가와서 물었다.

"차 어디가 긁힌 거죠?"

상사는 정신없이 차 앞뒤 여기저기를 살폈다. 노아는 대꾸하지 않고, 그를 노려다 보았다.

"멀쩡한데 어디가 긁혔죠?"

어리둥절하면서도 순수한, 어쩌면 멍청한 표정으로 노아를 바라봤다. 노아는 이 표정이 너무 싫었다. 중년 남자의 귀찮은 듯 특유의 시니컬한 표정은 과거 보증 지원을 담당하던, 말이 통하지 않던 담당자의 모습 같았다. 말 대신 물리적인 수단이 필요해보였다.

"네 얼굴."

눈에 잔뜩 힘을 주고 말했다.

"네?"

"얼굴이 긁히겠다고."

"… 누구시죠?"

"바닥에 얼굴 비벼도 네가 절대 경찰에 신고하지 못할 사람"

"네?"

"내가 무슨 짓을 해도 네가 신고하지 못할 사람"

노아는 주머니에서 뭔가 꺼내려는 듯 손을 집어넣었다. 상사는 뒷걸음질 치며 당황하더니, 휴대전화로 경찰에 신고하려고 했다. 어차피 신고 못할텐데 휴대폰을 들어서 뭐하냐, 는 말과 동시에 장애물 하나 없는 얼굴이 눈에 들어왔다.

노아는 휴대전화를 빼앗아 그의 얼굴을 내려찍었다. 뭔가 깨지는 소리가 진동과 함께 손끝에 전해졌다. 너무 싱겁게도 바닥에 풀썩 주저앉았다. 바싹 말라버린 오래된 나무처럼 쉽게 주저앉았다. 곧장 차가운 바닥은 뜨거운 피로 빨갛게 코팅됐다.

그를 마주보고 같이 쪼그려 앉았다. 입을 쩝쩝하더니 코피를 내뱉고 있었다. 대항할 힘도 없어 바닥만 보고 있었다. 중년의 남자가 왠지 모를 아무 말 없이 코를 붙잡고 어쩔 줄 모르는 모습에서 노아는 희열을 느꼈다. 오랫동안 몸에 잠재돼 있던 폭력의 유전자가 슬그머니 깨어났다.

자신의 계획이나 꾸던 꿈들이 실패로 끝날 때마다 생각했다. 성공의 열매를 따 먹는 낭만을 기대했지만 낭만 같은 것은 우주 어디에도 없었다. 오히려 더 촘촘해진 창살에 갇혔다. 세상은 전쟁터였다. 하지만 노아는 개인 화기도 없는 무모한 민병대였다. 전쟁에서도 삶에서도 아무런 가치가 없었다. 사회가 하나의 부품으로 돌아가는 기계라면 노아는 불량 부품이었다. 폐기 처분된 갈아끼울 수 없는 부품이었다.

코를 부여잡고 쪼그려 앉아있는 중년의 남성을 보며, 노아는 진짜 중요한 것은 눈에 보이지 않는다, 는 생각이 스쳤다. 새로운 무기를 발견한 기쁨을 만끽했다. 순간 웃음이 나왔다.

"신고해봐, 네 공무원 연금도 같이 날아갈 각오하고. 다음에 또 온다면 네 와이프 앞에서 같은 꼴 당하고, 다 죽여 버린다. 다 죽여도 나는 처벌 대신에 치료를 받아. 하- 웃긴 게 법이라는 게 그렇게 돼 있더라고. 하- 재밌지?"

그는 얼굴을 들지 못했다. 웃으며 협박하는 섬뜩함 때문이었을까. 코를 부여잡고 바닥만 쳐다봤다. 잃을 것이 많은 사람과 잃을 게 없는 사람의 대응 방식은 달랐다. 어차피 노아에겐 우울증 치료 경력이 있고 정신병원 입원 경력까지 있었다. 노아의 불운함이 흉기가, 아니 총기가, 아니 든든한 면허가 된 듯 했다. 재판에 가더라도 어느 정도 참작이 되지 않을까 생각했다. 환자는 처벌 대신 치료를 해주는 것이 인류의 보편적인 관례가 아닌가. 폭력 후 처벌보다 치료라고 생각하니 묘한 기분이었다. 역사적으로도 근본적인 문제는 폭력적인 방법으로 해결하려는 시도가 훨씬 많았다, 고 스스로 합리화했다.

심판자가 된다는 느낌, 무서우면서도 묘했다. 결정 이후에 따르는 책임에서 비교적 자유로울 수 있다는 것은 정말이지 묘한 느낌이었다. 내일은 다시 정신과에 방문해 약을 처방받아야겠다는 생각으로 큰 걸음으로 마렝고에 올라탔다. 가슴에 얹힌 무언가가 쑥 하고 내려간 느낌에 노아는 편안히 깊이 잠들었다.

재밌는 게 알고 보니, 그의 성희롱 상대는 여럿이었다. 상사는 신고하지 못했다. 하지만 누구 짓인지는 궁금했나보다. 결국 찾아보려 했지만 포기했다. 어떤 미친놈을 만났다고 했단다. 코는 왜 다쳤냐는 여러 직원들의 물음에도 계단에서 굴렀다는 얘기를 했단다. 얼굴이 팅팅 부어 다른 사람으로 착각할 정도였단다. 안나는 퇴근 후, 기분 좋아 보이는 얼굴이었다.

"왜? 무슨 좋은 일 있어?"

"그 상사 있잖아. 이상한 농담하고 성희롱 한다던…"

"알지, 그 사람이 왜?"

"코에 붕대를 하고 나타났어. 오늘은 한 마디도 안 하는 거 있지. 꿈에서 상상만 하던 일이었거든. 안타깝기보다는 고소한 거야. 오늘은 다른 여직원들한테 한 마디도 못했어."

안나는 자신의 욕망을 누군가 대신 해준 것에 기쁜 표정이었다. 노아도 기뻤다. 안나의 욕망이 자신의 욕망이었다. 절대로 보이지 않는 무기로 무장한 든든함도 있었다. 본능대로 행동하는 것에 대한 희열이었다.

"이름 훔친다는 그건 어떻게 되고 있어?"

"곧 TV, 신문에 나올 거야."

"뉴스에?"

"응."

이름을 훔쳐서 뉴스를 만들겠다는 노아의 방법은 글로벌 기업을 대상으로 한 소송이었다. 검색 사이트에서 특정 키워드를 검색해

100%, 0% 같은 광고 문구를 쓰면 허위, 과장 광고에 해당한다는 사실을 알았다.

본격적으로 소송을 걸 수 있는지 다각적으로 검토했다. 중고차나 원룸 같은 키워드 광고에는 허위매물 0%라는 식의 과장 광고가 흘러 넘쳤다.

"그러다가 자기가 다칠까봐 겁나."

"내가 다칠수록 가치가 높아지는 거야. 그리고 다칠 일도 없어."

안나를 다독이며 안심시켰다.

허위 과장 광고가 검색사이트에 실리면, 검색사이트의 책임도 연대해서 물을 수 있다고 생각했다. 이른바 방조다. 비유를 하자면, 마약을 파는 사람과 마약을 파는 장소를 제공한 사람을 같이 묶을 수 있다는 결론에 이르렀다.

대기업들과의 소송전. 노아는 이기면 좋고, 져도 좋은 싸움이라고 생각했다. 이제 그저 별 볼 일 없는 스타트업이 아니라 '글로벌 대기업과 싸운 스타트업'이 되는 것이었다.

특별한 수식어를 가진 스타트업을 만드는 것. 그것이 이름을 훔치는 방법이었다. 지금도 앞으로도 거대한 글로벌 대기업의 이름을 마음껏 빌릴 수 있었다.

"아마 소송을 걸면 상대방에서는 엄청난 변호인들을 고용하지 않을까?"

"당연하지."

"변호사 구하려면 비쌀 텐데…"

"그런 거 필요 없어. 내가 나를 변호할거야."

"그러다 지면 어떡해?"

"지면 어때, 어차피 소송 금액은 10만 원 짜리야."

"그것도 가능한 거야?"

"그럼, 소송 금액이 크면 법원에 내야하는 금액도 커지니까. 100%라는 광고를 보고 찾아갔지만, 실제로 가니 없었다. 허위 광고다. 그래서 차비와 숙박비 10만 원을 배상해라. 간단해."

"아- 어떤 의미인지 알겠어."

"소송에서 져도 타격은 없으니까 걱정하지 마. 알았지?"

"혹시라도, 져서 압류 들어오면 어떡해?"

"나한테 압류 들어올 게 있나? 작은 거 하나라도 압류한다면 나는 글로벌 대기업이 압류한 스타트업이 될 거야. 그 상황이면, 누가 손해일까?"

"하여튼, 재미있단 말이야. 특이해."

"기억되는 이름을 만드는 건, 그러니까 브랜드를 만드는 건 종교를 만드는 것과 비슷해."

"종교?"

"세뇌 시키고 광신도를 만들면 더 좋아. 여기서, 이야기를 만드는 게 가장 중요하지."

"소송으로 이야기를 만든다는 거지?"

"응, 다윗이 물맷돌로 골리앗의 이마를 명중시켜서 쓰러뜨린 것처럼 이야기를 만들어야해. 여기에 압류가 들어온다? 그렇다면,

시련의 이야기를 만드는 거고. 챔피언보다는 도전자의 이야기가 더 흥미롭잖아. 그래서 져도 상관없어."

"어차피 자기를 말릴 수 없을 테니까 나는 그저 응원만 할게. 져도 좋은 싸움이라면 해봐."

소송을 위해서는 명확한 증거가 필요했다. 검색사이트에 허위, 과장 광고하는 업체는 넘치고 넘쳤다. 마침 중고차 딜러가 100% 실제 매물이라는 광고를 했다. 원룸은 허위 매물 0%라고 광고하고 있었다. 노아는 기쁜 마음으로 400km를 달렸다. 직접 녹음기를 가지고 중고차 딜러와 원룸 부동산 중개사를 만났다. 당연히 토요타 코로나 가격의 벤츠 S클래스는 없었다. 전철역 1분 거리에 있는 나이키 에어조던 2켤레 가격의 원룸도 없었다.

"100%라고 광고하지만 영업 노하우에요. 다른 곳에서도 다 그렇게 하고."

중고차 딜러가 말했다.

"찾으시는 원룸은 방금 나갔어요. 그리고 그런 가격에 전철역 가까운 원룸도 없고. 다른데 가도 없어요. 다른 집 소개해 드릴게요."

부동산 중개인이 말했다.

노아는 두 사람과의 대화를 녹음했다. 녹취록으로 만들어 허위 광고로 인한 피해를 문서화된 증거로 만들었다. 숙박비와 기름 값도 영수증 처리했다. 그리고 법원에 소송장을 제출했다. 합법적으로 이름을 훔친다는 노아의 계획은 한 번에 성공했다.

법원이 인정한 합법적인 이름 도둑질이었다. 단순히 이름을 훔친 것이 아니라 오랫동안 쌓아온 명성을 훔쳤다. 다른 스타트업들이 아무리 좋은 서비스라고 홍보해봐야, 글로벌 대기업과 소송했던 스타트업이라는 수식어를 이길 수는 없었다.

대기업을 상대로 한 뉴스는 꽤 뉴스거리가 되었다. 글로벌 대기업에 소송을 거는 사람은 흔하진 않았다. 노아는 이 점을 잘 알고 있었다. 소송을 접수하고 언론에 보도 자료를 배포했다. 소송은 흥미로운 뉴스거리였다.

티톱, 글로벌 검색회사 상대로 허위 광고 소송 제기
티톱 대표가 글로벌 검색 회사를 대상으로 한 허위 광고 소송을 제기했다. 원고는 소장에서 "검색사이트에서 100% 실제매물, 허위 매물 0%라는 중고차 광고를 보고 400km 거리를 찾아갔지만 허위 매물이었다. (허위 광고라는) 불법행위를 방조한 경우, 방조자에게도 책임이 있다고 주장하며 차비, 숙박비 등 10만원의 손해배상을 청구했다"고 밝혔다. 허위, 기만 광고를 게시한 플랫폼을 방조자로 인정해야 한다는 원고의 주장에 향후 법원의 판결이 주목된다.

한 편, 티톱은 사람을 찾는 검색으로 알려졌다. 중고차나 원룸이라는 키워드를 검색하는 대신 "XX지역에 중고차, 원룸을 구합니다."라고 올리면 중고차 딜러나 공인중개사에게 전달되고 피드백을 받을 수 있는 서비스다. 중고차 딜러나 공인중개사는 검색사이트에 광고하지 않고도 무료로 사용자들의 니즈(Needs)를 받아볼 수 있다. 이 피드백은 광고비 순서가 아닌 신용도 순서로 정렬되는 서비스라고 밝혔다.

사무실조차 없는 1인 스타트업이 시가총액 세계 1,2위를 앞 다투는 글로벌 기업에 소송을 거는 것은 화제였다. 전화기 벨소리가 수 없이 울렸다. 노아는 전화를 다 받을 수조차 없었다. 주로 어떤 이유로 소송을 걸었는지 구체적으로 알고 싶어 하는 기자들의 전화였다. 카메라를 들고 갈 테니 촬영을 하자는 약속이 많았다.

노아는 여러 방송국 기자들을 한 곳에 모았다. 노아가 알만한 모든 방송국에서 오는 취재 요청에 일대일 대응을 할 수가 없었기 때문이었다. 역시 방송국이라는 공룡은 먹잇감을 뺏으려는 다른 공룡을 내버려두지 않았다. 낮에 인터뷰한 내용은 당일 저녁 뉴스를 장식했다.

"검색 사이트에서 허위 광고를 싣는 것은 소비자들로 하여금 심각한 피해를 입힐 수 있습니다. 사회적 신뢰도가 10% 높아지면 경제 성장률이 0.8% 오른다는 통계는 시사하는 바가 큽니다. 공룡기업이 된 검색기업들은 허위 광고에 대한 가이드라인을 강화해야 합니다."

노아의 인터뷰는 당일 저녁 방송을 타고 전국에 퍼졌다. 모든 뉴스에서 메인으로 다뤘다. 피고가 된 기업들은 대규모 로펌을 통해 곧장 응수했다. 상대측 변호인들만 10명이 넘었다.

기업의 핵심 수익 모델에 대한 공격을 가만히 보고 있을 수 없었다. 10만 원짜리 소송이었지만 지면 핵심이 흔들릴 수 있었다. 이기면 본전이지만 만약에 져버린다면, 타격은 심각할 것으로 예상됐다. 노아 바이러스는 신종 바이러스였다. 이에 대한 항체도 없었다. 백신 프로그램도 없었다.

대기업들이 선임한 많은 변호사들을 보며 노아는 기뻐했다. 변호사를 선임하지 않은 일반인과 거대 기업이 선임한 일류 변호사 10명이 싸우는 모양새는 극적인 연출을 하기에 매우 적당했다. 마치 노아가 직접 우주선을 이끌고 자신이 원하는 다중 우주의 어느 곳으로 진입하는 느낌이었다. 합법적으로 글로벌 기업의 이름으로 마케팅할 수 있겠다고 생각하며 속으로 기뻐했다.

"이름은 이렇게 훔치는 거야. 이겨도 좋고, 져도 좋은 꽃놀이패를 들고 있잖아."

노아는 진정으로 기뻐했다. 오랜만에 진짜 미소가 입을 넘쳐흘러 나왔다.

노아는 소송을 통해 인지도를 높였다. 곧바로 개발자와 디자이너를 찾기 시작했다. 하지만 월급을 줄 수도 없었고, 지분을 줄 수도 없는 상태에서 구할 수 있을까, 고민하자 안나는 작게 시작하면 풀타임 개발자가 아니더라도 비전만으로 좋은 개발자를 구할 수 있을 거라고 조언했다. 시간과 비용을 모두 아끼기 위해서 작게 시작하는 것이 중요하다고 말했다.

안나의 말대로 돈 대신 성공에 대한 비전을 보여줘야 했다. 노아는 학교를 만들고 싶어 했다. 대학에 가지 않은 것에 대한 후회보다는 그저 인류에 기여하고 싶었다. 단순히 돈 보다는 그게 더 멋있어 보였을지도 모른다. 안나 역시 그 점에 다른 남자와의 차별을 느꼈을지도 모른다. 노아는 이 점을 개발자에게도 어필했다. 당연히 소송에 대한 이야기도 함께 했다.

"우리는 실패해도 스펙이 될 겁니다. 백 번, 천 번 우리 서비스가 좋다고 하는 스타트업은 많지만 글로벌 대기업과 소송을 벌이는 스타트업은 흔치 않으니까요."

"학교를 만들고 싶다고요?"

"네. 제가 대학을 안 갔습니다. 그래서인지도 모르겠습니다. 전 제가 못하는 걸 잘 하는 사람을 좋아해요. 컴퓨터와 디자인을 잘 하는 사람이 제일 신기하더라고요. 그래서 MIT나 스탠퍼드같은 학교를 만들어보고 싶습니다. 그래서 지분을 드리지도 못합니다. 공익재단으로 만들고 싶거든요."

"소송을 하는 게 쉽지 않았을 텐데요"

"스타트업은 남들이 하지 못하는 행동을 할 줄 알아야죠. 실패하더라도 실패가 아닐 겁니다."

"뭐, 스타트업은 그게 가장 중요하죠."

"제가 돈이 별로 없습니다. 여러 번 망했거든요. 겨우 얼마 지원받긴 했지만, 이건 마케팅 비용으로 쓰려고 합니다. 제가 제시할 수 있는 조건이 너무나 부끄럽습니다."

"저도 처음 보는 조건이긴 합니다."

"프로젝트가 실패하더라도 다른 일을 해서 추후에 조금이라도 드릴 수 있는 보험 뿐입니다. 만약 잘 된다면, 우린 로켓을 타고 날아가는 거죠. 미쳐서 날뛰는 걸 보시게 될 겁니다. 그게 로켓을 추진시킬 수 있을 수도 있습니다. 적당히 회사 키워서 다른 회사에 팔 마음이었다면 시작도 안 했습니다. 글로벌 하게 키워보고 싶습니다."

"……"

개발자는 말을 하지 못했다. 노아는 상관하지 않았다. 이미 관심을 보인 개발자와 디자이너가 여럿이었다.

"바로 결정 안 하셔도 되고, 생각만 해보시고 연락 주셔도 됩니다. 시간을 내어 주신 것만으로도 감사합니다."

라고 말하고, 준비한 작은 선물을 꺼내며 미팅을 끝내려고 했다.

"정말 퇴근 후나 주말에 일해도 괜찮나요? 사실 이런 제안은 처음이라 잠깐 생각할 시간이 필요했습니다."

"그럼요."

바로 조용히 가방을 열어 종이를 꺼냈다. NDA(비밀보호서약)와 고용 계약서였다. 근무 시간과 장소를 자율로 정한다는 조항을 추가했다. 그는 현업 개발자로 퇴근 후에도 개인적인 열정을 더 하고 싶어 했다. 마치 몸이 코딩이라는 세포로 이뤄진 것 같았다.

개발자를 만나서 얘기한 결과, 노아가 처음에 하려던 사업과는 대폭 축소되었다. 쇼핑 기능을 비롯해 최대한 많은 것을 담고 싶다는 노아의 생각에서, 심플한 안나의 생각으로 바뀌었다. IT에 대해서는 잘 몰랐지만 지혜라는 것은 업종을 가리지 않았다.

개발 기간을 최대한 앞당길 수 있는 방법이었다. 결국 안나가 말했던 린(Lean) 스타트업으로 시작하기로 했다.

디자이너와는 실무적인 대화, 그러니까 계약 조건에 관한 내용은 이미 이메일로 주고받으며 결론을 냈다. 계약서에 사인만 하면 되는 마지막 단계였다.

일반적으로 약속 장소를 정할 때는 언제나 노아가 상대방 근처로 갔다. 이번에도 당연히 수지가 있는 곳으로 가려고 했었다. 하지만 수지는 노아가 있는 쪽으로 오겠다고 했다. 노아도 한 고집하는 성깔이었고, 수지도 마찬가지였다. 결국 정말이지 딱 중간 정도의 거리에서 만나기로 했다.

노아는 그런 배려가 고마웠지만 조금은 생소했다. 노아는 사람을 처음 만날 때 스스로 정한 철칙이 있었다. 약속 시간 1시간 전에 미리 가서 기다리는 것이었다.

기다리면서 책을 보기도 하고 어떤 대화를 전개할지 미리 생각도 했다. 그러면 상대방이 약속 시간에 맞춰서 도착해도 늦어버린 모양새로 만들 수 있었다.

상대방에게 미안함을 던지고 원하는 것을 얻는 작은 전략이었다. 그렇게 노아는 첫 만남에도 우위에 서는 느낌을 받아야 했다. 그것이 자신감으로 나타나는 결과가 많았기 때문이다.

30여 분 거리를 달려 약속한 카페에 도착했다. 주차할 장소를 찾느라 시간을 허비했지만 그래도 이쯤 되면 충분히 먼저 도착할 수 있는 시간이었다.

약속 장소는 여러 개의 노선이 환승되는 전철역 입구와 가까운 카페였다. 사람이 매우 붐비는 곳이었다. 약속 시간에 늦지 않았지만 조금이라도 빨리 도착하려고 주차한 곳에서 뛰어 갔다. 평소 구석진 곳을 좋아했지만 자리가 없었다. 카페 전체를 울리는 시끄러운 유행가와 에스프레소 머신이 연신 뿜어대는 스팀 소리, 사방에서 웅성거리는 소리가 뒤섞였다.

겨우 자리를 잡고 앉아서 시계를 봤다. 약속시간보다 30분 정도 빨리 도착했다.

"그래도 생각보다 빨리 도착했군."

내심 안심했다. 동시에 문자 메시지가 도착했다.

〈안녕하세요, 커피는 그린티 미리 시켜놨어요. 몸에 좋은 거니까 그냥 드세요. 도착하시면 연락주세요. 아참, 너무 예뻐도 놀라지 마시구요.〉

전화통화로 몇 번 얘기를 해봤을 때 이미 알았다. 보통 내기가 아니었다.

안나와는 아예 반대편, 대척점에 서 있는 사람 같았다. 한 번도 만나지 않은 사람에게도 자연스럽게 농담을 던질 수 있는 그런 여자였다.

설마 이렇게 빨리 도착 했을 리는 없었다. 혹시라도 조금 늦을 수도 있겠다는 연락을 받은 지 겨우 40분 남짓이었다. 그런데 그 생각은 보기 좋게 틀렸다. 수지가 먼저 알아보고 인사를 건넸다. 말 대신 입을 크게 벌렸다. "여기요" 라는 입 모양과, 자기 쪽으로 오라고 손짓으로 불렀다. 평소 좋아하던 구석진 자리였지만 카페 내부가 시끄러운 건 변함없었다.

이름은 수지, 나이는 노아보다 한 살 많은 34살이었다. 사실 화장에 가려져 나이를 짐작하기 어려운 외모였다. 160cm이 조금 안 될 것 같은 작은 키에. 복숭아 빛나는 옅은 핑크 볼터치는 더 어려 보이는 효과를 내는 거 같았다.

치마 정장은 세련돼 보였다. 누가 봐도 도회적인 디자이너의 옷차림이었다. 아마 일이 아니었다면 말도 못 걸었을 것이다. 자리에 앉자 수지는 아이스 아메리카노를 벌컥 벌컥 마셨다.

"저도 5분 전에 도착했어요. 제가 열이 좀 많아요. 지하철 계단 올라오니까 더워져서요. 그린티 드세요. 그게 더 맛있을 거예요. 몸에도 좋고."

수지는 따뜻한 그린티를 쓰윽 내밀었다. 늘 아메리카노만 마시는 노아는 처음으로 그린티를 마셨다. 수지가 내뱉는 말과 행동에 거침이 없었다. 차분하고 단정한 옷차림 대신 헐렁한 힙합 패션이어야 어울릴 것 같은 성격이었다.

노아는 짧게 턱수염을 길렀는데, 손톱으로 삐져나온 턱수염을 뽑는 습관이 있었다.

"긴장되세요? 손톱으로 수염 뽑으면 트러블 생길 수 있어요."

"죄송해요. 긴장은 아니고 습관이에요."

노아의 생각보다 일찍 도착한 수지를 보며 저도 모르게 손톱으로 턱수염을 쓰다듬었다. 수지의 시선을 위를 향했지만 눈빛과 몸짓은 아랫사람을 내려다보는 것 같았다.

"내가 왜 돈도 안 받고 일 한다고 한 줄 알아요?"

"글쎄요."

"맞춰보세요."

노아는 짐작하고 있었다. 서비스 내용이 좋다고 생각했으니까. 이건 실패해도 좋은 이력이 될 수 있으니까, 하지만 입 밖에 내진 않았다. 무엇보다 주변의 웅성웅성하는 소리에 계약 관련된 대화를 하기도 어려웠다.

"일단 밖에 나갈까요? 여기 좀 시끄럽지 않아요?"

노아가 하고 싶은 말을 수지가 대신했다. 수지는 남은 아이스 아메리카노를 마저 다 마시고 일어났다. 노아가 한 두 모금 마시던 그린티 조차도 수지가 들고 일어났다. 내가 마셔도 되죠, 라고 묻고는 대답하기 전에 입을 댔다. 걸어서 10분 거리의 주차된 차로 이동하면서 스몰 토크(Small Talk)를 먼저 한 것도 수지였다.

"저 몇 살인 줄은 아세요?"

"저보다는 조금 어려 보이시는데요. 한 27살, 28살 정도?"

"사회생활 할 줄 아시네요. 제가 한 살 많아요."

"근데 진짜 그렇게 안 보여요."

"표정이 진실 되니까 믿어줄게요!"

기억에 남지 않는 가벼운 대화를 나누며 마렝고가 주차된 곳으로 이동했다.

텁! … 텁!

자동차에 올라탔다.

"조금 조용한 카페 아는 데 있어요?"

노아가 물었다.

수지는 처음 마렝고에 올라탔지만 마치 10년을 조련한 것처럼 익숙하게 여기저기 시선을 던졌다. 물티슈가 있냐고 묻는 동시에 글로브 박스를 열어 제쳤다. 지극히 개인적인 공간이었다. 거기엔 콘돔도 있었는데, 수지는

"오! 남자시군요, 이런 건 갖고 다녀야죠." 라며 웃어보이고는 안쪽에 있던 물티슈를 꺼냈다. 그리곤 대시보드를 닦으며 말했다.

"우리 카페는 아까 갔잖아요. 카페인 너무 많이 먹으면 잠 못 자니까 가볍게 술이 낫겠어요. 술이 계약금이에요."

하지만 술을 마시기는 조금 이른 시간이었다. 노아의 대답이 나오기도 전에 말을 이었다.

"디자인 궁합 알아요? 디자인도 궁합이 필요하거든요. 이메일이나 전화로 이렇게 저렇게 해달라고 표현하면 몰라요. 디자인 이

전에 그 사람을 파악하는 게 중요해요. 티키타카(tiki-taka) 이게 중요하죠. 유기적인 호흡을 이해해야 해요. 그래서 나는 누군가의 표정이나 목소리를 관찰하는 걸 좋아해요. 미세한 변화를 알아차리는 게 재밌기도 하거든요. 일단 여기서 큰 길 타고 쭉 가세요."

노아는 천천히 악셀을 밟으며 말했다.

"티키타카요? 축구 좋아 하시나 봐요?"

"그냥 가끔 새벽에 잠 안 오면 봐요."

수지는 FC 바르셀로나의 팬이라고 했다. 노아는 축구를 그다지 즐기지는 않았다. 가끔 큰 경기만 하이라이트로 짧게 편집된 영상을 보곤 했다.

"전 보는 것보다는 직접 하는 걸 좋아해요."

노아가 말했다.

"축구라고 얘기해야 오해를 안 해요. 알았죠? 축구를 보는 것보다 직접 하는 걸 좋아해요, 라고 말 하세요."

당황한 노아가 수지를 보며 그런 의도가 아니라고 손사래 치며 말했다. 수지는 다시 앞을 보라며 웃었다. 높임말을 사용해 첫 만남에서의 존중을 드러냈지만 그 속에 담긴 장난기는 결코 숨겨지지 않았다.

어디서도 경험하지 못한 새로운 인간이라고 생각했다. 말문이 턱 막히게끔 하는 농담을 잘했다. 심하게 덜컹거리는 진동과 함께 대기권을 돌파하는 느낌이었다. 과연 어떤 우주로 들어가게 될까, 생각했다. 처음 가는 우주였지만 겁이 나지는 않았다.

30여 분 정도를 달려 수지가 추천해준 와인 집에 갔다. 노아는 술집이 어색했다. 아니, 유난히 어둡고 천장이 높은 동굴 같은 분위기여서 처음이라면 누구나 어색한 모습이었을 테다.

인도풍 음악이 흘러나오고 있었다. 국적을 알 수 없는 묘한 악기 소리와 낯선 멜로디는 백색소음에 가까웠다. 오히려 대화에 집중할 수 있는 분위기를 자아냈다. 신발을 벗고 들어가야 하는 곳이었다. 보통 술집보다는 훨씬 더 어두운 조명에 각각의 동굴이 있는 곳이었다. 프라이빗한 작은 공간이었다. 작은 다락방을 연상케 했다.

그 속을 들여다보면 작은 테이블 하나만 놓여있고 의자가 없었다. 바닥엔 큰 카펫이 깔려있고 등받이 쿠션들이 둥글게 둘러싸고 있었다. 비교적 이른 시간이라 손님도 없었다. 사장은 매장의 끄트머리에서 홀로 음악에 취해있었다.

노아는 이런 아늑한 공간을 좋아했다. 마렝고의 작은 우주와 같은 아늑함이 느껴졌다. 그래도 처음엔 이자카야나 호프집 정도를 생각했던 노아의 뻘쭘함이 온 몸에서 분출되고 있었다. 수지가 금방 눈치 챘다.

"저도 처음엔 그랬어요, 누가 안 잡아가니까 저기에 들어가서 앉으면 돼요."

그리곤 구석진 곳에서 홀로 음악 삼매경에 빠져있는 사장님에게 다가가 인사를 나누고 와인을 주문했다. 이미 여러 번 와본 눈치였다. 움직임에도 여유가 흘러 넘쳤다.

다시 다가왔다.

"주문은 내가 하는 게 낫겠지? 비싼 건 안 시킬 테니까 긴장하지 말고요."

들릴 듯 말 듯 말했다. 수지는 어느새 말을 낮추는 듯 했다. 노아도 사실은 그게 더 편했다. 함께 이동하면서 알 수 없는 편안함을 느껴서였다.

고개를 숙여 작은 동굴에 들어갔다. 늘 그렇듯 벽을 뒤로 하고 출구가 보이는 쪽으로 앉았다. 수컷의 본능이었다. 이내 수지가 고개를 숙이고 들어왔다. 사장에게서 작은 담요를 얻어 왔는지 허리를 두르고 들어왔다. 작은 테이블에는 작은 핑크색 파우치와 말보로 레드를 올려놓았다. 예전에 노아가 피우던 말보로 레드였다. 지금은 금연에 성공했지만 너무 독해서 다른 담배로 갈아타게 했던 말보로 레드였다. 작은 체구로 독한 담배를 피우는 것이 왠지 상상하기 어려웠다. 약간의 걱정도 일었다.

노아의 어색함은 사그라지지 않았다. 수지는 노아의 긴장을 풀어주기 위해, 몸을 살짝 일으켜 무릎을 꿇고 기어서 다가갔다. 인도풍 음악 소리를 피해 귀에 대고 속삭였다.

"처음엔 다 어색한 거예요. 여기서 왠지 마약할 거 같은 분위기 나지 않아요?"

그랬다. 마약하면 어울릴 것 같은 음습한 분위기가 나는 곳이었다. 각각의 동굴에서 마약에 취한 사람들이 널브러져 있어도 어울릴만한 곳이었다. 수지는 다시 높임말을 했다. 말을 높였다 낮췄다 롤러코스터를 타는 것 같았다. 귀에서 입이 떨어지자, 작은 미소를 보였다. 희한하게도 오랜 친구 같은 편안함을 느꼈다.

적당히 익숙한 사람과의 매우 낯선 공간은, 먼 나라의 이름도 낯선 도시에 둘이서만 여행을 온 것 같은 착각에 빠지게 만들었다. 어쩌면 정말이지 새로운 우주에 들어왔을지도 모른다.

이윽고 치즈를 곁들인 카나페와 파인애플과 포도, 방울토마토 나란히 끼운 꼬치, 그리고 갓 구운 따뜻한 프레즐이 나왔다.

안주를 앞에 두고 노아는 고개를 위아래, 여기저기 돌려 분위기를 파악했다. 낯선 공간을 눈에 담고, 익숙한 곳으로 만들어야 하는 남자의 본능에 가까운 행동이었다.

"해 지기 전에 이런 와인을 마시는 건 처음이에요."

"밤에만 마시라는 법 있나? 우리 꽤 여러 번, 그것도 길게 통화했잖아요. 술 마실 정도는 되지 않나?"

"그렇긴 하죠."

"그나저나. 말을 편하게 하는 게 좋을 거 같은데… 말 놔도 괜찮지? 난 어색하면 와인도 맛이 없거든. 두리번거리지 말고 마셔봐."

"이미 말 놓으셨잖아요. 편하게 해."

노아는 지고 싶지 않았다. 이 여자에게 압도되면 진다고 생각했다.

"내 엔도르핀은 뇌가 아니라 위장에서 나와. 그래서 배고프면 못 참아."

"혀에서 나온다고 해야 맞지 않아?"

노아는 지기 싫었다.

"혀에서?"

"혀에서 맛을 느끼잖아."

"몰라. 어떻든, 난 배고픈 건 못 참아. 빨리 먹어."

낯선 공간에서 먹는 음식이 입에 맞을 리 만무했다. 그나마 익숙한 과일만 몇 개 집어 들었다.

"내가 왜 월급도 안 주는 너랑 같이 일하냐고 물어봐 빨리."

"왜 나랑 일하려고 하는 건데?"

"대체불가능한 사람이 되려고."

"그래서 처음 시작하는 회사에 참여하는 거야?"

"그런 셈이지, 난 뭔가 일을 벌이는 사람을 좋아하기도 하고. 시시한 거 보다는 크게 터뜨리는 사람이 좋아. 너처럼."

"내가 뭘 크게 터뜨렸는데?"

"소송."

"아… 잃을 게 없으면 그렇게 돼."

"실패하더라도 크게 해야지."

수지는 첫 만남에서부터 노아를 압도했다. 잠깐의 대화에서도 노아는 자신이 이길 수 없는 상대라고 생각했다. 단단한 목 근육이 점점 부드러워져 고개를 아래로 두었다. 야생에서 상대 눈만 봐도 꼬리를 내리는 것처럼 말이다.

와인 한 병을 시켰지만 절반도 채 마시지 못했다. 수지는 과거 디자이너로서의 성취감과 고충, 결혼으로 그만두게 된 디자이너로서의 자아를 다시 찾고 싶다고 말했다. 디자인 철학을 늘어뜨리며 전문 용어를 중간에 섞었다. 노아는 다 알아듣지 못했지만 알아듣는 척 하며 대화를 이어갔다. 한 마디로 미니멀리즘을 추구한다고 했다. 노아도 심플한 것이 가장 좋았다.

"오늘은 그저 얼굴 한 번 보고 싶었어. 내가 열정을 바쳐서 일할 수 있는 그릇이 되는지 직접 봐야 했으니까."

"그래서 결론은?"

"귀하의 인상적인 경력에도 불구하고 최종 전형 결과 합격하지 못 하였음을 통보 드립니다. 앞으로도 많은 관심과 격려를 부탁드립니다. 더 좋은 기회에, 더 좋은 자리에서 빛날 수 있기를 진심으로 바라겠습니다."

"아…"

괜찮아, 라고 말하려던 참이었다.

"라고 당장은 말할 수가 없겠어."

웃음이 터져버렸다.

"하하하 들었다 놨다. 대단해."

"귀하의 건승을 기대합니다."

수지는 재밌는 여자였다. 뭔가에 홀린 듯 했다. 호기심과 장난이 많은 고양이 같은 매력이 있었다. 짧은 만남에서 강한 충격파를 느꼈다. 노아는 택시를 타고 들어와 좁은 방에 누워서 생각했다. 꼭 같이 일을 하고 싶은 상대였다.

수지는 일을 쉬고 있었다. 경력이 단절된 상태였다. 경제적으로도 부족함이 없었고 시간 여유도 많았다. 밤낮을 가리지 않고 자주 만나서 디자인 작업을 했다. 디자인 궁합은 잘 맞는 편이었고, 짧은 시간 동안 스스럼없는 사이가 됐다.

디자인이라는 것은 주로 노아가 아이디어를 스케치해서 보내주면, 수지가 UI/UX를 다듬는 것이었다. 반대로 수지가 먼저 제안을 하기도 했다. 전화나 이메일로 하다 네가 어떤 디자인을 원하는지 모르겠다, 일단 만나자, 며 늦은 밤에도 만났다. 작업이 끝나면 수지가 말한 디자인 궁합을 위해 사적인 대화도 많이 나눴다.

"문득 궁금한 게 있어."

노아가 말했다. 왠지 안나와는 반대일 거 같아 작은 장난기가 발동했다.

"뭐든지."

진짜 뭐든지 괜찮냐고 재차 물었고 수지는 다시 한 번 같은 답을 했다.

"별 건 아니고. 만약에 친구든 애인이든 함께 여행을 갔다고 해. 하루 여행 예산은 둘이 합쳐서 100 이라고 하자."

"그래."

"1. 숙박비 90%에 식비 10% 2. 숙박비 10%에 식비 90% 중에서 선택하면 어떤 걸 선택해?"

"생각할 것도 없다. 무조건 2번. 난 먹는 게 가장 중요해."

"또 질문해 봐. 은근 재밌는 질문이네."

"음… 남자의 키가 175cm 라고 가정했을 때 몸무게가 130kg인 남자와 50kg인 남자 중 선택한다면?"

"야! 어려워."

"선택해!"

"3번 할래. 적당히 덩치 있는 사람. 다시, 쉬운 걸로 해봐."

"내가 좋아하는 사람과 나를 좋아해주는 사람 중에서 한 명을 선택한다면?"

"나는 내가 좋아해야 해."

"매일 만나는 게 좋다. 아니면 일주일에 한, 두 번 만나는 게 좋다."

"사람에 따라서 다른데… 매일!"

"사랑하는 사람이 있다고 쳐. 네 마음을 홀라당 다 뺏은 사람이야. 이 사람이 없으면 죽을 거 같아."

"그런 사람은 없었지만, 가정이니까 상상해볼게."

"근데 그 남자가 알고 보니, 1. 아이가 세 명 있는 이혼한 남자 2. 빚이 5억 정도 있는 남자 3. 폭력 전과가 여러 번 있지만 새 출발 하는 남자. 4. 지병이 여러 개 있는 남자. 이 중 꼭 한 명과 사랑을 해야 한다면?"

"진짜 어렵다."

"선택을 꼭 해야 해. 안 하면 죽는 병에 걸려."

"2번 빚의 출처는 뭔데?"

"낭비벽이나 도박으로 생긴 빚은 아니야."

"그럼 2번 할래. 건강하지 못하거나 폭력 전과가 있거나 이런 건 안 돼. 빚은 파산 신청하면 돼. 근데 뭔가 재밌다. 계속 질문 해봐."

"음… 남자의…"

"야! 남자의, 말고 다른 거 해봐. 남자에게 관심 없어!"

"알았어. 그럼, 치사율 100%인 바이러스가 창궐해서 소와 돼지가 멸종한 세상과, 생선과 해산물이 멸종하는 세상 중에서 뭐가 더 최악이야?"

"안 돼. 그런 세상은 없어야 해. 생각만으로도 끔찍하잖아."

"생각해 봐!"

"난 고기가 조금 더 좋으니까, 해산물이 멸종하는 세상을 선택하겠어."

"큰일 났다. 너 이제 세상의 모든 물고기한테 물어뜯기겠다."

"그럼 넌 뭐야?"

"난 소. 돼지가 멸종한 세상을 선택하지. 생선, 해산물 없는 세상은 상상할 수가 없다고. 난 바다 사람이니까."

"넌 그럼 모든 지구의 30억 마리 소. 돼지에게 밟히겠네."

"뭐야, 소. 돼지가 30억 마리나 돼?"

"나도 몰라!"

수지는 목젖이 보일만큼 입을 크게 해 웃었다.

사람끼리의 궁합이 중요하다는 수지에게 노아는 잘 맞는 상대였다. 남녀 사이에도, 친구 사이에도 사람 사이에는 반드시 서열이 있다. 대개 누가 더 관심을 가지고 있는지, 누가 더 적극적인지, 누가 더 사랑하는지, 이 무게의 높낮음이 있다. 둘은 높낮음이 달라 부딪히지 않고 잘 맞물렸다. 호흡도 잘 맞는 상대였다.

장난스러운 대화를 하면서 급속도로 빨리 친해졌다. 오랜 시간이 지나도 섞이지 않는 사이가 있고, 만나자마자 섞이는 사이가 있다. 노아와 수지는 후자에 속했다.

"노아 네가 소. 돼지 얘기 하니까 배 고파져. 그런 의미로 닭 먹으러 갈래?"

"맞다. 닭이 있었지? 닭이 있는 세상은 정말 즐거워."

둘은 매일 만났다. 오전과 오후를 나눠서 두 번을 만나기도 했다. 오전과 오후, 저녁의 대화 주제는 미묘하게 달랐다. 저녁의 대화는 꽤나 우울하고 진지한 내용도 있었는데, 디자인 일 얘기를 하다가 사적인 얘기를 하다가, 대화 주제에 딱히 경계는 없었다.

수지의 말대로 생활을 디자인화 해야 했다. 그 디자인 궁합이라는 것을 위해 많은 것을 교류할 수밖에 없기도 했다. 의사소통을 원활히 하기 위해서는 취향을 더 깊숙이 알아야 했다. 시행착오를 줄여야했다. 궁합을 맞추는 장소는 주로 카페였다.

늦은 저녁의 조용한 카페에서였다. 손님들이 빠져나가고 제법 조용해졌다. 이어폰을 끼고 책을 보는 손님들만 반대편 끄트머리에 보였다. 낮은 볼륨의 음악 소리 이외에 들리는 소리도 없었다. 수지가 갑자기 노아를 쳐다보며 말했다.

"믿을지 모르겠지만 나 요즘 웃을 때도 안 불안해."

수지가 꽤나 진지한 표정으로 노아를 쳐다봤다.

"다행이네. 일 하는 게 힘들어서 남몰래 울고 있을 줄 알았더니. 근데 웃을 때도 안 불안하다는 게 무슨 말이야?"

"내가 기쁘거나 웃으면 순간 불안이 찾아와. 그래서 잘 안 웃게 되더라. 내가 행복하거나 웃어도 될 자격이 있냐고 물으면서 말이야. 내가 웃으면 누군가가 질투해서 그걸 빼앗아갈 거 같았어. 그래서 조금 무서웠어."

노아의 표정도 진지해졌다. 수지를 보는 눈에 안타까움이 묻어났다.

"요즘 너무 많이 일해서 힘든 줄 알았는데…"

"아니야. 지금 일이 너무 재밌어, 월급은 없지만."

수지가 피식 하고 웃다가 빨리 웃음기를 걷었다.

"나는 번아웃 됐었어. 뭘 해도 의욕이 안 생기고 무기력해지는 거 있잖아. 아무 욕망이 없는 상태. 근데 너는 그런 거 없이 밀어 붙이는 것처럼 보였지. 마침 네 욕망이라는 것이 꽤 마음에 들기도 했고. 싼 티켓 끊어서 그 로켓에 올라타고 싶었어."

"근데… 솔직히 말하면, 너는 집도 있고 부족한 게 없어 보여. 보통 평생을 주택 대출금을 갚아 나가다가 죽는 게 인생인데, 넌 이미 집도 있고. 대체 뭐가 걱정이야?"

"운이 좋았을 뿐이야. 물론 나도 내 집을 간절히 갖고 싶었어. 안정을 원했으니까. 근데 그 기쁨이 오래 가지 않더라.”

“왜?”

노아가 의아하다는 듯 물어보았다.

“글쎄… 오히려 집을 가지기 전이 행복했던 거 같아.”

“욕할지 모르지만 배부른 소리 같아. 보통의 사람들은 집 문제 때문에 얼마나 고생을 하는데. 나는 월급을 모아서는 절대 집을 못살 거 같아. 콘크리트에 내 인생을 갈아 넣는 걸 생각하면 오금이 저려와. 무한한 슬픔에 빠져드는 거 같고. 아득한 어둠에 빠져서 허우적대는 느낌이야.”

“그 마음 나도 이해해. 나도 할머니가 아니었다면 월세 전전하면서 살았을 거야. 말 그대로 운이 좋았어. 적어도 이젠 월세 걱정은 안 하니까.”

“부럽다.”

노아는 부럽다는 말밖에 할 수 없었다.

“그래? 어쨌든 이혼을 결심한 이후부터는 친구를 만나는 것도 싫어졌어. 결혼 후엔 1년에 몇 번 만나지 않았지만, 그 사이에 변한 내 모습에 실망할까봐. 행복함을 경쟁하는 사이에서 거짓 행복이 들통 날까봐, 그게 두려웠어. 요즘은 행복이 강요되잖아.”

“행복 경쟁 시대지.”

“누가 더 행복한지 경쟁하는 거, 진짜 피곤한 일이야. 내가 원하는 게 뭔지도 모르고 살아온 것 같았어. 안정된 삶 속에서 편할 줄 알았는데, 꿈도 욕망도 없더라.”

"꿈, 욕망은 꼭 이루어지지 못할 때도 가치 있어. 그냥 꿈이나 욕망이 있는 자체가 살아가는 원동력이잖아. 막상 욕망이 충족되면 공허함이 찾아올 거 같기도 해."

"무슨 말인지는 알아. 언젠가 내가 명품 가방을 가지고 싶었던 적이 있었어. 한정판이어서 백화점 오픈하자마자 사왔지. 근데 내 욕망이었던 명품 가방을 손에 쥐니까 다 이뤄졌다는 생각에 허무함이 나를 감쌌어."

"맞아. 그 마음 잘 알지. 어쩌면 욕망은 가지지 않을 때 더 빛날지도 몰라. 어쩌면 내가 못 가져서 합리화할 수도 있어."

"웃긴 건 내가 가졌던 욕망들이 정말 내가 원하는 것이었냐는 거야. 아마 난 내가 뭘 좋아하는지 몰랐던 거야. '아마'라는 말을 하는 것만 봐도 내가 진짜 좋아하는 것을 모른다는 거잖아. 다른 사람들의 욕망에 내가 맞춰져 있다고 생각하니까 바보로 살아온 느낌이었어. 진짜 내가 좋아하는 게 뭔지 모르는 바보."

"바보라니. 다들 그렇게 살아."

"내가 진짜 원하고 갈망하는 게 뭔지 아직도 모르겠어."

"다시 월세 걱정하면서 생활비 걱정하다보면 그런 욕망이니 갈망이니 이런 생각은 잘 안 할 걸? 그거 부자 병이야."

"근데 넌 매달 생활비 걱정하면서도, 꿈을 꾸잖아. 보통 20대에는 그 꿈이라는 것이 유리천장에 막히고, 30대는 티타늄천장에 막히는데 넌 그걸 뚫으려고 하잖아. 하긴 그래서 지금 네 옆에서 디자인 작업을 하고 있지. 수십 번 수정 요구하는 까탈스러움도 묵

묵히 받아들이면서."

"여러 모로 거듭 사과드립니다."

노아가 웃자 "알면 잘 하세요."라고 수지가 답했다. 접혔던 미소가 다시 펴졌다.

"내가 뭘 원하는 건지도 모른다고 생각했던 그 시기에, 번아웃 자가 테스트라는 걸 해보니까 난 18개 모두 해당되더라."

수지는 휴대폰을 들어, 무언가를 검색했다.

"너도 지금 테스트 해봐. 솔직하게."

1. 쉽게 피로를 느낀다.

2. 하루가 끝나면 녹초가 된다.

3. 아파 보인다, 라는 말을 자주 듣는다.

4. 일이 재미없다.

5. 점점 냉소적으로 변하고 있다.

6. 이유 없이 슬프다.

7. 물건을 잘 잃어버린다.

8. 짜증이 늘었다.

9. 화를 참을 수 없다.

10. 주변 사람들에게 실망감을 느낀다.

11. 혼자 있는 시간이 많아졌다.

12. 여가시간을 즐기지 못한다.

13. 만성피로, 두통, 소화불량이 늘었다.

14. 자주 한계를 느낀다.

15. 모든 일에 의욕이 없다.

16. 유머감각이 없어졌다.

17. 주변 사람들과 대화를 나누는 게 힘들게 느껴진다.

1점 :전혀 아니다 / 2점 : 약간 그렇다 / 3점 : 그냥 그렇다 /

4점 : 많이 그렇다 / 5점 : 아주 그렇다

■ 합산 점수가 65점 이상이면 매우 위험

"나는 전부 아닌 거 같아."

노아가 말했다.

"정말? 그럼 합격! 월급은 당분간 과감히 포기하겠어! 네 욕망에 걸어볼게."

"고맙고 미안해. 진심으로."

노아가 머리를 긁적이며 어색한 웃음을 지어보였다.

노아는 수지의 진지한 모습을 처음 봤다. 무슨 일이 있었던 것일까, 궁금했지만 차마 물어볼 수는 없었다. 그게 수지를 배려하는 거라고 생각했다.

*

노아는 요한이 외출한 후 들어오지 않는다는 연락을 받았다. 보호자 연락처를 어머니가 아닌 노아의 번호로 등록해 노아에게 연락이 온 것이다.

4시간이 지나도 자리에 없자 자리를 뒤져보니 쪽지를 남겨놓았다고, 보호자가 직접 확인해보는 게 좋겠다는 연락이었다.

일을 멈추고 곧장 병원으로 갔다. 요한이 입원해있던 5층을 단숨에 뛰어 올라갔다. 간호사는 나를 기다렸다는 듯이 쪽지를 건네주었고 찢어질 듯이 급하게 펼쳤다.

〈요한계시록 21:4〉

안나가 준 성경책을 바로 펼쳐보았다.

〈모든 눈물을 그 눈에서 닦아 주시니 다시는 사망이 없고 애통하는 것이나 곡하는 것이나 아픈 것이 다시 있지 아니하리니 처음 것들이 다 지나갔음이러라〉

간호사는 이 문구가 뭘 의미하는지 먼저 찾아봤다고 말해줬다. 혹시 나쁜 생각을 한 건 아닐까 하고 걱정스러워하는 표정이 역력했다. 하지만 노아는 요한이 어디에 있는지 알았다.

아버지의 납골당이었다. 그 전에도 갑자기 연락이 끊기면 아버지를 모신 납골당에 있었다. 사람들과도 마주치는 게 공포였던 그는 아버지 장례식장에도 가지 않았다. 그 죄책감으로 종종 사라질 때면 아버지 곁에 가서 한참이나 시간을 보내곤 했다.

오랜 시간 요한의 세계는 태풍의 한 가운데 있었다. 한 발자국만 내딛으면 폭풍우가 쉴 새 없이 요한을 강타했다. 한 발자국을 내딛기 힘든 좁은 우리 안의 삶이었다. 그럼에도 불구하고 장례식장에 가지 못한 후회는 그 폭풍우를 뚫을 정도로 요한에게 짐으로 남아 있었다. 요한은 10년을 넘게 그렇게 살았다. 종종 단답형으로 하던 말도 하지 않은지 꽤 시간이 흘렀다. 가끔씩 필요할 때만 쪽지를 써서 보여줬다.

요한은 그렇게 병원을 떠나 12년 만에 집으로 돌아왔다. 노아는 요한이 계속 병원에 있기를 바랐다. 어차피 국가유공자로 병원비도 전액 무료였다. 10년이 넘는 시간을 병원에서 보냈으니 앞으로는 어머니가 돌보겠다고 판단했단다. 노아는 차마 그 모정이라는 걸 말릴 수는 없었다.

요한의 감옥은 병원에서 집으로 바뀌었다. 어떤 누구와도 일체 교류를 하지 않았다. 집 밖으로도 나가지 않았다. 3개월에 한 번쯤, 병원에서 불면증 약을 포함한 정신과 약을 처방받는 일 빼고는 나가지 않았다. 노아는 지독히 잠이 오지 않을 때면 요한의 불면증 약을 대신해 먹기도 했다. 요한이 가끔 사라지면 아버지 납골당에서 초점 잃은 눈으로 바깥을 바라보곤 했는데 죽은 사람과 다름없었다. 노아의 어머니는 그렇게라도 아들을 곁에 두는 것에 감사했다.

요한이 쪽지로나마 소통한 것도 꽤 오랜 시간이 지났다. 가장 최근의 쪽지에는 체게바라의 말이 적혀있었다. 늘 짧은 쪽지였지만 비교적 긴 메시지였다.

"리얼리스트(realist)가 되자, 그러나 가슴속엔 불가능한 꿈을 가지자 - 체게바라"

　자신만의 감옥에 갇혀서도 동생의 일에 시선을 흘깃하는 요한이 고마웠다. 언젠가는 회복할 수 있을 수도 있겠다는 희망을 버리지는 않았다. 요한은 지금 벽을 짚고 걷고 있다. 언젠가 이 복잡한 미로 끝에 다다른다면 노아가 안아주고, 먼 길 잘 놀다 왔노라고 다독여주고 싶었다. 비록 그 날이 매우 천천히 와도 상관없었다. 세상에 대한 두려움이 점차 걷히고 아장 아장 걸어서라도 나올 수 있으면 요한의 늙은 몸을 업고 세상을 구경시켜 주고 싶었다.

*

　저녁 6시 30분, 언제나 안나의 퇴근 시간에 맞춰서 약속한 시간이었다. 겨울의 이른 저녁이 몰고 오는 슬픔도 어느 덧 사라졌다. 저녁은 슬픔 대신 사랑하는 사람을 만나는 기쁨의 시간이었다. 안나와의 일상은 매일이 축복이었다. 당장 내일 못 본다는 생각만 해도 가슴이 저려왔다. 그녀에게 완전히 종속됐다. 안나, 라는 주변부가 없다면, 중심이 바로 붕괴되는 역학 관계가 되기까지는 많은 시간이 필요하지 않았다.

　이메일로 온 영상 편집 아르바이트를 서둘러 마치고 시청 근처의 공원에 차를 세웠다. 종일 모니터를 쳐다본 눈이 피곤했다. 노아는 운전석에서 마렝고의 작은 우주로 옮겨 살포시 누웠다. 마렝고의 온기가 온 몸에 퍼졌다. 피곤한 눈과 따뜻함, 나른함이 금세 노아의 위를 무겁게 덮었다.

　"신기하다. 저런 업체가 있다니."

　노아가 말했다.

　"저게 진짜 될까?"

　안나가 말했다.

　"지금까지의 모든 기억을 업로드 해준다니… 그럼 저 기억들을 로봇에 이식하면 영원한 의식에서 살 수 있다는 말이겠지?"

　노아와 안나가 길을 멈춘 곳은 '기억 클라우드'라는 간판 앞에서였다. 통신사에서 하는 부가서비스였다. 사람의 기억을 외부 저장 장치나 클라우드에 업로드 해주는 서비스였는데, 한 달 휴대폰 요금 정도면 지금까지의 기억을 따로 저장할 수 있다는 홍보 문구가 눈에 띄었다. 특히 그들의 눈을 사로잡은 건, 기억을 부분 삭제 후 업로드 할 수 있다는 '선택 사항(무료)' 때문이었다.

　"우리 한 번 해볼까?"

　안나가 말했다.

　"정자, 난자은행도 아니고 저런 건 위험해."

"기억을 부분적으로 삭제해주는 것도 무료라잖아."

"조금 무서운데… 기억은 내건데 몸은 로봇에 들어갈 수도 있고, 심하면 전자기기 형태가 될 수도 있다는 거잖아? 그럼, 자기랑 어떻게 사랑해? 입 맞추고 싶을 땐 어떡해. 난 자기 냄새, 촉감을 그대로 느끼고 싶어."

노아의 만류에도 안나는 손에 힘을 잔뜩 주고 매장으로 끌어당겼다. 같이 끌어당기면 다칠까봐 하는 수 없이 매장 안에 끌려 들어갔다.

"어서 오세요. 기억 클라우드입니다. 처음 오셨으면 먼저 신청서 작성을 부탁드립니다."

"업로드 하는데 시간이 얼마나 걸리나요?"

안나가 물었다.

"시간은 5분 정도 걸릴 예정입니다. 통증은 전혀 없습니다. 잠시 저기 보이는 헬멧을 쓰시기만 하면 됩니다. 여기, 신청서 작성이 완료되면, 저를 호출해주세요."

담당자로 보이는 사람이 신청서가 담긴 태블릿을 내밀며 말했다.

"나는 못 하겠어. 나는 영원히 살고 싶지 않아."

노아가 말했다.

"나도 마찬가지야. 근데, 지우고 싶은 기억은 있어서."

안나가 말하고는 태블릿을 집어 들었다. 그리고 지우고 싶은 사람 란에 가족 항목을 선택하고 그 하위 항목에는 아버지라고 체크했다. 그 밑의 기간 설정 란에는 현재~3년 전이라고 체크했다.

"3년 전 아버지가 돌아가신 이후부터 아버지에 대한 기억만 지운다는 말이야?"

노아가 물었다.

"응."

"힘들어 했던 기억만 도려낸다고?"

안나는 말없이 고개만 움직이며 태블릿에 시선을 고정했다.

"다시 생각해봐. 후회할 거야. 아니, 난 아픈 기억도 안 지웠으면 좋겠어. 이거 뭔가 이상해."

"아니야. 아버지가 돌아가신 이후의 기억들을 모두 지우는 게 좋겠어. 일부라도 남아 있으면 그게 또 힘들어져. 지금껏 그랬어. 자긴 안 지울 거야?"

"내 과거는 실패뿐이었지만 난 안 지울 거야. 실패와 후유증으로 누더기가 됐지만 그게 지금의 나니까. 개 같은 실패의 추억뿐이지만 난 못 지워. 어차피 시간 지나면 잊혀져. 그게 우주가 준 선물이야. 무시무시한 시간의 힘과 불완전한 인간의 두뇌는 망각을 가져다주니까."

"아버지의 자살 트라우마는 평생 갈 거란 말이야. 그래서 아버지에 대한 것만 다 지우고 싶어져. 그러니까 말리지 말아줘. 부탁이야."

"제발! 그 힘든 시간들도 지금의 자기를 구성하는 거잖아. 아픈 기억을 지운채로 저장 장치에 업로드하면, 그건 자기가 아니야. 아버지를 기억하고 추억하는 동안에는 살아 계신다고 말했던 자기였어. 근데 기억을 지워버리면 아버지를 죽이는 거라고! 기억을 지우는 게 치료가 아니야. 제발!"

노아가 소리쳤다.

사람의 살은 너무나 부드럽고 약해 기능을 다 하면 썩는다, 그약하디 약한 육체가 관장하는 이성 또한 시간이 지나면 흐려지고 썩고 없어진다, 날카로운 상처가 남아 있다고 해도 시간이 흐르면서 흐물흐물해지고 상처가 보이지도 않는다, 고 계속해 안나를 설득했다.

노아는 눈물이 터져 나올 듯 하는 그렁한 눈으로 안나를 보며 애걸했다. 그녀의 상처를 감싸고 보듬고 싶었다. 기억에 존재하는 일부를 지우면 그건 사랑하는 안나가 아니다. 안나가 얼마나 힘들었을까 생각하니 마음이 무너졌다.

똑똑똑

안나가 마렝고 유리창을 두드리는 소리에 일어났다. 노아는 벌떡 일어나 눈을 비비며 운전석으로 옮겼다. 자고 일어난 사람의 표정 같지 않았다. 빨리 깨고 싶은 꿈이었는데, 깨서 다행이란 표정이었다.

"미안. 잠깐 잠들어버렸어."

"아니야, 잘했어. 근데 오늘은 입맛이 없었는데, 자기 보니까 갑자기 배고파져."

노아는 안나가 배고프다는 말과 함께 현실로 돌아왔다. 평소 안나는 배고프다는 말을 거의 하지 않았다. 음식 편력이 있던 노아와 달리 음식은 생존 수단 정도로만 여겼다. 그런 그녀의 배고프다는 말은 노아에게는 정말이지 행복한 말이었다.

"나를 보면 배가 고파?"

"응, 이상해. 자기를 보면 배고파지고 졸립기도 하고… 마음이 편해서 그런가봐."

노아가 듣기에 배고프고 졸립다는 말은 가장 예쁜 말이었다.

"사실 나도 그래. 이렇게 마음이 편한 적이 없었어."

노아가 웃으며 말했다.

"생각만 해도 마음이 편해지고 좋아. 그래서 방금 낮잠을 두 시간이나 잤어. 꿈도 꾸고. 꿈이 너무 생생한 거야."

"무슨 꿈이었어?"

"너무 무섭고 이상하고 생생하고 사실 아직도 어리둥절해."

"자기가 무서운 것도 있어? 원래 겁도 전혀 없잖아."

"그렇긴 한데……"

꿈을 떠올리며 천천히 말했다.

"사람의 기억을 클라우드에 저장해준다는 가게가 있었어. 이걸 로봇이나 다른 기계에 넣으면, 인간의 기억이 계속 유지되는 그런 이상한 서비스였어. 근데 자기가 계속 아버지가 돌아가신 이후의 3년간 힘들었던 기억을 모두 다 지워달라고 하는 거야. 그래서 내가 계속 말리는 꿈이었어."

"슬픈 꿈이었네…"

"끔찍한 꿈이야. 오히려 타임머신이 있었다면, 자기가 처음 힘들어 했던 3년 전으로 돌아가서, 같이 슬픔으로 뛰어들고 파묻혀 있는 자기를 건져 올렸을 텐데. 아쉽게도 타임머신은 없더라."

"지금은 현실이니까 끔찍해 하지 마. 그런 거 있어도 난 못해. 내 아픈 기억으로 결국 자기를 얻은 거잖아. 자기가 없어지는 세상이 되면 그게 더 힘들어."

안나 특유의 차분하고 따뜻한 목소리였다.

노아는 자신에게는 없는 안나의 그런 차분함이 좋았다. 어려운 아이들을 위한 학교를 만들고 싶어 하는, 꿈에 대한 보상이라고 생각했다. 신의 선물이 있다면 그게 안나였다. 함께 있을 때 살을 부비고 얼굴을 매만지고 입을 맞추고 냄새를 맡고 언젠가부터는 자연보다는 안나에게서 얻어지는 안정감을 더 즐겼다.

"그러고 보니까 끔찍하다. 만약에 내 기억을 저장 장치에 업로드할 수 있다고 해도, 바이러스 걸릴 거 같아. 미쳐 버릴 거 같거든, 그 기억이 새롭게 바뀌지 않고 계속 과거의 기억만으로 사는 거, 자기와의 미래를 꿈꾸지 못할 거잖아. 자기 닮은 아이를 낳고, 나이 들어가는 걸 눈에 다 담고 싶은데 그걸 못하면 지옥일 거야. 무엇보다 자기를 못 안는 게 슬퍼."

"슬픈 게 아니라 무서운 꿈이었네…"

"무서운 게 전혀 없었는데 조금 무섭다. 내 머릿속에 두려움을 관장하는 아몬드가 다시 생겼나봐. 갑자기 어느 미래에 자기가 사라진다면 제정신으로는 못 살 거 같아. 언제나 같은 시간과 공간에 있고 싶어."

노아는 심각해 보이는 눈썹으로 입을 꽉 다물고 한 숨을 내쉬었다.

"진짜 무서운 꿈이었구나. 옥죄어 오는 시간과 공간을 극복하는 방법은 쉬워. 과거에 있는 사람과 이야기 하거나, 혹은 미래에 있는 우리에게 이야기 하고 싶으면 사진을 찍거나 편지를 쓰면 돼. 앞으로 우리 더 많이 사진 찍고 편지도 쓰자. 손으로 꾹꾹 눌러서."

따뜻한 미소로 말했다. 노아의 호흡도 눈빛도 안정을 찾았다.

"좋아. 이렇게 말하니까 사진도 그저 단순한 사진이 아니었구나. 그동안 사진 찍기 싫었는데 이제 자주 찍자."

"기록으로 남기면 시공간을 뛰어 넘는 커뮤니케이션이 가능해. 200년 전의 제인 오스틴이 쏘아올린 작품도 받을 수 있고, 20년 전의 마이클 잭슨의 음악을 받을 수도 있어. 로켓 없이 우리의 데이터를 미래에 쏘아 올릴 수도 있어. 그것도 감정을 가득 담아서."

무서운 꿈을 꾼 아이를 달래는 안나 특유의 차분한 목소리와 다정한 눈빛이었다.

"깨워줘서 고마워. 그런 의미로 절대 지워지지 않는 맛있는 거 먹으러 가자. 혀가 살살 녹아서 같이 삼켜버릴 만큼 맛있었다고 쓸 만큼 맛있는 거 말이야. 알바 한 거 바로 입금 받아서 오늘은 내가 사줄게."

눈물 날 만큼 신성하고도 맛있는 음식으로 나쁜 꿈을 덮어버리고 싶었다. 배고프다고 하는 안나의 입이 오물오물 움직이는 것도 보고 싶었다. 맛있게 먹고 배가 차면, 졸린 표정, 자는 모습도 서둘러 보고 싶었다. 잠에서 깨어나 안겨오는 안나를 무척이나 안고 싶었다. 온 몸을 물고 핥고 싶었다. 모든 시간과 몸과 마음을 모두 안나의 것으로 가득 채우고 싶었다.

*

"이상하게 무슨 짓을 해도 잠을 못 자요. 배부르면 잠이 올까 해서 밥을 먹기도 하고, 조금 과격한 운동으로 몸을 힘들게도 하고, 술도 마셔봤는데 잠을 못 이뤄요. 다른 건 괜찮고, 수면제만 처방받고 싶어서요. 약국에 파는 수면유도제도 먹어봤는데 다음 날까지 몽롱하기만 하고 붕 떠 있는 느낌만 들지 정작 잠은 못 자거든요."

"혹시 환자분이 생각하기에 잠을 못 자는 이유가 있을까요?"

"여러 가지인데, 일단 걱정이 많아요. 생각도 많고요. 물에 흠뻑 젖은 옷을 입은 것처럼 몸이 무거워지고 숨이 차요. 몸은 많이 움직이지 않지만, 생각이 너무 많아져서 금세 지쳐버려요. 머리가 과부하되면 몸도 지치는 악순환에 빠져들어요."

"주변에 이런 대화를 할 수 있는 친구나 가족이 있으신가요?"

"100% 전부는 아니지만, 지금 이대로도 괜찮다, 너 자체여서 좋다, 고 말해주는 사람이 있어요. 그런데 그게 놀랍게도 위로가 되긴 해요."

"혹시 최근에 힘든 일을 겪으셨던 적은 있나요?"

"갑자기 아버지가 돌아가신 것이 힘들었고 일에 대한 스트레스도, 미래에 대한 불안감도 있는 거 같은데요… 갑자기 불안감에 휩싸이면 헤어 나오지도 못하구요. 깊은 물에 빠진 것처럼 어두운 밤의 압력이 몸을 찌그러뜨리는 거 같아요. 혹시 이런 게 공황장애 아닐까요?"

"대개 환자분들이 스스로 공황장애라고 진단을 하고 오기도 하는데 공황장애는 정말 일상생활 자체가 불가능할 정도라고 보시면 됩니다. 최근에 겪은 일들과 불안함이 커지면서 수면 부족이 있으신 것 같은데요. 심각한 정도는 아니니 너무 걱정하지 않으셔도 됩니다."

"그래서 수면제와 항불안제 같은 걸 좀 많이 처방 받았으면 하는데요… 병원에 자주 오기가 힘들어서요."

"가장 중요한 건 어차피 걱정해도 해결되지 않을 걸 해결하려고 하는 거예요. 주로, 책임감이 강한 사람에게 나타납니다. 그 책임감을 조금은 내려놓으셔도 괜찮다는 걸 자각할 때 조금씩 나아질 수 있어요. 혼자서 다 해결하려고 하지 않아도 괜찮다, 이런 마음을 가지시는 게 가장 좋습니다."

삶의 모든 순간순간에 대충인 것이 아니라서 남들보다 조금 더 예민할 수 있다는 의사의 조언은 계속 됐다. 사소한 일상의 기분을 차분히 느껴보라는 등의 정신과 의사의 조언이 들어올리는 없었다. 결코 도움이 되지 않았다. 말 보다는 화학이 필요했다. 뇌

에 직접 영향을 줄 수 있는 화학적 성분의 약 이외에는 도움 되는
것은 없었다.

"혹시 수면제를 조금 강한 걸로 처방할 수 있을까요? 어설프게
약하면 잠을 더 못 잘까봐."

"조금씩 늘려보시는 게 어떨까요. 수면제가 잠을 자게 하지만 짧
게나마 기억이 증발하기도 합니다. 그러니까, 주변 환자들을 보면
자기도 모르는 사이에 장을 본다거나, 아침에 일어나보니 주변에
과자봉지가 여러 개 있는 식이죠. 물론 이게 심할 경우에는 그렇
다는 말입니다."

"네…"

"더 심할 경우에는 자살 충동까지 생길 수 있습니다. 장기간 과
다복용을 하면 오히려 부작용이 심해져서 장기간 처방해주지는 않
습니다. 아마 다른 정신과에 가셔도 마찬가지일 겁니다. 햇볕을 자
주 쬐시거나 비타민D 영양제를 꾸준히 드시는 것도 도움 될 거예
요. 마그네슘도 스트레스를 낮추고 수면과 불안증세에 도움이 될
수 있습니다. 일단 일주일치만 먼저 처방해드리고, 비타민D와 마
그네슘도 챙겨서 드세요. 그리고 수면 장애가 나아지지 않으시면
다시 내원하세요."

안나는 무거운 얼굴로 병원 문을 나섰다.

*

노아의 시계는 빨랐다. 스타트업을 시작하면서 바쁜 시간들을 보냈다. 디자인 작업을 하는 동시에 프로그래밍 작업도 얼추 마무리 되는 시점이었다.

이메일과 전화로 디자인 업무를 하다 일주일에 한 번은 직접 이동해서 작업을 했다. 편도 4시간 거리였기 때문에 노아는 수지와의 작업이 늦게 끝나면, 수지를 돌려보내고 싼 여관에서 3~4일 동안 머물기도 했다.

수지는 종종 안나의 메시지에 대신 답장을 보내는 장난을 했다. 노아가 화장실에 간 사이에 보낸 것이었다.

〈밥은 잘 먹으면서 일하는 거야?〉

안나의 메시지에 이렇게 답장을 보냈다

〈너무 늦을 거 같아서 호텔에서 자고 가려고. 여관 말고 호텔에서 잘게. 걱정하지 마. 보고 싶어서 미치겠어. 밥도 엄청 잘 먹어서 3일 동안 2kg 정도 쪘어. 그리워서 하루 종일 일이 손에 안 잡혀. 생각만 해도 무선 충전되는데 충전양이 조금씩 떨어지고 있어. 빨리 유선으로 충전해줘. 사랑해♥♥♥〉

노아의 평소 화법과는 달랐지만 안나는 그런 답장을 보고 안심했다. 노아는 수지가 대신 답장을 보내는 장난을 알아차리는 데 시간이 걸렸다.

함께 있을 때 휴대폰 보는 것이 왠지 자신이 무시당하는 느낌이라는 걸 진지한 표정으로 말한 이후, 노아는 수지와 함께 있을 때는 휴대폰을 잘 보지 않았다.

디자인 작업을 하면서 같은 모니터를 보는 시간이 많아졌다. 평소 안나와 전화 통화를 자주 했지만 바빠지면서 부터는 메시지를 주고받는 게 많아졌다.

그러다가 통화를 할 때면, 수지가 전화기 옆에서 "안녕하세요, 얘기 많이 들었어요." 라고 장난스럽게 말하기도 했다. 안나는 노아에게 티를 내지 않았지만 수지와 함께 오래 있는 시간이 많아지면서 불안해하는 눈치를 보이곤 했다. 수지에 대한 마음도 감사와 불안, 짜증, 질투가 섞인 복합 감정이었다.

수지는 노아가 안나와 통화할 때 잠깐 휴대폰을 뺏어든 적이 있었다. 자기가 여자여도 신경 쓰일 상황이라는 걸 알아서 안심시키려고 한 통화였다. 노아는 자기 스타일도 아니고, 나는 이혼해서 남자라면 넌덜머리가 난다고 말했다. 그게 장난이 아니라는 듯 진지하게 걱정하지 말라고 얘기를 했다. 수지의 배려를 고마워했지만 안나가 진짜 믿었는지 아닌지는 모른다.

*

가장 심플한 형태의 기능과 디자인을 완성했다. 여러 번의 테스트를 통해 오류가 없음을 확인하고 자신도 얻었다. 모든 준비가 완료되었다. 안나의 조언대로 가장 심플한 형태의 서비스를 만드는 방향이 옳았다. 작게 시작해 가능성을 보인 후, 성장시키는 것이 옳았다. 서비스가 완성되자, 노아는 거침없이 계획대로 행동했다. 자신의 사업 계획을 정리해 짤막하게 제안서를 작성했다. 1페이지 분량에 핵심을 담았다.

XX사의 새로운 검색 시스템 제안

키워드 검색을 넘어 사람을 찾는 검색으로
새로운 검색 시장 창출하기

목표 : 사람의 니즈(Needs)를 찾는 검색 서비스 만들기
내용 : 사람을 찾는 검색입니다. 키워드를 검색하는 시스템이 아니라 니즈(Needs)를 연결하는 서비스입니다. 예를 들어, 원룸을 찾는다면 키워드로 원룸을 검색하지 않고 "00 지역에 월세 50만 원 미만의 고양이를 키울 수 있으며 주차장이 있는 원룸을 찾습니다."라는 니즈(Needs)를 보내면, 00 지역의 공인중개사들로부터 맞춤형 원룸을 받을 수 있습니다. 공인중개사들의 답변은 '신뢰도'로 정렬됩니다. '소셜 크레딧'이라고 하는 신용도 시스템입니다. 공인중개사들은 포털 사이트에 광고비를 낼 필요 없이 무료로 바로 고객의 정확한 니즈(Needs)를 받아볼 수 있습니다.
기대 : 사람을 찾는 과정에서 생기는 부동산, 고용, 물가 등 경제 통계를 실시간으로 생산할 수 있습니다. 이를 통해, 뉴스를 생산합니다. 이

뉴스는 금융권에 제공합니다. 실시간 뉴스는 정보가 되고 금융 허브가 될 수 있는 자산이 될 것입니다.

수입 : IB(투자은행)에 실시간 경제 데이터를 제공해 수익을 창출합니다.

현재 상태 :모든 시스템 구축이 완료되었습니다. 빠른 시일 내에 출시할 수 있습니다.

실행 :내부 검토를 통해 가능성을 확인 후, 회신 부탁드립니다. 사흘 후까지 회신이 없을 경우 타 회사에도 전달하겠습니다.

제안서를 보낼 회사는 몇 개 되지 않았다. 내로라하는 대기업들이었다. 노아는 회사 홈페이지에 있는 대표 이메일과 대표 팩스로 제안서를 보냈다. 사실 노아는 제안서를 보내면서도 크게 기대하지 않았다. 제휴를 담당하는 연락처도 없었기 때문이다. 대기업의 대표 이메일, 대표 팩스로 보내도 아마 스팸으로 분류되거나 고객센터로 흘러 들어가거나 보자마자 구겨질 처지에 있을지도 모를 일이었다. 노아는 그럴 확률이 더 크다고 생각했다.

"대기업들도 망하고 위기를 겪잖아. 근데 망해가는 회사를 홈페이지에 들어가면 한 번에 알 거 같아."

노아는 홈페이지에서 제휴, 제안을 담당하는 직원의 이메일이나 연락처가 없는 회사들을 보며 혀를 끌끌 찼다.

"그래도 제안서 넣길 잘했어. 하고나서의 후회가 안 하고 나서의 후회보다 훨씬 짧으니까."

어차피 안 될 거라고 생각했던 제안서였다. 안나의 말대로 후회는 없어야 했기 때문에 제안서를 넣는데 불안함도 없었다. 제안서 마지막에 사흘 후까지 회신이 없으면, 다른 회사에도 제안서를 보내겠다고 한 문구와 달리 여러 회사에 한 번에 다 보냈다.

그런데 신기한 일이다. 재밌는 일이 벌어졌다. 하루가 지나지 않아, 한 곳에서 연락이 왔다.

"뭐지. 진짜 연락이 왔네. 새로운 우주에 들어갔나?"

노아는 중얼거렸다. 추가 자료를 요청하는 회사에 자료를 정리해서 보냈다. 다음 날 또 신기한 일이 벌어졌다. 시가총액 30조 원이 넘는 회사에서 연락이 온 것이다.

〈당사에 제안을 해주셔서 감사합니다. 귀하께서 보내주신 제안서를 검토한 결과, 귀하와 당사에 서로 도움이 되는 좋은 제안으로 판단하였습니다.

빠른 시일 내에 해당 담당자가 직접 연락을 드릴 예정입니다. 당사에 관심을 보여 주신 귀하께 진심으로 감사드리며, 귀하와 당사가 상호 발전적인 관계를 유지해 나갈 수 있기를 희망합니다. 감사합니다.〉

노아는 그동안의 작고 시시한 성과가 아니라 제대로 된 성공을 예감했다. 거대한 로켓 엔진을 여러 개 달고 빠르게 성공으로 올라갔다. 몇 번 연락을 더 하며 추가 자료를 보내고, 내부 검토도 얼추 끝났다는 시그널을 보내왔다.

〈저희 임원님도 미팅에 참석하시고 싶어 하시는데, 다음 주 화요일에 뵙는 거 괜찮으세요?〉

〈당연하죠.〉

〈그럼 이틀 후 목요일에 회사 본사에서 뵙겠습니다. 근처에 오시면 연락주세요. 1층으로 모시러 가겠습니다.〉

제안서가 통과됐다는 소식을 바로 안나에게 전했다. 큰 회사와 미팅을 잡는 메시지 화면을 캡쳐해서 보냈다.

〈임원이 보고 싶어 한 대. 계약 잘 될 거 같아.〉

안나는 문자 메시지 대신 전화를 해주었다.

"정말 잘 됐어. 축하해. 자기가 원하던 거였잖아. 잠깐 일하다 나와서 전화했어. 목소리 듣고 싶어서, 정말 잘됐어. 이따 뭐 먹고 싶은 거 있어?"

"고마워, 나도 안 믿겨. 이따 퇴근하고 보자."

소식을 전하는 노아 스스로도 믿기지 않았다. 약간은 두려움 마음도 있었다. 성공할 준비가 안 된 것인가. 성공할 마음이 없던 것일까. 아니면 성공이 오히려 두려운 것인가. 실패에 익숙해진 것인가. 여러 생각을 떠올리며 어쩔 줄 몰랐다. 다음 날 성장세가 무서운 한 회사로부터 또 미팅을 하자는 연락이 왔다. 10여 군데 보내서 3군데에서 연락이 왔으니 3할 타자가 된 것 같은 기분이었다. 시간이 더 지나자 2군데에서 더 연락이 왔다. 노아는 5할 타자가 됐다.

안나는 전화를 끊고 얼마 지나지 않아 문자 메시지를 보냈다.

〈혹시, 그럼 떠나야 하는 거야?〉
〈아직 잘 모르겠어, 제안서가 통과됐을 뿐이니까. 잘 돼서 가면 좋지.〉

노아는 답장을 느리게 할 수 밖에 없었다. 순간 떠나야한다는 말의 어감이 신경 쓰였다. 하지만 신경쓰임도 잠시, 노아는 왔다 갔다 하면서 일해도 된다고 결론을 내렸다.

IT의 특성상 온라인으로 연결만 되면 어디서든지 일할 수 있었다. 그는 복잡한 대도시의 생활도 힘들어했다. 하지만 초반에는 잠시 떨어져 지내야 할 거라는 생각도 했다. 안나의 답장이 오기 전에 다시 메시지를 보냈다.

〈왔다 갔다 하면서 해도 되는데 잠깐은 떨어져있어야 할지도 모르겠어.〉

안나를 안심시키려 다시 전화를 걸었다.
"바다 사람은 바다 안 보면 답답해서 못 사는 거 알지?"
"응. 알지…"
"잠깐만 왔다 갔다 하다가 어쩌면 잠깐 3개월 정도는 지낼 수 있어. 나도 답답해서 오래는 못 있으니까."

노아의 전화에 안나는 안심하는 눈치였다.

"제안서 통과됐으니까 이제 세부 조항 정리하는 미팅하고 바로 계약 준비하는 거야?"

"응, 구체적인 금액 얘기는 안 했는데 30억 정도 될 거 같아. 그 정도는 되어야 직원들 월급도 1년 정도는 걱정 없으니까."

"정말 잘 됐어. 자기가 고생한 보람을 거둔 거니까 오늘은 내가 맛있는 거 사줄게!"

"아, 아직은 얼떨떨해. 계좌에 돈이 들어와야 믿길 거 같아."

"안 보이지만 자기 얼굴에 너무 행복하다고 쓰여 있을 거 같아. 그 표정이 너무 좋아. 자기가 행복해 하는 표정은 똑같지만 지금 표정이 너무 보고 싶어."

*

"맞아, 성공의 모습은 심플하지. 반면, 실패의 모습은 아주 디테일해. 각양각색으로. 지구상 모든 인구의 숫자만큼. 어쩌면 그 숫자의 제곱보다 많고 다양할지도 몰라."

"어디서 들어본 말 같은데…"

"톨스토이 〈안나 카레니나〉에 나오는 문장인데. 행복한 가정은 서로 닮았지만 불행한 가정은 모두 저마다의 이유로 불행하다. 여기서 조금 변형해 봤어. 우리 심플하게 살자."

"자기야, 그냥 성공하자고 말해도 돼. 괜찮아."

"내 입에서 성공이라는 말 입 밖에 내면 부정탈까봐. 나한테 성공은 아직 별 같아서. 보이긴 해도 잡을 수 없는 거."

노아는 멋쩍은 웃음을 지었다.

"자기가 그랬잖아, 별도 돌덩어리지만 빛이 난다고. 스스로 별이 되어 보는 건 어때?"

"조금 부끄러운데?"

"난 자기가 심플하든 복잡하든 상관없어, 도전하는 사람이 좋으니까. 그거면 충분해. 내 옆에 있기만 하면 돼. 정말이야. 패잔병이어도 괜찮아. 그런 건 정말 아무것도 아니니까."

안나의 사랑엔 노아의 아픔과 실패, 불안, 막연한 꿈, 방황마저도 포함된 것이었다.

하루쯤은 사치스러워지고 싶었다. 사치의 기준이 상대적이겠지만, 최소한 노아에게는 단독 풀빌라 숙박은 사치였다. 먼 거리를 이동하는 것보다는 가까운 곳이 좋았다. 오랜 비행시간이 싫기도 했고, 익숙한 도시에서 처음 가는 낯선 공간으로도 충분한 여행의 느낌을 낼 수도 있었다.

안나는 업무를 조정해 주중 3일 간의 여유를 만들었다. 주말은 비싸서 단독 풀빌라는 엄두를 내기 힘들었다, 평일이 더 여유롭기도 했다. 평일 비수기 풀빌라 숙박료는 노아의 3~4일치 일당이었다. 첫 날은 고급 풀빌라에서, 둘 째 날은 중저가 호텔에서 묵기로 했다.

　가까운 곳이었지만 여행을 준비하면서 장을 보는 건 여간 즐거운 일이 아닐 수 없었다. 평일 오전은 더욱 여유로웠다. 노아는 이 여유로움을 종교적으로 사랑했다. 맹목적으로 사랑했다. 평일 오전에 버스를 타고 종점에서 종점까지 이동하는 것을 즐기기도 하고, 평일 오전의 서점과 카페, 한산한 길거리를 사랑했다. 아무나 맡을 수 없는 여유로운 냄새를 그는 맡을 수 있었다.

　큰 마트에서 고기와 맥주, 과자를 구입하기로 했다. 평소 마트와 시장을 좋아하는 노아에게는 더욱 즐거운 과정이다. 그렇게 마트를 샅샅이 훑어 신선해 보이는 과일들을 담았다.

　약속시간에 일찍 도착해, 미안함 던지기 기술을 풀빌라 리조트에서도 적용하기로 했다. 체크인 시간인 오후 3시였지만 12시에 도착했다. 너무 일찍 도착해도 상관없었다. 어차피 리조트에 카페가 있다는 걸 확인해서 거기서 기다려도 된다. 아니면 잠깐 드라이브를 해도 된다. 역시 비수기의 평일이었다. 기술은 먹혀들었다. 손님이 없는 방에 청소가 미리 되어 있어 3시간 일찍 체크인 할 수 있었다. 객실은 업그레이드 되었다.

　객실 문을 열자, 전면 통유리로 바다가 시원하게 보였다. 신발을 벗지도 않고 잠시 정지된 상태로 창밖을 봤다. 태양이 바다에 빠진 것처럼 바다에서도 찬란하게 빛났다. 복잡한 해안선과 작은 섬들이 보이는 멋진 바다였다. 하늘과 바다가 푸르렀고 예쁜 자태를 서로 자랑하듯 튀어나온 해안선의 해변과 산이 어우러졌다.

안나는 바다 잔잔한 물결이 반짝거려서 예쁘다고 끊임없이 비명을 질렀다. 정장 차림의 여성이 어린 아이처럼 발을 굴렀다. 안나의 또 다른 모습이었다.

연신 솔, 라, 시, 도 음역 대에서 감탄을 뱉었다. 정말 듣기 좋은 소리였다. 신발을 벗고 안나는 방 여기저기를 돌아다니며 예쁜 솔 음역대의 소리를 냈다.

깨끗하게 청소된 하얀 침구가 분위기를 더했다. 반짝이는 바다와 배가 지나면서 만들어내는 V자의 하얀 거품이 파란 바다와 어우러졌다. 노아는 왠지 모를 불안한 승리를 확신했다.

깨끗하게 손을 씻고, 과일을 씻어서 보울(Bowl)에 담았다. 당장 먹을 건 아니었다. 다채로운 색깔의 과일이 테이블에 있으면 더 분위기가 있을 것 같았다. 키위와 토마토, 바나나, 석류, 파인애플, 각각의 색깔이 보기 좋게 어우러졌다.

"밥은 저녁에 먹자, 먼저 가볍게 맥주부터 마실까?"

잠이 안 올 때 가끔씩 먹던 라들러(Radler)였다. 독일에서는 맥주를 마시고 나서도 자전거를 탈 수도 있을 만큼의 저알콜이라서 라들러라고 하는데, 노아는 이 라들러를 마셔도 도무지 자전거를 탈 수 없었다. 2도짜리 레몬 맥주에도 취기를 느꼈다.

안나의 동의를 구하고 라들러 캔을 따자 탄산이 새어나왔다.

딱! 치이이이이익..

라들러 미스트가 얼굴에 이따금씩 닿았다.

차가운 바깥 날씨에 따뜻한 방에서 차가운 맥주를 마시는 기분이 오묘했다. 빨리 저 따뜻한 풀에서 마시고 싶었다,는 생각만 가득했다. 탄산이 뿜는 기분 좋은 소리가 퐁퐁 마치 귀에서 터지는 거 같다. 노아는 벌컥벌컥 레몬 맥주 두어 모금을 마셨다. 술을 한 잔도 못 마시는 안나에게도 권했다. 500ml 한 캔을 번갈아 가며 나눠 마셨다.

"이 정도면 나도 마실 수 있겠는데? 맛있어. 음료수 같아."

"다행이네. 여기 풀이 온수라서 추운 겨울은 더 좋을 거 같아. 손가락 주글주글해질 때까지 수영해야지."

노아가 먼저 간단히 샤워를 했다. 몸을 닦을 필요도 없이 수영복 바지를 입고 풀에 뛰어 들었다. 따뜻한 온수풀은 크지 않았다. 자유형으로 손을 4,5번 휘저으면 반대편에 닿았다. 그래도 이 정도의 풀이 있는 것은 정말 특별한 날이 아니고서는 숙박하기 힘들었다.

노아가 풍덩 몸을 던졌다. 어깨 정도의 높이였다.

"빨리 씻고 들어와, 여기 진짜 따뜻해."

안나를 재촉했다. 안나도 서둘러 욕실에 들어가 샤워를 하고 나왔다.

"수영복이 이거 밖에 없어서…"

란제리 수영복이 부끄러웠는지 몸 수건으로 둘렀다. 안나가 수영복을 입지 않은 줄 알았다.

"수영복은?"

"입었어…"

종종 걸음으로 걸어가 불을 끄고 통유리의 커튼을 쳤다. 바깥은 밝았지만 커튼을 치니 꽤 어두웠다. 밝은 흰색이었던 방이 짙은 갈색 방으로 바뀌었다. 그것도 나쁘지 않았다.

어두워지자 그제야 수건을 치웠다. 속옷 같은 흰색 비키니 수영복이었다. 매장 직원이 추천해준 것을 그대로 사왔단다. 아마 남자친구와 여행을 간다고 말했을 안나에게 섹시한 수영복을 추천해줬을 거라고 생각했다. 손으로 가릴 곳을 가렸지만 다 가려지진 않았다. 발뒤꿈치를 들어 천천히 풀에 들어간 안나는 노아에게 의지했다.

"생각보다 더 따뜻해."

노아는 안나의 두 손을 잡고 살며시 앞으로 당겼다. 그러자 안나의 몸이 앞으로 떴다.

"이 상태에서 발을 굴리면 돼, 안 어렵지?"

발을 구르자 안나의 몸이 살짝 떠올랐다. 큰 키와 적당한 살집에 맞게, 허리와 엉덩이의 커브가 예뻤다. 처음 보는 구도였다. 발을 구를 때마다 일렁이는 엉덩이의 파동이 아름다웠다. 안나는 수영이 서툴러 종종 노아에게 온전히 의지했다. 아이처럼 안겨왔다.

"우리 라들러 한 캔만 더 마실까?"

따뜻한 물에서 마시는 차가운 레몬 맥주는 더 맛있었다.

온수풀에서 포옹하면서 마시는 차가운 맥주는 더욱 취기가 오르게 했다. 딱 기분 좋은 취함이었다. 과하거나 덜하지 않았다.

"온수가 아니라 온밀(溫蜜)이라고 해야 하나? 자기 입에서도 꿀

나오고."

"꿀이라니… 나 그런 거 없거든?"

안나가 부끄럽게 웃었다. 몸과 얼굴이 밀착했다. 숨소리가 닿았다. 안나의 입술은 시원한 맥주 탓에 차가웠다. 찬 입술이 어깨에 닿자, 노아는 안나의 얼굴을 앞으로 했다. 짧은 정적이 흘렀다. 자연스럽게 진한 키스를 나눴다. 차가운 입술과 따뜻한 혀의 온도가 조화로웠다.

입에서는 달콤한 레몬향기가 가득했다. 안나는 처음엔 눈을 꽉 감았다가 시간이 지나면서 주름이 풀렸다. 소복이 쌓인 눈 위에 철지난 낙엽이 내려앉는 것처럼 살포시 눈꺼풀을 내려놓았다. 귀여운 강아지가 섹시한 토끼가 됐다. 그러다 간혹 눈을 떠서, 노아의 눈과 마주치면 다시 예쁜 강아지가 되었다. 강아지도 섹시한 토끼도 둘 다 좋았다. 빨리 안고 싶었다. 부둥켜안고 뒹굴어야 직성이 풀릴 만큼 마음이 차올랐다.

서둘러 온수풀에서 나와 젖은 머리카락과 몸을 가볍게 닦아내고 침대에 나란히 누웠다. 먼저 안나를 안고 허리 뒤로 손을 넘겨 가슴에 자유를 주었다. 안나가 몸을 꿈틀대더니 마저 남은 속박마저 풀어헤쳤다.

노아의 손은 아래로 내려가 움푹 들어간 골에 손가락을 넣어 엉덩이에도 자유를 주었다. 허벅지에서 한 번 걸리는가 싶더니 안나는 손으로 숲을 가리며 움츠렸다. 그 사이 재빨리 내려 무릎을 지나 발목에 걸쳤다. 안나가 발목을 이리저리 움직여 남은 팬티마저

벗었다. 손을 타고 만져지는 촉감이 시각화되어 눈에 보이는 듯 했다. 안나는 긴장된 숨을 내쉬며 배와 가슴이 위아래로 파도쳤다.

눈을 감고 있는 안나의 눈꺼풀부터 천천히 입을 맞췄다. 귀와 목을 이어주는 라인에서 시작해 옆구리로 내려와 유두 주변을 혀로 훑었다. 살짝 깨물기도 하고, 숨을 들이마시며 핥았다. 그리하면 시원함이 느껴져 안나의 몸이 움찔거리는 게 느껴졌다.

살짝 솟은 유두의 주변부를 핥다가 유두에 입을 갖다 대자 안나의 몸이 살짝 뒤틀렸다. 한 쪽은 입에 물고, 한 쪽은 손으로 간지럼 태웠다. 늘 그렇듯 강약을 조절하며 주변부를 함께 공략했다. 손가락 사이에 유두를 넣어 비비기도 하고, 스치듯 만지기도 했다.

입안에서는 깨물기도 하고, 입안에서 굴리기도 하고, 살살 핥기도 하고, 패턴을 예측할 수 없는 애무를 했다. 가슴 아래의 갈비뼈를 따라 혀를 놀렸다. 안나는 진짜 간지러움을 느꼈는지 웃음을 터뜨렸다.

그런 안나를 재빨리 엎드리게 하고는 등을 어루만졌다. 작은 터치에 간지러운지 몸을 이리저리 비틀었다. 은밀하게 입을 목 뒤로 옮겨갔다. 목 뒤는 악기로 치면 '솔' 쯤 되는 소리가 났다.

목 뒤와 등, 옆구리를 번갈아 애무했다. 패턴은 늘 다르게 했다. 어디서 어디로 갈지 예측할 수 없어야했다. 긴장과 안정감, 사랑을 동시에 자극했다.

등을 타고 내려와 엉덩이를 거치지 않고 무릎 뒤로 향했다. 거기는 '미' 정도 되는 곳이었다. 그리곤 올라가 엉덩이 아랫부분을 세게 깨물었다. 약간은 장난스러운 행동이었다.

"아퍼~"

안나는 노아의 장난을 피해 몸을 앞으로 돌렸다. 몸을 돌리자 노아는 풀을 맞이했다. 계곡은 촉촉해져 있었다. 풀은 부드러웠다. 늦은 가을의 갈대처럼 윤기가 흘렀다.

"여기도 꿀이 있어."

노아는 부끄러운 안나를 생각해 더 장난을 쳤다.

"안돼… 거기는…"

말이 끝나기 전에 촉촉한 곳에 입을 대고 머리를 더 밀착시켰다. 입술을 대고 작은 진주알 주변에 혀를 놀렸다. 안나는 반사적으로 허리를 비틀었다. 손으로 노아의 머리를 끌어올리려고 했다. 노아는 두 손으로 안나의 손을 잡고 깍지를 꼈다. 머리를 더욱 더 밀착시켰다. 안나는 몸을 이리저리 움직였지만 침대 머리 판에 닿아 오갈 데도 없었다.

천천히 혀를 밀어 넣고, 흡입해 입안에서 굴렸다. 혀의 넓은 부분으로 전체를 좌우로 훑었다. 계곡의 따뜻함을 탐닉했다. 말 그대로 꿀이 흘렀다. 높은 '도' 소리가 났다. 순간 강한 신음에 당황했는지 스스로 입을 막았다. 강약을 조절하며 혀의 촉감으로 생김새를 다 머릿속에 담을 수 있었다. 맞잡은 두 손도 혀 놀림에 따라 움찔 움찔 했다.

"그만해…"

안나가 온 힘을 다해서 몸을 비틀어 노아를 밀어내며 말했다.

"내가 해줄게."

"난 하지 마."

"왜?"

발개진 안나의 표정과 숨소리가 꽤 다급해보였다.

"몸은 좋은데 이상하게 마음이 불편하단 말이야. 이성이 본능을 이겨. 자기 입엔 좋은 것만 들어가야지."

"그런 말이 어디 있어, 그럼 자기도 이제 하지 마."

"그럼 다음에."

노아는 서둘러 상황을 모면했다. 왠지 안나가 자신의 것을 입에 담는 게 상상만으로도 불편하게 느껴졌다. 입으로 해주겠다는 말을 하지 못하게 페니스를 천천히 밀어 넣었다. 이미 기름칠 되어 있어 비교적 매끈하게 들어갔다. 안에서 꿈틀거리는 게 느껴졌다. 안나의 입에서 작은 소리가 나왔다.

"꽉 찬 느낌이야."

안나의 말에 노아는 천천히 밀어 넣었다. 그 상태에서 가슴과 목을 애무하고 입을 맞추고 귀에 사랑한다고 속삭이고 귓불을 깨물고 거친 숨을 귀에 몰아넣었다.

커튼 사이로 비친 한 줄기 햇빛에 안나의 흥분한 얼굴이 보였다. 그게 부끄러워 얼굴을 종종 가렸다. 손으로 얼굴을 가리면 겨드랑이에 얼굴을 묻었다. 거기도 '솔' 쯤 되는 소리가 나는 곳이었다.

창피해하는 안나를 뒤 돌게 해 엎드린 상태로 체위를 바꿨다. 골반과 허리 라인이 두드러졌다. 허리를 두 손으로 감싸 안고, 엉덩

166

이도 번갈아 감싸 안았다. 세게 엉덩이를 쥐었다. 어렴풋이 그녀의 항문이 보였다. 안나 조차 보기 힘든 항문을 볼 때는 더 흥분했다. 몸놀림은 더욱 격해졌다.

양손으로 엉덩이를 부여잡고 온 힘을 다 했다. 음악은 발라드로 시작해 헤비메탈로 바뀌었다. 살이 부딪혀 안나 엉덩이가 그려내는 파동이 높고 촘촘해졌다. 그러다 노아의 낭심 깊숙한 곳에서 찌릿하는 느낌이 시작됐다. 절대 참을 수 없는 강한 신호였다. 짧은 신음과 함께 안나에게 뿌려졌고 하얗게 물들었다.

질내 사정을 하는 것이 좋았다. 임신에 대한 공포도 느껴지지 않았다. 노아는 사정이 끝난 후의 안나를 보는 게 좋았다. 여자로서의 매력도 좋았지만 사람 자체가 좋았다.

후배위 자세에서는 더 누워있기 어려워 바로 페니스를 뺐다. 휴지로 가볍게 흘러나오는 정액을 정리하고 욕실로 향했다. 다리가 풀린 안나의 두 손을 잡고 몸을 일으켜 하나의 샤워기로 씻어냈다. 비누칠은 하지 않았다. 씻으면서도 노아는 안나의 유두를 입에 머금고 여기저기에 입술을 묻었다.

이미 여러 번의 잠자리였지만 부끄러움을 완전히 없앨 순 없었다. 노아도 그랬다. 몸을 닦아내고 옷을 챙겨 입지는 않았다. 몸 수건으로 몸을 감싼 후 다시 누웠다.

침대로 돌아와 팔에 안겨서야 부끄러움이 사라지는 듯 했다. 부끄러워하는 것도 예쁘다, 했더니 안나가 물었다.

"내가 안 부끄러워하면 좋겠어?"

"아니지, 할머니가 돼서도 부끄러워하는 게 좋아. 나이가 들어서도 여자로서 안고 싶으니까."

안나는 팔과 가슴의 중간쯤, 그러니까 더 가까이 노아에게 안겼다. 노아는 안나를 감싸던 몸 수건을 걷어내고 보들보들한 살을 맞댔다.

"어떤 향수보다 자기 냄새가 가장 좋아."

"근데 있잖아…"

안나가 어둠 속 노아의 품 안에서 어렵게 말을 꺼내려 했다.

"응?"

"제안서 통과돼서 가게 되면, 우리는 어떻게 돼?"

"당분간은 떨어져서 지내야지. 아마 짧으면 3개월, 길면 6개월쯤 될 거야. 그래서 가능한 집 계약도 3개월씩 해주는 곳으로 들어가려고."

"길면 6개월… 응, 그 정도면 괜찮아."

안나는 몸을 일으켜 가운을 주섬주섬 챙겨 입었다. 물을 마시러 갔다. 부스럭 거리는 소리와 함께 물을 삼켰다.

"두통약 하나만 먹을게."

"응, 우리가 떨어져 지내면 멀어질까봐, 그걸로 고민했어?"

"마음은 축하해줘야 하는데 내 나름대로는 걱정도 돼서… 갑자기 멀어지면 텅 비어있는 느낌이니까…"

안나는 축하하는 마음 뒤에 자리 잡은 그 걱정. 그게 커지는 게 두려웠다. 노아는 어떻게든 안나를 안심시키고 싶었다.

168

"초반에 감정의 온도가 빠르게 올라갈 때는 잘 몰라. 둘 다 거기에 취해버리니까. 근데 어느 한 쪽의 온도가 조금씩 내려갈 때는 체감하는 정도가 달라. 1도만 떨어져도 한기가 느껴지고 멀어지고 버림받는 느낌까지 들어서…"

"우리는 잠깐 떨어져있는 것뿐이야. 내가 저번에 그랬잖아. 나는 큰 도시에서는 절대 못 살겠다고."

"응…"

"출퇴근길의 번잡함도 힘들고, 평생을 은행에 갚으면서 살아야 하는 현실도 싫고, 가장 싫은 건 로봇이 되는 거야. 이코노믹 로봇. 좋아하는 일을 하고, 새로운 일을 꾸미고, 의미 있게 살고 싶은데 대도시에서는 내가 로봇이 된 거 같아. 삶의 목적이 그저 경제적인 것만 있는. 경쟁력 상승에만 치우쳐 있는 거. 그건 인간이 아니야. 경쟁력보다는 협력하고, 사랑하는 힘이 더 좋아. 한 순간이라도 더 품에 안고 있고 싶고."

"그렇게 말해줘서 고마워…"

"내 감정을 표현하기 힘들고, 내 마음을 말하면 뭔가 약점이 될 거라고 자가 검열하는 게 싫어. 이게 로봇이 아니면 뭐겠어. 가족을 열심히 돌보고, 사랑을 하고, 햇빛 부서지는 바다를 보고, 빗소리 들으며 같이 시간을 보내고, 가끔 밤에 별을 보면서 사는 게 좋아. 이미 그렇게 살고 있잖아. 로봇이나 괴물이 되는 건 무서워. 자기가 나 잘 알잖아."

"난 그저 작은 균열이라도 생길까봐 겁나. 자기 마음에… 그 작은 건 한 번 생기면 다시 원상태가 되지 않잖아. 보수해도 결국엔 상처가 남잖아…."

"걱정하지 마. 이번에 자기가 원하는 대로 아이가 생기면 좋겠다. 그럼 그런 걱정도 안 할 거잖아. 큰돈은 못 벌어다줘도, 가장 깊이 있게 자기를 알아갈 수 있는 사람은 될 수 있어. 안나에 대한 최고의 권위자가 될 테니까."

"그래서 안에 한 거야?"

"응."

노아가 머쓱한 표정으로 웃으며 말했다.

"우리 둘 사이에 아이라는 끈이 있으면 좋겠어. 사랑이라는 보이지 않는 끈을 보이게 만들잖아. 천륜은 절대 끊어지지 않으니까. 우리가 사랑하고 사랑했던 증거. 그리고 더 사랑할 이유."

"술도 담배도 안 하고, 매일 10km는 걸으니까 건강한 정자일거야. 참고로 난 딸이 더 좋아. 자기 닮은 딸."

안나를 안심시키려고 더 웃으며 말했다.

"저번에 별 보러 갔을 때, 생각했어. 절대로 채워질 수 없다고 생각한 내 빈 공간을 너무나 쉽게 가득 채웠어. 저 우주처럼 무한한 공간을 자기가 채워버렸어. 놀랍게도."

노아는 안나를 더 세게 오랫동안 안았다. 크게 숨을 들이켜 그녀의 냄새를 몸 안에 가득 담았다.

*

제안이 통과됐다는 소식은 수지에게도 전했다. 자신의 디자인 결과물이 소리 소문 없이 사라지는 것보다 실패하더라도 크게 하는 게 좋다던 수지였다. 실패가 아니라 어쩌면 성공할지도 모른다는 기대가 담긴 표정으로 말했다.

"거봐, 거기서도 관심 가질 거라고 했잖아. 당장 내가 필요한 서비스니까. 나도 디자인을 하면서 일거리 찾는 게 가장 힘들었어. 에이전시 통하면 수수료 내야하고, 정말 불편하거든."

"다행이야."

"포스터 디자이너가 필요합니다. 일러스트 잘 하는 디자이너면 돼요, 라고 글 올리면 이게 나한테 오고. 나는 바로 이 사람과 연결되는 거. 생각할수록 괜찮아."

"네 덕분에 시작할 수 있었던 거야. 제대로 해보자. 월급 많이 주고 일 시킬게."

머쓱한 표정으로 말했다.

"일단 어디로 좀 이동할까? 조금 조용한 카페에서 일하자."

1시간 정도의 거리를 달렸다. 근교의 조용한 카페였다. 늘 그렇듯 구석진 곳에 자리 잡았다. 그곳에서 둘은 디자인 작업에만 몰두하며 시간을 보냈다. 그 사이 노아의 주머니에서 진동이 짧게 울렸다. 메시지였다.

〈밥 잘 챙겨먹으면서 일하고 있지? 난 이제 점심 먹어~ 생선 먹는데 자기가 생각나서 연락했어.〉

〈당연하지! 걱정하지 말고 맛있게 먹어.〉

모니터를 뚫어져라 쳐다보는 수지의 눈치를 보며 메시지를 보냈다. 함께 있을 때 휴대폰을 들여다보는 것이 싫다며 예의를 지켜야 한다는 말이 떠올랐다. 노아는 휴대폰을 주머니에 넣었다.

어느덧 시간은 8시를 넘기고 있었다. 어둑어둑해지자 시간을 확인했다. 노아는 눈치를 보며 휴대폰을 꺼내들었다. 안나의 메시지가 여러 개 와 있었다.

〈일 하느라 많이 힘들지? 밥은 잘 먹고 해. 오늘은 피곤해서 반차 쓰고 일찍 퇴근 했어.〉

〈나 퇴근해서 이제 밥 먹으려고 하는데 바빠? 이틀밖에 안 됐는데도 목소리 들은 지 오래된 거 같아.〉

〈복이 많이 컸지? 복이가 긁어서 손에 상처 났어. 봐봐.〉

〈나 사진 잘 안 찍는데, 오늘 머리 펌했어. 자기 힘내라고 찍어봤어.〉

〈오늘 하루도 수고 많았어. 고단하고 힘들 텐데 재미있게 일하면 그걸로 충분해. 오늘은 내가 더 안아주고 싶은 날이야.〉

시간이 너무 지나버렸다. 답장을 보내지 못했다. 전화를 했어야 했다. 그런데 이상했다. 안나 집의 흰 벽면을 뒤로한 채 찍은 안나의 사진에 동물 유화 그림이 없었다. 버린다더니 정말 버렸나보다, 생각하고 아까운 마음이 들었지만 가볍게 넘겼다. 노아가 안나를 사랑하지 않는 것은 아니었지만, 빨리 답장을 하지 못하는 상황에서 계속 메시지를 보내는 것이 반갑지는 않았다. 그런 마음을 억누르고 메시지를 보냈다.

✿

〈아, 미안해. 일 하느라 이제 봤어. 디자인 작업에 집중하느라. 밥은 이제 디자이너랑 같이 먹을게. 밥 잘 챙겨먹으니까 걱정하지 마. 손에 연고 꼭 바르고, 복이 자꾸 긁으면 혼내 줘. 너무 예뻐하기만 하면 그렇다니까…〉

〈겨우 이틀 떨어져있었는데… 왜 이리 오랜 시간 떨어져 있는 거 같지…〉

안나는 메시지를 썼다가 삭제했다.

노아는 안나의 펌에 대한 얘기를 했어야 했다. 예쁘게 잘 됐다. 보고 싶다는 한 마디면 되었을 터였다. 바쁘다는 핑계로 안나를 소홀히 하는 것을 알지 못했다. 안나의 언어를 잊어버렸다.

〈밥 꼭 챙겨서 먹어. 중간에 쉬어가면서 일 하고. 이따 끝나고 누우면 연락해줘.〉

노아는 12시가 넘어서 메시지를 확인했다. 답장을 보내면 왠지 안나가 깰 것 같았다. 아침에 답장을 보내거나 전화를 하겠다고 생각했다. 그러면서도 아마 답장을 보내는 것이 더 낫겠다고 이미 반쯤 결론 내렸다.

안나는 연락을 기다리다 잠에 들지 못했다. 먼저 연락을 해볼까 했지만, 방해가 되는 것이 두려웠다. 노아는 잠들었지만 안나는 잠들지 못했다. 1°C 온도 변화가 100°C의 끓는점에서 0°C의 어는점으로 바뀌는 것처럼 느껴졌다. 홀로 어두운 방 안에서 극심한 추위를 느꼈다.

*

계약은 빠르게 진행됐다. 계약서 내용은 이메일로 미리 확인했다. 노아는 믿기지 않았다. 시스템을 제공하는 대가로 1년에 30억 원을 제시했다. 노아가 제시한 금액에서 조금도 깍지 않았다.

고마웠다. 이걸로 직원들 월급 걱정은 덜 수 있다,고 생각하며 가슴을 쓸어내렸다. 대기업에게 30억 원은 크지 않은 금액일지 모르지만 노아에겐 상상하기 힘든 금액이었다. 차마 흥정할 생각도 못했다. 혹시라도 일이 틀어지면 안 된다는 걱정뿐이었다.

"근데 계약서 4조는 어떤 의미인가요? 직간접적인 피해를 끼칠 경우 적극적으로 전액 손해를 보전해야 한다?"

"말 그대로입니다. 천재지변이 아닌 대표님의 실수로 피해를 끼칠 경우 피해를 보전해야 한다는 의미입니다. 반대로 저희측이 피해를 끼칠 경우에도 마찬가지입니다. 일반적인 계약 내용일 뿐이니 너무 걱정하진 마세요."

"아, 알겠습니다."

　이 정도 돈이면 개발자와 디자이너에게 안정적으로 월급을 줄 수도 있었다. 새로운 일을 시작하기에 충분한 금액이었다. 기대 이상의 금액, 복권에 당첨되면 이런 기분일까. 아니야, 복권은 운이지만 이건 노력의 결과야, 노아는 도무지 표정을 숨길 수 없었다.

　"감사합니다. 투자한 돈이 아깝지 않게 좋은 서비스가 되게 하겠습니다."

　"한 푼이 아쉬울 텐데 사무실은 저희 계열사 사무실 쓰실 수 있게 해드릴까요?"

　"사무실이 비싸면 조금 어려울 거 같은데요…"

　"그냥 쓰시면 됩니다. 몸만 들어가시면 바로 일하실 수 있어요. 다 세팅 돼 있습니다."

　"거절할 수 없는 제안을 하시네요. 감사합니다."

　당장 다음 날부터 사무실을 꾸몄다. 35층 건물의 3층 한 구석에 위치한 사무실이었다. 화장실도 가깝고 모든 사무기기들이 준비돼 있었다. 청소까지 미리 마친 상태였다. 사실 꾸몄다고 하기도 어려울 정도였다. 몸만 들어가면 된다는 말이 허투가 아니었다. 집은 한 달씩 계약을 연장할 수 있는 말 그대로 잠만 잘 수 있는 작은 원룸이었다. 가전제품이 구비되어 있는 좁은 원룸이었다. 도심 한 가운데에 위치해 면적에 비해 월세가 비싼 편이었지만, 출퇴근 시간을 허비할 수 없었다. 회사가 안정되면, 더 넓은 집으로 옮기

거나 안나와 함께 살 생각이었다.

　사무실과 집을 정리하는 모든 과정은 2,3일도 걸리지 않았다. 시간의 흐를수록 돈이 흘러내리는 것 같았다. 빨리 성과를 내야했다. 그런 부담감을 안고 일에 몰두하고 있을 때였다. 휴대폰에는 안나의 메시지가 5통 와 있었다.

〈자기야, 사무실은 어때?〉

〈바쁜데 연락해서 미안해, 밥 잘 챙겨먹고 일하는 거지?〉

〈내일 토요일인데 놀러갈까?〉

〈정말 바쁘구나…〉

〈이따 메시지 확인하면 연락 줘. 기다릴게.〉

　노아는 바로 전화를 걸었다.

　"아 미안미안, 좀 바빴어. 벌써 6시간이나 지났어?"

　"괜찮아… 중간에 잠깐이라도 연락주면 걱정 안 하잖아."

　"미안해, 진짜진짜 바빴어."

　"내일 모레 쉬니까 안 바쁘면 가도 되나 해서…"

　"그래그래, 내일 와. 근데 잠깐 점심시간밖에 안 될 텐데 괜찮을까?"

　"못 본지 2주가 넘었으니까. 바쁘면 다음에 갈게."

　"아니아니, 와 와"

　노아의 말투가 바뀌었다. 같은 말을 반복했다. 말이 부쩍 빨라졌다. 누가 봐도 영락없이 바쁜 모양새였다.

 다음 날 저녁 안나가 버스를 타고 4시간을 이동해 노아에게 갔다. 마중나간 노아는 안나가 다가오는 줄도 모르고 휴대폰 화면에 고개를 처박고 있었다. 무슨 큰 일이라도 하는 양 표정은 웃음기 하나 없이 진지했다. 눈살을 찌푸리기도 했다. 안나가 먼저 다가가 아는 체 했다. 노아는 어색한 표정으로 오는데 힘들지 않았냐며 웃었다. 노아의 가짜 웃음이었다. 표정관리가 안 되는 얼굴이었다.

 "2주일 만에 보는데 바뀐 거 없어?"

 "뭐가?"

 "머리 펌 했잖아… 사진도 보냈었잖아."

 "아. 미안미안, 요즘 정신이 없어서. 맞다. 펌한 사진은 봤었어. 잘 어울리던데?"

 노아는 웃으며 말 했지만 어색하기만 했다.

 "그럴 수 있지. 바쁜 거 아니까."

 "그래그래. 배고프지? 뭐 좀 먹을까?"

 "자기가 먹고 싶은 거 먹을까? 고기 먹을래?"

 "여기서는 생선, 회 먹기가 힘들어. 초밥 먹으러 가자. 여기 밥 양은 작고 생선은 두툼하게 올린 초밥집 있어."

 매우 가까운 곳이었다. 주차하는 시간을 포함해도 10분도 걸리지 않은 거리. 멀리 이동하는 걸 좋아하는 노아의 행동반경이 매우 좁아졌다. 불현 듯 수지와는 시끄러운 도심에서 벗어나 1시간 넘게 드라이브 해서, 조용한 카페에서 일한다는 말이 떠올렸다.

"여기 초밥 맛있어. 내가 취미로 만들던 초밥보다는 아니지만 그래도 먹을 만 해."

"자기 입에 맞으면 돼. 기대해볼게."

초밥을 기다리는 10분의 시간에도 노아는 휴대폰을 쳐다보며 안나의 말에 대꾸했다. 결혼 30년 차의 늙은 남편 같은 표정이었다. 사랑이 보이지 않았다. 의리만으로 응대하는 듯 했다. 노아도 휴대폰만 쳐다보는 게 미안했는지 한 마디 건넸다.

"근데 표정이 피곤해보여."

"4시간 버스 타서 그런가봐. 요즘 많이 바쁘지?"

"어 어 조금?"

노아가 입안에 초밥을 씹으며 말했다. 그리곤 서둘러 하나를 더 집었다.

"요즘 밥 먹을 시간도 애매해. 하루에 4시간 밖에 못 자. 죽을 맛이야."

"그래도 밥을 잘 챙겨먹어야지… 그러다 몸 상하면 어떡해."

"응 응 걱정하지 마. 내가 또 기초체력이 있잖아."

"그냥 자기 밥 먹는 거 보고 가려고 왔어."

둘은 웃으면서 대화를 이어갔다. 노아는 늘 그렇듯 안나를 웃기려 농담을 던졌다. 그런데 평소와는 달랐다. 침묵이 뒤따랐다. 안나는 이 어색함을 서둘러 없애려 더 가짜로 웃었다. 그녀의 기분이 노아에게 전염될까봐 조심스러웠다.

"밤인데 우리 집에서 자고 가. 조금 좁으니까 안고 자면 되겠다.

너무 늦지는 않을 거야."

노아는 좁아도 안고 자면 되겠다는 어색한 농담을 던졌지만, 안나는 그게 진심이 아니라고 느꼈다.

"막차 타고 가려고. 버스에서 자면 되니까."

"내일 일 있어?"

"응… 조금?"

"그럼, 그럴래? 버스 타는 곳까지 데려다줄게."

"응…"

안나는 목소리와 표정으로 마음을 내뱉어내고 있었다. 노아는 전혀 눈치 채지 못했다.

"나도 바쁜 거 끝나면 내려가려고 해. 여기 너무 답답해. 빌딩에 갇힌 감옥 같다니까…"

"바다 보면서 살다가 이런데서 일하면 힘들긴 하지. 자기는 네모난 사무실에서 일하는 것도 답답해하잖아."

"그러니까 말이야."

노아가 우걱우걱 초밥을 먹으며 대답했다.

"바쁜 거 끝나면 연락해줘. 언제쯤 한가해져? 조금 더 여유 있을 때 올게."

"그래그래. 조금만 기다려줘."

노아가 연신 휴대폰을 쳐다보며 말했다. 안나는 그 조금이 언제냐고 묻고 싶었지만 물을 수 없었다. 피곤해하는 노아에게 부담을 지울 수 없었다.

"데려다 줄게."

"아니야. 안 데려다 줘도 돼. 그냥 택시타고 갈게."

"그럼… 그럴까?"

초밥을 먹는 둥 마는 둥 하고 일어섰다. 계산을 하고 나오자마자 택시가 보였다. 노아가 손을 크게 위아래로 흔들었다. 안나는 그 손을 다시 내리고 싶었다. 택시를 기다리며 이런저런 이야기를 더 하고, 건강 잘 챙기라는 당부를 더 하고 싶었다.

야속하게도 택시는 둘 앞에 부드럽게 멈춰 섰다.

"이거 미안한데… 너무 일찍 보내서."

이 때서야 노아가 안나를 제대로 쳐다보며 말했다.

"괜찮아. 자기 바쁜 거 끝나면 올게."

안나는 서둘러 택시에 올랐다. 이 상황에서도 노아의 마음이 다칠까 조심스러워하는 스스로가 한심하고 미웠다. 택시에서 뒤를 돌아봤다. 택시가 시야에서 사라질 때까지 자리를 지키던 평소와 달리 성큼성큼 큰 걸음걸이의 뒷모습이 아득히 멀어져갔다. 노아는 그새 다른 사람이 돼있었다.

심야 버스에는 사람이 적었다. 다리를 지탱할 힘이 없었다. 좌석에 털썩 주저앉았다. 버스가 출발하자 안나의 눈에서 조용히 눈물이 흘러내렸다. 소리는 나지 않았다.

여러 생각에 빠졌다. 오랜만에 만나서 손도 잡지 않고, 헤어질 때 포옹조차도 없던 노아를 이해하려고 했지만, 쉽지 않았다. 매일 붙어 앉아서 살을 맞대고 입을 맞추고 품에 안겼는데 노아를 만져볼 수가 없었다. 작은 투정도 부리고, 그도 투정을 부리길 바랐다. 서로의 품에 안길 작은 명분을 만들고 싶었지만 어느새 그와의 사이에 어색함이라는 얇고 단단한 막이 생겼다.

바빠서 그렇겠지, 라는 생각을 제쳐두려고 해도, 자꾸만 생각의 중심에 자리 잡았다. 사랑을 알고 난 후에 더 깊은 외로움을 알았다. 노아를 더 알아갈수록 자신에 대해서 더 잘 알아갔다. 정확히 뭘 좋아하고, 뭘 싫어하고, 견딜 수 있는 한계치는 어디까지인지, 어떤 부분에서 좋아하고, 슬퍼하는지. 자신을 객관화할 수 있었다. 안나는 자신의 한계를 아는 것이 힘들었다.

*

수지와 작업을 한 것도 꽤 시간이 지났다. 매일 8시간 이상 붙어서 일하고 하루에 2끼 이상의 밥을 같이 먹었다.

몇 년을 알고 지낸 사이처럼 친해졌다. 수지의 성격 덕분이었다. 장난스럽게 놀리고, 놀림 받는 관계가 형성됐다. 당연히 수지가 놀리는 쪽이었다.

디자인 작업이 조금 일찍 끝난 날이었다. 수지는 저녁을 같이 먹자며 노아를 초대했다. 여자 혼자 사는 집에 가는 게 어색했지만 수지의 기세를 당할 수 없었다. 빈 손으로 갈 수 없어 향긋한 로즈마리 화분을 준비해갔다.

아파트는 방3개, 욕실2개의 시내 중심가에 위치한 짜임새 있는 구조였다. 요즘 아파트의 최신 트렌드를 보는 듯 했다.

"이게 뭐야?

"로즈마리."

"실제로는 처음 봤어, 방향제로만 봤거든."

"한 번 포옹하듯이 안아볼래?"

수지는 장난스럽게 노아를 안으려고 했다.

"아니, 나 말고 저 로즈마리를 이렇게 안고 냄새 맡아봐."

노아가 먼저 로즈마리를 쓰윽 안고 냄새를 맡았다.

"언제든 이 냄새 맡으면 기분이 너무 좋아지거든, 그래서 사왔어."

수지도 로즈마리를 쓰윽 안더니 냄새를 맡았다.

"산속에 온 것처럼 향기로워, 이게 로즈마리구나."

"좋지?"

"방향제에서만 맡아봤는데 정말 고마워. 로즈마리 꽃말이 뭔지 알아?"

"뭐, 내가 좋아하는 거니까 알지. 나를 생각해주세요."

"그래서 갖고 온 거야?"

"아니아니, 향기만 맡으라고. 이건 테이블 위에 올려놓을게."

깔끔한 인테리어, 특히 카페에서 쓰는 긴 갈색 테이블이 거실을 독점하고 있었다. 큰 원목이 하나의 테이블로 만들어졌다.

마감이 부드럽고 깔끔했다. 니스칠한 나무 테이블이 유리처럼 빛났다. 그 테이블에는 콘센트까지 있었다. 어느 집에나 있을 법한

티비는 보이지 않았다.

수지는 이 아파트가 유일한 재산이라면서 집에 대한 애착을 드러내곤 했다. 특히 테이블을 비싸게 주고 주문 제작했다며 자랑했다. 저녁을 해줄 테니 조금 기다렸다가 먹고 가라고 했다. 긴 테이블 위에 마주보고 앉았다.

여자 혼자 사는 집에 온 게 어떻냐고 물었다. 노아는 고개를 이리저리 돌려 쓱 훑어보더니 깔끔하다고 답했다. 마치 인테리어가 깔끔한 카페에 온 것 같았다. 집안 내부 인테리어 칭찬을 더 하려고 하던 참이었다.

"너 가출해봤어?"

수지의 뜬금없는 질문이었다.

"안 해봤는데?"

"난 5년 전에 해봤어. 가출."

"그걸 가출이라고 할 수 있어? 출가 아니고?"

"가출이야. 그 때가 결혼하고 6개월이 지났을 때니까."

"결혼하고 가출하다니, 좀 특이하다"

"남편 카드 내역서에 술집이 나온 거야, 여자들 나오는 술집."

"더 얘기 안 해도 괜찮아."

"아니, 얘기하면 마음이 더 편할 거 같아서."

수지는 1주일 정도 가출한 경험을 들려줬다. 홧김에 다른 남자를 만날까도 생각했지만 싫었다고 얘기했다. 그 후 손이 닿는 것도 소름끼치게 싫었다고 했다. 아주 오랜만에 부부관계를 가진 후 생긴 일이라 제발 임신이 아니기를 바랐단다. 생리를 한다면, 바로 이혼해야겠다고 결심했다고 했다. 또 가부장적인 집안 분위기에서 힘듦을 덤덤히 털어놓았다.

노아도 수지 성격을 알기에 연신 고개를 끄덕였다.

"그래서 가출해보니 어땠어?"

"그 때 돈이 있긴 했었어. 근데 그 많은 사람들 중에서 나를 빼고는 다 행복해 보이는 거야, 내가 있어선 안 될 거 같은 마음. 내가 이 도시의 옥에 티 같은 느낌 알아? 1주일 동안 호텔을 전전하는데 너무 슬퍼지는 거야. 넌 이 기분 모를 거야. 그래서 내 집이라는 공간이 더 좋아."

노아가 웃었다.

"내가 이 도시의 오물, 오점이 된 것 같은 느낌 잘 알지. 나도 2주 정도 떠돌이 생활 해봤어. 갑자기 집을 정리하고 나왔는데 갈 곳이 없더라. 집으로 내려갈까 고민도 했었는데, 그건 또 싫었지. 매일 무거운 짐 가방을 들고 숙박비 싼 곳을 찾아 헤매는데 비참해지지. 오늘은 어디서 자나…. 이 고민은 사람을 무너지게 만들어. 그나마 넌 호텔이었지. 난 가장 싼 모텔만 찾아다니다가, 주말에는 아예 밤새기도 했어."

"이런 경험 해본 사람 몇 안 될 텐데, 자식, 어른이네."

"내가 있는 곳은 섬이었어. 외딴 섬. 선착장도 방파제도 없어서 누구도 못 들어가고, 들어오려고 하는 사람도 없지. 그 기분으로 2주를 살아보니까 작더라도 집에 대한 욕심이 조금은 생기더라고.

근데 넌 집이라도 있잖아."

"이게 내 평생과 할머니 평생의 일부를 합친 거야."

"그래도 차근차근 모아서 사려면 난 아마 70살은 넘기겠다. 아니 80살쯤. 물론 안 쓰고 안 먹고 모아야 할 거야."

"할머니가 좀 보태주기도 했으니까."

"집이라는 게 있으면 안정감도 있고 좋지."

"그래서 월급 안 주는 악덕 보스 밑에서 안정감 있게 일하고 있잖아."

"미안."

노아는 머쓱하게 웃었다.

"미안할 필요는 없어. 솔직히 내가 더 고마우니까."

"무슨 말이야. 내가 고맙지."

"아니야. 사는 게 무슨 의미일까. 이런 생각을 한 것이 부끄럽지만 최근의 일이거든. 하루하루 시간이 지나가긴 하는데 대체 내가 뭘 위해서 살고 있냐는 생각이 드는 거 있지."

"그런 슬럼프가 종종 찾아오는 게 자연스러운 거야. 괜찮아."

"시간을 과소비하는 거 같았어. 아침에 일어나도 재미가 없어. 너는 잠자기 전에 내일 할 일이 흥분돼서 잠도 못 잔다고 했지? 그래서 밤엔 일 생각을 아예 안 한다고 했던 거 같은데."

"그랬지. 밤에는 아예 일 생각을 안 하지."

"그게 부러웠어."

"난 집 있는 네가 더 부럽다."

수지의 집안은 식당을 했다. 외할머니와 엄마가 함께 운영한 식당이 꽤나 장사가 잘 됐는지 점점 규모를 넓히고, 주차장 넓은 부지를 매입해 유명한 식당이 됐다. 외동딸인 수지는 아픈 손가락이었다. 경제 성장기에 산 아파트 가격이 오르자 수지에게 미리 재산을 증여했다. 작게나마 재산이 있어야 당당해질 수 있다는 이유였다. 이후 아파트 값은 천정부지로 뛰어 올랐다.

"배고프지?"

"아니."

"배고프다고 해야지. 불고기 해줄게. 아참, 미리 말해두지만 난 특별한 능력이 있어."

"그게 뭔데?"

"0.0001초의 표정 변화도 읽을 수 있는 능력. 맛없어도 맛있는 표정 짓는 연습해놔."

보통 사람은 의사소통 과정에서 언어적 행위가 30%, 비언어적 행위가 70%를 차지하지만 수지에게는 비언어적 행위가 90%는 적용되는 것 같았다. 상대의 배꼽 방향을 비롯해 손짓, 눈썹의 변화, 입술, 시선 처리 등을 예의 주시하는 게 보통이 아니라고 느꼈다. 노아는 처음 볼 때부터 이길 수 없는 상대라고 여겼다.

"하하하 알겠어."

"술은 여전히 잘 못 마시지?"

"저알콜 맥주는 마실 줄 알지."

"남자가 술도 못 마시고 큰일이다. 술을 마셔야 여자도 꼬실 거 아니야. 네가 먼저 나자빠지면 어떡해."

"맨 정신에 취하는 게 더 좋거든? 뭔가 진지한 얘기할 때, 미래를 얘기할 때 그 분위기에 취하는 게 더 좋아."

"그 분위기에 알콜이 있으면 더 좋아. 마트에 가서 맥주랑 안주 좀 사오자."

"오케이."

오후 7시의 대형마트는 저녁 준비하려는 사람들로 분주했다.

퇴근 후 장을 보려는 사람들과 할인 행사하며 목청을 높이는 사람들로 북적북적한 분위기를 이뤘다. 노아는 그런 분위기를 좋아했다. 크리스마스 캐롤이 흘러나오는 겨울이라면 더 좋았다. 성탄절이 지나기 전까지의 분위기. 블랙 프라이데이까지 겹쳐 돈과 인생을 마구 낭비해도 될 것 같은 분위기가 좋았다. 사람들의 얼굴에는 모두 행복이 걸려있었다.

"나 살 거 많으니까 카트 끌고 다니자."

"그래. 혼자서는 대개 바구니 들고 다니는데, 카트 끄는 게 부러웠어."

"누가 보면 부부로 보겠다."

수지가 큭큭 대며 말했다.

"아니야. 남매로 볼지도 몰라."

수지는 바로 팔짱을 껴서 노아를 올려다봤다.

"이렇게 팔짱끼는 남매가 어딨어?"

노아는 놀라는 척, 바로 팔짱을 뺐다.

민망하다기보다는 그래야할 거 같았다. 두꺼운 외투에도 물컹한 느낌이 닿아 민망했다. 장난을 받아주면 오해의 소지가 생길지도 모른다는 아주 작은 걱정도 있었다. 그래도 그런 장난이 나쁘지는 않았다. 장난기를 잘 알기도 했고 그걸 은근히 즐기기도 했다. 수위 조절을 잘해서, 아슬아슬하면서 재미있었다.

카트에 담은 건 불고기용 고기, 그릭요거트, 파인애플, 라들러 맥주, 호가든 500ml 캔, 치즈, 빵 몇 가지와 우유였다. 굶주린 성인 남자 5명은 거뜬히 먹을 수 있는 만큼의 양이었다.

"그냥 아무 우유나 사. 몇 개를 비교하니."

수지가 진열대 앞에서 여러 종류의 우유와 치즈를 비교하는 걸 보고 말했다.

"아… 알겠어."

노아는 잠시 생각에 잠겼다. 언젠가부터 노아의 소비에는 변화가 있었다. 우유나 커피를 살 때도 여러 가지를 두고 비교했다. 지금 당장 돈이 없지 않아도 언젠가 돈이 부족할지도 모른다는 불안감이 있었다.

마트에서 우유 하나를 사더라도 진열대의 우유와 비교하며 미래에 찾아올지 모르는 가난함을 걱정했다. 언젠가부터 유기농 제품을 굳이 찾지도 않았다. 지켜보던 수지가 작은 손으로 유기농이라고 크게 써진 것들만 카트에 담았다. 노아가 계산하려고 지갑을 열자 수지가 쓰읍 하는 표정을 지으며 재빨리 계산을 마쳤다. 그 호의가 고마웠다.

장을 보고 곧장 수지의 집에 들어갔다. 그녀는 잠시 옷을 갈아입겠다며 방에 들어가 핫핑크색 파자마를 입고 나왔다. 입에는 머리 끈을 물고, 머리를 위로 끌어올려 질끈 묶고 옆머리를 정리했다. 작은 머리가 햇사과처럼 동그랗고 목에는 잔 머리카락들이 삐져나왔다. 밖에서 보던 깔끔한 차림새와는 달리 수수했지만, 패션 센스는 여전했다.

"그래도 이쁘지 않냐?"

"이쁜 건 맞는데, 스스로 말하면 웃기잖아. 지금 자려고 그거 입은 거야?"

"난 원래 집에서는 옷을 잘 안 입어. 예의상 입어준 거니까 고맙게 생각해."

수지는 주방을 이리저리 분주하게 움직였다.

따뜻하고 맛있게 잘 차려진 음식을 먹는다는 건 축복이었다. 주방에서 등을 돌려 이것저것 다듬었다. 수지는 손이 빨랐다. 칼질 소리가 빠른 비트의 음악 같았다. 노아가 도우려고 일어나면 또 다시 쓰읍 하면서 다시 테이블로 돌려보냈다.

대신 휴대용 전기 인덕션만 테이블 위에 세팅해달라고는 부탁했다. 노아는 요리로 분주한 수지를 피해. 어색한 부엌을 더듬어 전기 인덕션을 찾았다. 긴 테이블의 중간쯤에 휴대용 전기 인덕션을 놓고, 전기 코드를 꽂았다.

요리하는 수지의 등을 보며 주변을 살폈다. 주방 용품은 제법 돈이 나가는 것들이었다. 은행 대출 없는 아파트보다 르쿠르제 같은 고급 주방 용품이 더 부러웠다.

이윽고 수지는 두 손으로 무거운 르쿠르제를 들고 왔다. 그리고 고개를 뒤로 돌려서 말했다.

"저기 담아둔 건 집에 가져가. 데워서 먹기만 하면 돼."

"원룸에 싱크대 없는데… 엄청 좁아. 가스렌지도 없어."

수지는 잠시 당황하더니 "저거 다 먹고 가."라고 장난스럽게 말했다. 작은 체구였지만 손이 컸다. 도무지 요리를 잘할 거 같지 않은 외모, 패션이었다. 다른 반찬도 냉장고에서 꺼내 테이블 위에 올려놓았다. 그릇도 제법 예뻤다. 잘 차려진 성찬이었다. 데워서 먹기만 하면 된다. 잊고 있던 허기가 요란한 소리를 내며 왔다. 꼬르륵 소리에 수지도 웃었다.

갓 지어진 따끈한 밥과 차가운 맥주, 파인애플은 심히 보기에 좋았다. 노아는 코를 벌렁거렸다. 코끝에 달짝지근한 냄새가 닿았다. 가스렌지처럼 화력이 눈에 보이지 않았지만 전기 인덕션은 빠르게 전골을 덥혔다. 수지는 거실 끝으로 다가가 창문을 살짝 열었다. 그러면서 살짝 추울 때 따뜻한 음식을 먹으면 더 맛있다고 말했다. 어느새 불고기 전골이 보글보글 거품을 내며 끓었다. 약속이나 한 듯 말이 끊어졌다. 동시에 달달한 불고기와 따뜻한 밥을 넘기고 그 다음은 시원한 라들러 맥주였다.

수지는 연신 감탄사를 냈다.

"음- 내가 해도 정말 맛있어."

"보통 남이 해준 음식이 맛있는데, 본인이 맛있으면 진짜 맛있는 거 인정이야!"

"아- 너무 맛있어. 내가 식당 했다면 벌써 빌딩 하나 사고, 다음 빌딩은 뭘 살지 고민 하고 있었을 걸?"

"인정 안 할 수가 없네! 그만큼 맛있어."

"표정이 진실 됐어. 이 표정이 거짓말이면 넌 배우야."

"나도 나름 미식가야. 맛에 대해서는 냉정하다고."

"어, 잠깐…"

"왜?"

"나 오르가슴 느끼는 중이니까. 쉿!"

"뭐야…"

"조용히 해. 재료 하나하나가 어우러져서 소리를 내잖아. 내가 더 맛있어! 아니야, 내가 더 맛있어! 라고 소리 내는 게 안 들리니? 마치 오케스트라처럼. 내 혀가 지휘봉이 돼서, 재료를 터치할 때마다 소리를 높이는 게 얼마나 듣기 좋아."

"……"

"음식 앞에서 경건함을 가지란 말이야. 재료 하나하나가 보낸 달콤하고 또 거친 시간들을 먹는 거야. 흥분 안 할 수가 없잖니. 너도 느껴봐. 오르가슴을."

"내가 아예 남자로 안 보이지?"

"남자라는 동물에 질려서 내 인생에 남자는 없지. 더구나 나보다 어린 남자는 남자 아니야."

"고작 1살 차이라고."

"1살이면 난 세상에 태어나있고, 넌 엄마 뱃속에 있었어. 아니, 아버지 쪽에 있었겠다."

수지는 큭큭 대며 웃었다.

노아도 웃었다.

"그래도, 주변에서 남자들이 대시하지 않아?"

"대시 안 하겠니? 내가 또 보호 본능 유발하잖아, 키는 작지만 밀도 있게 예쁘게 생겼고 볼륨감도 좀 있잖아."

"제발 그만 해. 듣기 힘들어. 네 칭찬은 내가 해줄게."

"눈이 엄청 높아서 웬만한 것들은 눈에도 안 들어와."

"어떤 타입 좋아하는데?"

"내 이상형은 착하고 바람 안 피우는 사람, 그리고 경제적으로 안정된 사람이 좋았지. 원래는 착하고 바람 안 피우고 나만 바라보는 사람이면 충분했는데, 경제력을 본다는 걸 인정하면 속물처럼 보일까봐. 솔직해지는데 시간이 좀 걸렸어."

"그게 당연한 거지."

"근데 지금은 좀 달라졌어. 사람이 경제력이 있으니까 딴 생각을 품더라? 그래서 지금은 돈은 없으면서 착하고 건강한 사람이 좋아."

"결국엔 누군가를 다시 만날 수 있는 거잖아. 아직 혼자이기엔 아깝다. 겨우 30대 중반인데."

"칭찬은 아주 디테일하고 진실 되게 해야 해. 그래야 셀프 칭찬 안 하니까. 알겠지?"

"그래. 근데 그런 남자는 많지 않아?"

"난 남자라고 말하지 않았어. 착하고 바람 안 피우는 사람이라고 했지."

"음, 그랬나…"

"왜 남자라고 하지 않고, 사람이라고 하는 지 안 궁금해?"

"남자든 사람이든 그게 뭐 그렇게 중요해?"

노아가 되물었다.

"여자를 좋아했으니까. 사랑했으니까."

"그랬구나…"

노아는 당황했다. 눈의 초점이 길을 잃었다.

수지는 별 거 아니라는 표정이었다.

"내가 왜 여자를 좋아하게 됐는지 안 궁금해?"

"다음에 얘기해도 돼. 근데 왜 거실에 TV가 없어?"

궁금했지만 화제를 재빨리 돌려야 했다. 술이 깨고 나서 민망해 할 수지가 걱정됐다.

"나 TV 잘 안 봐. TV 소리를 틀어놔야 안심된다는 사람도 있다던데 나는 조용한 게 좋아. 근데 바깥에 차 소리나 위, 아래층 소리도 심심찮게 나. 이 집의 유일한 단점이야."

화제가 돌아갔다고 생각한 노아는 다른 말을 더 꺼내려는 찰나,

수지는 말을 더 이어갔다.

"그냥. 지금 시원하게 얘기하는 게 좋아서. 술 마셨으니까. 누군가에게는 말해야 내 마음이 시원해지니까 그냥 앞에서 듣기만 해."

노아는 그게 어떤 마음인지 알았다. 고백성사처럼 누군가에게 비밀을 얘기 하면 영혼이 조금 깨끗해지는 기분, 노아가 적막한 곳에서 별을 볼 때의 느낌과 비슷할 거라고 생각했다.

"얘기해 봐."

수지는 맥주를 한 모금 더 들이켰다. 제법 썼는지 크으, 하는 표정을 지었다.

"난 아버지가 세 명이야. 생물학적 아버지는 생사도 모르고, 엄마가 재혼한 아버지는 경찰이었어. 그다지 높은 직위는 아니었지만, 경찰이라는 것에 자부심도 상당했고 동료들에게도 인기 많아 보였지. 집에도 동료 경찰관들이 자주 왔었거든."

"응."

노아는 수지가 털어놓는 말을 고이 받아서, 쓰레기통에 버리는 느낌으로 고분고분하게 들어주었다.

"엄마가 재혼을 한 게 중학교 3학년 때였어. 그 때 마침 이사를 했어. 오래된 아파트에서 신축 아파트로. 거실도 훨씬 넓어졌고, 소파도 가구도 전부 새 걸로 바꿨어. 아마 그 때 집에서 하던 식당 사업이 잘되기 시작했나봐."

"유복한 사춘기 보냈겠네."

"응. 나만 쓰는 화장실이 생겨서 너무 좋았던 기억이 아직도 생생해. 음… 그 때가 엄마가 결혼하고 6개월 쯤 됐나, 아빠라는 사람이 빨래 건조대에서 내 핑크 팬티와 브라를 집어 들면서 말하는 거야. 수지가 어른이 다 됐다고. 그 말을 듣는 순간 온 몸에 소름이 쫙 돋았어. 그 때 엄마는 집에 없었거든."

노아는 놀라서 자세를 고쳐 앉았다.

"미친놈이었구나."

"그러면서, 당시에 호감 가지며 연락만 하던 남자친구와의 관계를 들먹이는 거야. 남자친구랑 키스는 해봤냐고. 관계는 어디까지 갔는지 꼬치꼬치 캐묻는 거 있지."

"사춘기 딸에게 절대로 해선 안 될 말인데…"

"방에서 자고 있을 때 갑자기 노크도 없이 문을 열고 들어온다거나, 술에 취하면 나를 깨워 엄마와 함께 식탁에 앉히고 오늘 있었던 성폭행 사건에 대해서 적나라하게 얘기해줬어."

"응?"

노아는 도무지 믿기지 않는 표정이었다.

"성폭행 사건을 적나라하게 묘사했어. 피해자의 팬티가 어떻게 돼 있었고, 하는 식이었지. 입으로 내뱉는 포르노 같았어."

"와. 소름 돋았겠다."

"밥 먹고 있으면 내 등을 쓰다듬고, 퇴근하고 오면 보고 싶었다고 나를 포옹하는 데 그게 욕정이 담긴 포옹이라고 느껴진 건 고 1때였어."

"더 얘기 안 해도 괜찮아…"

진심어린 표정이었다.

"아니야. 얘기하고 싶어."

수지는 계속 말했다.

"언젠가 밤 10시쯤 됐을까? 일찍 방에 불을 끄고 자는 척 했지. 불 켜고 있으면 괜히 들어 올까봐. 귀찮기도 하고. 근데 사춘기 소녀는 방에 불을 끄고서도 할 일이 많아. 공상도 하고, 음악도 듣고…"

"그렇지."

"불을 끄고 조금 지났어. 엄마의 신음 소리가 들려오는 거야. 최대한 참는 소리 있지. 침대 삐그덕 거리는 소리도 들리고 말이야. 난 알았어. 둘이서 뭘 하는지."

"아…"

노아의 눈이 커졌다.

"나는 그 소리가 엄마의 비명처럼 들려서 이어폰으로 귀를 막고 음악을 더 크게 들었어."

"……"

"도무지 방 밖을 나설 수 없었지. 근데 생리 현상을 참을 수 없더라. 몇 시간 지났을까. 참을 만큼 참았다가 화장실에 가려고 방문을 열었어. 그런데."

수지는 잠시 머뭇거렸다. 호가든을 한 모금 더 들이켰다. 크으 소리는 억지로 삼키는 듯 보였다.

"더 얘기 안 해도 괜찮아. 힘들어 보여."

"아니야. 거실에서 엄마와 새 아빠가 뒹굴고 있는 거야. 엄마가 바닥에서 소파를 보며 무릎 꿇고 엉덩이를 치켜 있고, 새 아빠가 뒤에서 엄마를… 강아지의 교미 같았어. 눈이 번갈아 마주쳤지."

"진짜 괜찮아. 그만 얘기해도 돼. 술 깨면 후회해."

노아의 말은 무시하고 계속 말했다.

"엄마의 표정은 당황스러워했지만 즐기는 것 같았어. 새 아빠라는 인간은 별로 당황하지도 않더라. 허리는 멈추지 않았거든. 내가 말했잖아. 나는 순간의 표정도 읽을 수 있다고."

"……"

"문 하나를 사이에 두고 스릴을 즐기는 것처럼 보였어. 새 아빠라는 사람이 비아그라를 먹고 있다는 것도 알았어. 그래서 방에서도 하고, 거실에서도 했겠지. 보통 40대 중반 남자는 발기가 잘 안돼서 두 번은 힘들잖아."

"그 이후에 남자라는 동물이 싫어졌구나."

"싫은 걸 넘어서 혐오하게 됐지. 그래서 반항 심리로 여자를 좋아하게 된 거야. 어린 마음에. 근데 그것도 나쁘지 않았어. 아니, 더 좋았어."

"조금은 이해할 수 있을 거 같아."

"그런데, 결혼은 남자랑 했잖아. 난 바이섹슈얼이고 남자보단 여자에게 가는 마음이 조금 더 커. 그 이후의 삶이 어땠겠어. 이걸 전남편에게는 철저히 숨겼어. 평생 숨길 생각이었어. 최대한 숨겼는데, 어느 날 친구에게 연락이 온 거야. 고등학교 때 잠깐 사귀던 친구."

"여자?"

"응, 여자."

"문자 메시지나 메신저 보면서 안부를 물었지. 과거에 잠깐 만나던 사람이니까 잊고 살았었는데, 계속 연락이 오는 거 있지. 지금 사귀던 사람과 안 맞는다면서."

"다시 만나보고 싶었나 봐."

"맞아."

수지는 한숨을 크게 쉬더니 말보로 레드를 입에 물었다.

"아참, 펴도 되냐고 물어봐야 하는데…"

노아는 재빨리 라이터에 불을 붙였다. 수지가 담배를 한 모금 빨아들이고는 노아를 피해 옆으로 내뱉었다. 달짝지근한 불고기 전골 냄새와 담배 냄새가 묘하게 섞였다.

"아! 미안해." 라고 말하고 수지는 몸을 일으켜 베란다로 나갔다. 요리에 대한 경건함을 지켜주기 위해서였다고 생각했다.

담배 연기를 내뱉는 수지의 뒷모습이 보였다. 왠지 안쓰러워보였다. 그저 지켜보기만 했다. 담배를 다 피우지도 않고 절반 정도만 피우고 비벼서 껐다. 그리고 다가와 다시 앉았다.

"근데 이젠 여자도 싫어. 아니 사람이 싫어진다랄까."

"또 왜?"

"레즈비언을 만날 수 있는 창구는 제한적이거든. 같은 성향이 있

는 사람들끼리 모이는 장소에서 만나는 게 일반적이야. 자연스럽
게 사랑하고 마음을 나누는 게 좋은데 그게 가장 어렵더라."

"맞아."

"처음에는 너무 잘 보이려고 애쓰잖아. 그 모습에 사랑을 시작하
기도 하지만 그건 결코 내가 아니야. 사랑하면서 나를 잃어 갔어.
결국엔 가면을 쓴 나를 좋아한 거잖아. 가면을 벗어 던지기 무서
웠어. 가면을 벗으면 실망해서 도망 갈까봐."

"반대로 다른 사람의 벗겨진 가면을 보고 실망한 적도 있어?"

"응. 그래서 내 가면을 벗기가 더 두려웠나봐. 그래서 비슷한 성
향의 사람들이 만나는 특정한 장소가 아니라 뜻하지 않은 곳에서
운명적인 충돌 같은 사랑을 꿈꾸기도 했어."

"근데 게이나 레즈비언은 외형이나 말투를 보면 알 수 있을 거
같던데…"

"아니야. 머리 짧은 여자가 남자역할 하고 그런 거 말하는 거니?
남자가 여성적인 말투 쓰면 게이로 보이는 거고?"

"보통은 그렇게들 생각하잖아."

"하지만 꼭 그렇지는 않아. 내가 퀴즈 하나 낼게. 나는 남자 쪽
일까, 여자 쪽일까?"

노아가 잠시 뜸 들였다. 근래에 가장 흥미로운 질문이었다. 성격
이 특이한 편이긴 했지만 집 인테리어나 평소 입는 옷차림새, 지
금 입은 핫핑크색 잠옷이나 누가 봐도 여성 취향이었다. 답은 확
실했다.

"넌 여성적이잖아. 그러니 그 세계에서도 여자 쪽이겠지."

"땡! 틀렸어. 남자 역할, 여자 역할 그런 건 없어. 그냥, 사람 대 사람이야. 적어도 난 그래."

자신의 선입견이 들킨 노아는 부끄러웠다.

"빨리 먹자."

분위기를 바꾸려 서둘러 시선을 테이블 위의 냄비로 옮겼다.

"그래. 우리 일단 먹자."

맛 없기 어려운 메뉴인 불고기지만, 과일을 직접 갈아 넣어서 단맛을 낸 불고기 전골은 인스턴트와는 판이하게 달랐다. 르쿠르제 냄비에 직접 만든 불고기 전골은 일품이었다. 천천히 다 먹을 때까지도 따뜻했다. 다소 뜨거울 만큼 일정한 온도를 유지했다. 고기 먹고 배부른 느낌보다는 산뜻한 회를 먹은 것처럼 속에 부담이 없었다.

"빨리 빨리, 응?"

"뭘?"

"빨리, 더 맛있는 표정 지어봐."

"어려운 것만 시키더라… 근데 먹어본 불고기 전골 중에 최고야."

노아는 활짝 웃어보였다. 맛있는 음식을 먹을 때는 거짓말을 못 하는 노아이기도 했다. 오히려 맛이 없다고 정성껏 차려진 밥상에서 깨작거리며 자리를 뜰 수 있는 용자였다.

"좋아, 선물 하나 줄게. 우리 집 비밀번호! 내 생일이야."

"네 생일 몰라."

"12월 21일"

"나한테 가르쳐줘도 되는 거야? 근데 난 12월 19일인데, 2일 차이난다."

"생일에 집으로 와. 집에 싱크대도 없다며. 여기서 먹어도 돼."

"12월 21일에?"

"아니, 12월 19일에서 21일 넘어가는 시간에. 아무 때나."

"근데, 비밀 번호를 막 가르쳐줘도 되는 거야?"

"넌 생긴 게, 다른 사람한테 말 안 하게 생겼어."

"그렇게 생긴 건 뭔데?"

"그런 게 있어. 난 알아."

수지도 술을 잘 마시지는 못했다. 호가든 500ml에 취한 모습이었다. 술에 취해가면서 말수도 부쩍 적어졌다.

그러던 수지는 계속해서 과거 얘기를 꺼냈다. 취기 있는 목소리였다. 술 취한 사람의 전형이었다. 노아는 참을성 있게 들어줄 마음이었다. 밤을 새서라도 공감해줄 자신이 있었다. 디자인 업무를 도와주는 수지가 인간적으로 고마웠다. 수지의 상담사가 되어줄 거라고 되뇌었다.

뭉툭해지고 꼬부라진 혀에 부정확한 발음이었지만 힘겹게 이야기 해 나갔다.

"내가 말이야, 이름 없이 살았어. 수지보다는 다른 이름이 더 많아지더라. 내 역할이 이름이 된 거야. 회사에 있을 때는 대리, 집에서는 며느리, 제수씨, 형수님. 거기에 내 이름은 없었어. 너 내 성격 알지?"

그녀의 성격을 꾹꾹 누르며 살았을 날들이 짠하게 느껴졌다.

"응, 잘 알지. 나이가 들면 이름 불러주는 게 좋아."

"사실 이름이 크게 중요하진 않았지만 잊히는 기분은 어쩔 수 없었어. 그동안의 내가 없어지고 안 입은 옷을 억지로 껴입는 거잖아. 나중에 할머니가 되어도 이름을 불러주면 좋은데…"

"나이 들어서도 이름이 불리는 거? 좋다. 나도 나이 들어서도 누군가가 내 이름 불러주면 좋겠어."

"저어기 산에도 이름도 있고, 저어기 흐르는 강도 이름이 있고, 이 도시에도 이름이 있고, 나라에도 이름이 있잖아. 근데 내 이름이 말이야, 없어."

말의 속도가 부쩍 느려졌다.

가부장적 집안에서 정말 견디기 힘들었다고 했다. 수지는 그렇게 힘겹게 자신이 이혼한 이야기를 시작했다. 궁금했지만 차마 묻진 못한 이야기였다. 호가든 500ml가 제 몫을 했다. 수지는 특정한 말을 반복해 문장에 넣는 술버릇이 있었다.

"뭐에 홀렸는지 모르지만 말이야, 내가 있지, 정신 차려보니 결혼식장이더라."

"다들 그렇게 얘기 하더라."

"그래도 전남편을 사랑했겠지. 그러니까 말이야, 결혼을 했겠지.

남편이 있지, 작은 건설 회사를 했었지."

"응."

"시아버지 사업을 물려받은 거야."

"그랬구나, 집이 좀 잘 살았겠다."

"부족하진 않았지. 근데 말이야, 결혼하자마자 회사를 그만두길 원하더라. 나도 그래야 하는 줄 알았고, 잠깐 쉬고 싶기도 했으니까 그만 뒀지. 그리곤 집안일을 했어. 근데 있잖아, 다시는 디자인 일을 못 하겠는거야."

"일하다가 집에만 있으니까 힘들지. 어떤 느낌인지 알아."

"남편 일의 특성상 접대 자리도 어엄청 많고, 여자 나오는 술집도 많이 가는 거 있지. 내가 말이야, 이해 못하는 건 아니야. 근데 있지, 평생 내조만 하면서 살 수가 없겠는거야. 나도, 디자이너라는 자아가 있다는 말이지."

"이해해…"

"그런 와중에 계속 손주를 낳길 바라는 시댁의 압박이 점점 들어오는 거 있지."

"응"

"나름 노력을 했지…"

"그게 잘 안 됐어?"

"아니지, 계획대로 임신했어."

"근데?"

"근데 말이지… 임신하고 평생 이렇게 살아야 한다고 생각하니까 순간 너무 괴로운 거야. 내가 이제 내가 아닌 느낌이 나를 덮쳐왔어. 차에 부딪힌 것처럼 나뒹굴었지. 그 와중에 남편 영수증엔 술집 이름들이 계속 나오는 거 있지.”

“그럴 수도 있겠다.”

“나는 없어지고 말이야, 며느리만 있고… 아이를 낳는 소나 돼지가 된 기분 알아?”

“그랬구나.”

“그래서 말이지, 아이를 몰래 지웠어.”

“……”

“그리고 유산한 척 했어.”

“그래서?”

“있지 그래서, 이혼을 결심한 거지. 임신 처음부터 누구에게도 말을 안했어. 마침, 남편 신용카드 내역서에 술집 찍혀있어서 그 일로 큰 상처받은 것처럼 행동했지. 사실은 말이야, 나는 전혀 상처받지 않았어. 근데 시댁에서 뭐 그런 일로 상처받느냐고 하는 거 있지, 사실은 그 말이 더 상처 되더라.”

“공감해. 내 마음의 고통을 다른 사람이 함부로 계산할 수가 없지. 수치로 환산할 수 없는 것이 마음이니까.”

“난 혼신의 연기를 다 했지. 상처받은 것처럼. 시댁은 이혼에 반대했는데 남편은 순순히 이혼해주더라.”

“그나마 인간적인 배려는 해줬구나.”

“그래서 말이야, 내가, 그 남자와 결혼이라는 걸 했지. 그 인간성

하나는 내가 직접 봐왔으니까."

"직접 경험한 것을 믿었으니까?"

"그렇지. 근데 말이야, 그 남자에게 미안하지는 않았어. 왜인지는 모르겠어. 그만큼 사랑하지 않았나봐. 그 남자의 아이에게 미안했어. 내 아이라고는 생각하지 않아서 그 남자 아이라고 하는 거야."

노아는 말없이 고개만 끄덕였다. 수지가 아이에게 가지는 죄책감을 느꼈다. 왠지 대답하는 것이 그녀의 마음을 상하게 하지는 않을까 하는 지나친 걱정이었다. 수지의 취기가 점점 사라지는 것을 느꼈다.

"그게 처음에는 아무렇지 않았는데, 지금은 지나가는 아이들만 봐도, 집에 들어와서는 잠을 못 자. 얼굴도 모르는 아이가 나한테 안겨오거든."

수지는 울먹거리며 아랫입술이 삐죽거렸다. 툭 건드리면 길 잃은 아이처럼 울 것 같았다.

"다시 회복할거야."

수지의 눈물을 보고 싶지 않았던 노아는 밝은 표정으로 말했다. 서둘러 대화를 끝내야했다.

수지는 계속 어눌한 목소리로 말을 이었다.

"살면서 가장 무서운 게, 시간하고 사람이거든. 평생 뒷바라지 하면서 마주하기 싫은 사람들과 있는 게 지옥 같았어."

"이해할 수 있어."

"그런데 네가 학교인가 뭔가를 만들고 싶어서 시작했다는 말에 합류하게 됐지. 월급도 못 준다는 악덕 업주한테 말이야. 아이를 지웠으니까 다른 아이들에게 도움이 되면 살고 싶어서."

"고마워, 쉽지 않은 이야기였을 텐데…"

"내가 고맙지. 우울한 얘기 들어줘서."

"우울한 얘기라니. N.G 외치고 다시 시작하면 돼. 내가 정신병원까지 다녀온 경험자잖아. 우울은 내가 권위자야."

"정신병원? 거기 가면 분위기가 어때?"

노아는 분위기를 바꾸려고, 정신병원에 가본 것을 무용담 펼치듯 풀어놓았다. 수지의 기분을 조금이라도 낮게 해주려 그의 거친 경험담을 풀었다. 비극엔 더 비극적인 상황이 위로가 된다고 생각해서였다.

"자살 시도하면 시립인지 국립인지 아무튼 거기에 소속된 정신과 상담사를 만나."

"그리곤?"

수지의 표정으로 보아, 관심 있어 하는 거 같았다.

"무슨 심리 테스트 같은 걸 해, 1부터 10까지 우울한 정도에 대해서 체크하래."

수지의 눈이 점점 초점을 되찾아갔다.

"응."

"당장 힘든데 상담사 말이 귀에 들어오겠어? 이미 제정신이 아닌데."

"……"

수지는 말없이 눈을 쳐다봤다.

"아무튼 그래서, 전부 다 10에 체크를 했거든? 그리고 정신차려 보니까 정신병원에서 입원복 입고 있더라."

"거기서 얼마나 있었어?"

"5일 있었지, 정신병원에 가잖아? 그럼 거긴 군대와 감옥을 합친 거 같아. 폐쇄병동이라 외부와의 접촉도 안 되고, 낡은 건물의 7층이니까 땅도 못 밟았어."

"어느 정도길래 그래?"

수지가 호기심어린 눈으로 물었다.

"처음 들어가자마자 옷을 갈아입고 방에서 대기하래. 난 안정실 옆에 있는 방이었는데, 그 안정실이 말 그대로 안정이 필요한 환자를 임시로 가두는 방이야."

"무서웠겠다."

"벽에 낙서가 돼 있는데… 낙서부터 이미 섬뜩했어. 괴이한 낙서가 주는 공포는 30대 남자도 움츠러들게 하더라."

"공포 영화에서나 보던 그런 분위기였겠다."

"맞아. 거기선 하루 세 번의 맛없는 밥을 먹어. 아주 심각하게 맛이 없어."

"꽤나 입맛 까다로운 네가 버티기엔 그게 더 힘들있겠다."

"지금 생각해도 너무 맛없어. 맛없는 밥을 세끼 먹고 나서, 세 번의 약을 먹고 확인까지 하는데, 난 혀 밑에 숨겨두고 안 먹었어. 양

치질할 때 그대로 뱉어냈거든.”

“정신과 약이 좀 세니까. 무서웠나보네.”

“맞아. 바깥 외출도 전혀 못하고 사람들은 또 정형행동을 해…”

“정형행동?”

“동물원 가봤어?”

“그럼.”

“동물원에 가면 좁은 우리에서 똑같은 행동을 하는 코끼리가 있
잖아. 그거랑 똑같아…정신병원에 있으면 치료 되는 게 아니라 더
미쳐서 나올 거 같은 거야.”

“그러니까… 이제 나쁜 생각은 하지 마. 알았지?”

수지는 엉덩이를 들어 반대편 노아 옆으로 옮겨 앉았다. 비틀거
리면서 테이블을 짚으며 갔다. 그리곤 옆에 앉아 얼굴을 찡그렸다.
다시는 그런 데 가지 말라고 혼내는 표정이었다. 수지는 진지한 마
음이었지만 노아는 수지의 취한 표정이 귀엽기만 했다.

“나쁜 생각. 이젠 절대로 안 해.”

“그러다 진짜 혼난다. 아무 이야기나 더 해줘. 나 졸릴 때까지.”

“어떤 주제가 좋아?”

“네 비밀이나 힘들었던 거.”

“음… 바다에서 수영해봤어?”

노아가 물었다.

“당연하지. 어릴 때 해봤어.”

“언젠가 태풍이 가까워져 올 때, 몰래 튜브를 가지고 바닷가에

간 적이 있어. 파도를 타고 노는 게 재밌었거든. 근데 태풍이 오니까 내 키의 두 배 정도 높은 파도가 오는 거야."

"그래서?"

"순간 무서워지는데 이걸 피할 수가 없더라. 큰 파도의 끝자락에 들어갔는데, 처음엔 나를 감싸는 느낌이야. 그 눈앞의 파도가 나를 감쌀 때, 폭우가 쏟아지는 자동차 앞 유리처럼 아른 아른 하거든."

"예쁜 거 아니야?"

"엄청 예쁘지. 원래 자연은 예쁜 게 위험하거든. 근데 그 파도가 눈앞에서 닫히는 순간 데구르르 세탁기 안의 빨래처럼 돌아가다가 해변 가 바위에 부딪히는 거야. 절망이 집어 삼킬 때의 느낌이 딱 그랬어. 스스로 힘으로는 절대 나오는 게 불가능해."

"거대한 물줄기에 휩싸이면 어찌할 수가 없지. 체념하게 돼."

"맞아, 포기하는 게 아니라 받아들이게 돼."

수지는 지긋이 노아를 바라봤다.

"…… 왜 목이 뜨거워지는 거 같지. 맞아. 미치지 않고서야 얼음의 시대에서 버틸 수가 없지. 냉정, 냉소, 냉혹, 냉혈의 시대."

"근데 이런 이야기를 하는 거 자체가 돌아가는 차가운 세탁기 안에서 꺼내주는 느낌이야. 따뜻해져."

"누구와도 이런 얘기는 쉽게 못하는 건데… 너 자주 놀러와, 나 요리는 좋아하는데 설거지는 무지 싫어하니까."

"언제든지. 내가 또 설거지의 권위자잖아."

노아는 수지를 위로하고 싶었다. 비극은 더 큰 비극으로 덮고 싶었다. 안나가 그랬던 것처럼. 하지만 비극이라는 것도 시간과 같이 상대적이라는 것을 깨닫지 못했다.

늦은 밤까지 얘기를 나누다보니 새벽 2시를 넘기고 있었다. 술 마셨으니 그냥 거실에서 자고 가라는 수지의 고집에 노아는 하룻밤 신세를 졌다. 욕실이 두 개인 수지의 집에서 각각 샤워를 하고, 가지런히 정리된 수건을 꺼내 몸을 닦았다.

잠시 후 똑똑 문을 두드리는 소리가 들렸다. 노아는 놀라 고개만 내빼고 살며시 문을 열었다. 수지는 손을 쑥 뻗어 자신의 잠옷을 건넸다. 화려한 색깔과 캐릭터가 그려 있었다. 도무지 입을 수 없는 사이즈였다. 아직 취기가 사리지지 않은 듯 했다.

"네 옷은 줘. 세탁기 돌려줄게."

"잠옷이 너무 작아. 그냥 내 옷 그대로 입고 잘게."

노아가 욕실에서 나오자 수지는 자신이 바르던 로션을 손에 덜어 주었다. 그리고 자신의 방으로 건너가 베개와 이불을 던져주었다. 3등이었던 수면욕이 식욕과 성욕을 제치고 1등이 됐다며, 졸린 와중에도 농담을 놓지 못했다.

"내 베개에 침 흘리지 말고. 깨끗하게 덮고 자."

베개와 이불에서 향기가 났다. 방금 수지가 뿌린 것처럼 향기가 강렬히 남아있었다. 수지는 힘들었는지 방문을 닫지도 않고 그대로 고꾸라져 침대에 누웠다. 노아는 문을 닫으려고 했지만 닫지 않았다. 수지의 숨소리를 음악 삼아 노아도 곧장 잠들었다.

고등학교 때 1년 간 사귀던 아이에게서 연락이 왔다. 잘 지내냐는 인사로 시작했지만 연락의 목적은 이혼 소식을 알리기 위해서였는지 모른다. 오랫동안 잊고 있던 이름이었다. 처음엔 누구인지도 몰랐다. 이름까지 가물가물해졌다.

그녀도 어쩌면 수지와 같은 처지로 위장용 결혼 비슷한 걸 했을까. 아이는 있을까. 수지의 머릿속에 많은 생각들이 빠르게 스쳐지나갔다. 반가움보다는 당황스러움이 컸다.

그도 그렇게, 1년을 사귀다가 그 친구와 이별을 했다. 서툰 연애였지만 첫 사랑이라는 것이 다 그렇듯 제 딴에는 가장 애틋했다.

기억에 왜곡이 생겨서인지, 진짜 애틋했는지 몰라도 한 동안 머릿속에서 잘 떠나지 않고 교복 입은 또래의 여자 아이를 보면 종종 추억했다.

친구는 하루아침에 사라졌다. 그 후에는 소식도 연락도 전혀 없었다. 말 그대로 자고 나니 아예 존재하지 않는 사람이었다. 간간히 들리는 소식으로는 임신으로 학교를 그만두고 사라졌다는 출처를 알 수 없는 이야기뿐이었다. 하지만 그것이 사실이 아니라는 것은 수지 스스로도 잘 알았다.

수지도 그 친구도 처음으로 정체성을 받아들인 후 사귄 사이였다. 17년이 지나서 연락 온 그녀가 반갑기보다 신기했다. 문자 메시지로 연락을 하다 수지 근처의 동네에서 만나기로 하고, 약속 시간은 그 날 저녁으로 했다. 그간의 삶이 궁금했다.

"그대로네."

수지의 입에서 나온 첫 마디였다. 과하지도 부족하지도 않은 화장에 치마 정장이 잘 어울렸다. 키는 수지보다 조금 더 컸지만 높은 힐을 감안한다면 수지와 키 차이가 없었다. 노아가 말했던 것처럼, 과거 숏커트에 소년 같은 모습은 어디에서도 찾을 수 없었다. 출산한 느낌도 없었다.

긴 머리의 끝은 실력 있는 헤어 디자이너에게 다듬었는지 웨이브가 힘찬 굴곡을 그렸다. 먼저 인사를 건넨 친구를 빠르게 위아래로 훑었다. 눈치 채지 못할 만큼의 빠른 시간에 그 친구에게 남은 삶의 흔적을 찾고 싶었다. 나무의 나이테만큼이나 선명한 흔적이 있을 거라 생각했지만 찾을 수 없었다.

"너도 그대로야."

서로 어색한 미소를 주고받았다. 어떻게 연락처를 알게 됐냐는 수지의 물음에 디자이너로 일하는 거 알고, 이름을 검색해보니 SNS 계정이 있어 거기서 알게 됐다고 말했다.

"그동안 어떻게 살았어…?"

묻지 않아도 알 거 같았지만 그래도 그 친구의 입에서 나오는 말이 듣고 싶었다. 자신이 임신을 해서 그만뒀다는 소문은 알고 있었다. 30대 여성이 겪는 삶의 여정은 어찌 보면 크게 다르지 않았다. 궁금한 건 갑자기 사라진 이유였다. 의외로 표정 하나 바뀌지 않고 말해주었다. 가정 형편도, 임신도, 수지와의 헤어짐으로 인한 상실감도 아니었다. 선생님 때문이었다고 덤덤히 말했다.

"선생님?"

친구는 고개를 끄덕였다.

"넌 모를 거야. 나도 얼굴만 겨우 알았으니까. 체육 시간에 제자들하고 교류가 있는 것도 아니잖아."

"근데 그 선생님이 왜?"

"처음에 우리가 사귀었을 때, 학교 끝나고 빈 교실에 남아서, 키스하는 걸 본 거야. 그 선생이."

수지의 머릿속에서 퍼즐이 순식간에 맞춰졌다. 앞으로 무슨 일이 벌어지는지 직감으로 알았다. 갑자기 그 친구가 불쌍해졌다. 처음 정체성을 깨달았을 때 키스에 빠졌었다는 사실을 떠올렸다. 1시간도 넘게 서로를 탐닉하던 것이 바로 그 때였다. 둘 다 정신 잃고 서로를 갈구했을 게 분명했다.

"더 말 안 해도 알 거 같아…"

"응."

체육 선생은 둘의 키스를 창문 너머로 오랫동안 지켜보았다. 체육선생의 구도에서 보인 얼굴은 그 친구뿐이었다. 그리고 다음 날 그 친구를 따로 불렀다. 친구는 아마도 학교 내에서 문란한 행동을 한 것에 대한 추궁이 이어질 거라고 생각했다.

다행히 추궁은 없었지만 불행히 회유가 이어졌다. 밤새 수지를 탐닉하던 친구의 표정을 잊지 못했다면서, 이러면 안 되는 줄 알지만 셋이 만나서 밥이라도 먹자는 회유였다. 동성끼리 사귀면 안 된다며, 성상담 선생님을 다른 사람들 몰래 소개시켜주겠다는 말이었다.

차분히 다독이는 어투였지만 목적이 성상담이 아니라는 것은 쉽게 알 수 있었다. 성상담 장소와 시간이 부적절했다. 다행스럽게도 선생은 수지의 얼굴은 보지 못했다.

"어린 마음에 지키고 싶었나 봐. 그게 멋져 보이는 거라고 생각했어. 근데 머지않아 후회도 되더라. 고등학교도 졸업하지 못한 여자가 할 수 있는 일은 많지 않았거든. 그래서 검정고시를 보고, 전문대학에 들어갔어."

"그랬었구나…"

수지의 얼굴은 안타까움으로 가득했다.

"거기서 회계를 공부하고 작은 회사에서 단순 업무 맡으면서 살았었지. 이름도 없는 전문대학에서 머리를 짧게 자르고 다니니까 별 소문이 다 있는 거야. 나도 모르게 공식 레즈비언이 된 거야. 사실 틀린 건 아니니까 긍정도 부정도 하진 않았어. 어차피 2년이면 되니까. 그래도 그 시선은 정말 따갑더라."

"이해해."

"그래서 그냥 위장용으로 남자친구를 하나 사귀고, 머리를 길렀어. 화장도 친구들처럼 하고."

"그랬더니 레즈비언이 아니라고 믿어줬어?"

"응, 의외로 쉽게 믿더라. 겉모습만 보면 누가 봐도 여성스러움의 극치잖아. 바지 입던 내가 치마를 입고, 머리도 길고, 화장법도

214

고치고… 근데 소문이 완전히 사그라지지 않았나봐. 여자들이 몇몇 다가오는데 분위기만 봐도 알잖아."

"응…"

"위장용으로 사귄 남자친구는 당연히 신경을 안 쓰지. 그러는 사이에 나는 또 다른 연애를 시작했어. 그게 내 진짜 연애였거든. 내 자취방에서 같이 자기도 하고 뒹굴기도 했어. 술도 진탕 마셨지."

"숨기기 힘든 거니까…"

"술이 문제였어. 밤새 물고 빨고 있다가 잠들어 버렸나봐. 내 자취방에는 생물학적 남자친구가 종종 왔는데, 문을 열었더니 여자 두 명이 나체로 엉켜있지. 입술 주변은 빨갛게 화장이 번져 있지. 온 몸엔 내거라고 표시라도 낸 듯이 물고 빤 흔적이 남아있고…"

"그렇게 남자친구가 알게 됐구나."

"근데 웃긴 게 당시 남자친구가 하는 말이 자신은 쿨 하다는 거야. 그런 걸 이해 못하는 사람이 아니라나 뭐라나. 그러더니 내 자취방에 오는 횟수가 엄청 늘어났어. 처음 사귈 때처럼 껌벅 죽는 게 느껴질 정도로. 그 때는 몇 번 잠자리하고 나서 적극적이지 않은 내 모습에 흥미를 잃어가던 때였거든. 난 그걸 한 번에 느낄 수 있었어."

"그랬구나."

"응, 며칠 지나서 술을 잔뜩 사온 날이었는데 유난히 밝은 얼굴이었어. 그 속에서 긴장하는 얼굴도 보였어. 처음 사귈 때 내 앞에서 긴장하던 그 얼굴. 나쁘지 않았지. 그렇게 술을 마셨는데 취하더니 셋이서 하자고 하더라. 위장용으로 사권 남자친구에 대한 미안함도 있었지만 그 말을 듣는 순간 머리가 쭈뼛 서더니 혐오스럽고 더러워졌어."

"그 여자하고는 계속 만났어?"

"응, 남자를 버렸지. 그 뒤로도 끈질기게 다시 사귀자고 했어. 안 그러면 소문을 내겠다고. 그냥 그러라고 했어. 어차피 그 때는 졸업을 앞두고 있었을 때였으니까."

전문대학을 나와 작은 회사의 사무직 경리로 사회생활을 시작한 이야기부터 결혼 과정에 대한 자신의 감정을 덤덤히 늘어뜨렸다. 수지는 더 듣지 않아도 친구가 겪은 일화들을 알 것만 같았다. 대체로 듣기만 했다. 듣는 것이 더 편했다. 친구는 이혼 과정도 전문대학 시절 남자친구와 헤어진 계기와 비슷하다고 말해주었다. 이해심 많고 쿨한 남자들이 많았다는 것이었다.

같은 공감대로 시간가는 줄 모르고 헤어졌다. 자주 연락하자는 친구의 말에 가볍게 고개를 여러 번 끄덕여 답을 대신했다. 오랜 추억보다는 자신의 비밀을 이야기할 수 있는 의사쯤으로 여기고 싶었다. 어디에서도 할 수 없었기 때문이다.

종종 수지의 집에도 왔다. 일탈을 즐길 생각은 없었다. 친구가 피곤하다며 장난스레 침대에 누운 적이 있었고, 그 옆에서 함께 하고 싶은 마음도 순간 있었다. 손을 씻으러 간 좁은 욕실에서 마주친 적도 있었다. 더 강한 환각에 빠질 뻔 했지만 이성이 붙들고 있었다. 상대가 같은 여자라고 해도 바람은 바람이었다.

친구는 보험을 판매하는 일을 하고 있었다. 개인을 상대로도, 큰 매장의 화재보험이나 중소기업의 퇴직연금보험 등을 판매했는데 수입도 꽤 괜찮은 듯 했다. 수지의 전남편과도 여러 번 인사했다. 식사도 함께 했다.

수지의 전남편은 업력이 30년이 넘는 전문건설업체를 가업으로 했다. 규모가 크지는 않았지만 2대째 물려받는 사업체였다. 관공서의 공사 계약은 30년이라는 시간이 선물한 신뢰로 쉽게 따내는 편이었다.

수지의 소개로 친구는 전남편 회사의 보험 계약도 성사시켰다.

계약을 축하한다는 의미로 친구가 저녁을 사는 자리에서였다. 방 하나에 테이블이 하나인 고급 고깃집이었다. 양쪽으로 문을 여는 일식집 비슷한 분위기였다. 따뜻한 조명이 분위기 있었다. 벽에는 큰 미술 작품이 있었다. 동양화처럼 보였다. 예약한대로 테이블이 세팅돼 있었다. 술까지 마실 요량이었는지 술과 술잔도 테이블 위에 올려 있었다.

이미 여러 번 만난 이들은 장소만 바뀌었을 뿐이었다. 친구는 계약을 주선해줘서 고맙다며 연신 과장된 웃음을 보였다. 남자는 알지 못하는 여성의 눈에만 보이는 웃음이었다. 수지는 표정만 봐도 알았다.

"와이프 학창 시절은 어땠어요? 당시에 남자 친구 얼굴은 봤어요?"

와이프 친구와 만나는 자리에서 학창시절 이야기는 대개 그런 것이기도 했다. 아마 반대였더라도 마찬가지였을 테다. 농담 반 신담 반의 대화가 이어졌다.

"그럼요. 잘 생겼었죠. 알려고도 하지 마세요. 남자도 반할만큼 잘 생겼으니까요."

순간 수지의 눈에 학창시절의 선머슴 같던 그 모습이 보였다. 오래 전에 이미 잊어버린 모습이었다.

"그렇게 말 하니까 더 궁금해지는데요."

안주가 좋았는지 술이 술술 넘어갔다. 친구가 술을 더 마시면 실수할 거 같았다. 추가로 주문한 술을 가져오는 종업원을 정중히 물렸다.

"수지 덕분에 계약도 하고, 다음 지점장 자리도 꿰찰 수 있겠는데요?"

친구는 줄곧 남편의 얼굴과 수지의 얼굴을 번갈아가며 웃었다. 술에 취할수록 예전의 수지가 반했던 그 모습이 스멀스멀 올라왔다. 하지만 나이가 든 지금에 보니 그다지 아름다운 모습은 아니었다.

수지는 문득 불안했다. 빨리 자리를 파하고 일어나 씻고 침대에 눕고 싶은 마음이 간절했다. 거기에 담배 생각도 간절했다. 수지는 눈치를 살피다 담배를 피우러 자리를 비웠다. 분위기를 전환해 자리를 끝내려는 동시에 정말 담배가 피우고 싶어서였다.

화장실에서 담배를 피우고 진한 향수로 그 냄새를 묻었다. 5분 후 전화 벨소리가 울리게 알람 설정도 했다. 5분 후에 자연스럽게 바쁜 척 연기 하며 일어나기만 하면 됐다.

다시 자리로 돌아와 문을 스르륵 열었다. 분위기는 여전히 그대로였다. 대신 테이블에 보지 못한 술병이 더 있었다. 남은 안주가 아까우니 이 술만 마시고 일어나자고 했다. 그렇게 둘은 남은 술을 마시고 아쉬운 마음 없이 술잔을 내려놓았다. 아까와는 다른 묘한 웃음이 꺼림칙했지만 물어보지는 않았다.

다음 날 남편은 거나하게 술에 취해 들어와 수지에게 말했다.

"여보, 나는 아주 쿨한 사람이야."

수지는 그런 남편을 세상에서 가장 혐오스러운 눈으로 바라보았지만 남편은 그 눈빛을 읽어내지 못했다.

"우리 비밀 하나에 보험 계약 하나씩 교환하기 게임. 와이프가 들어오기 전까지만. 어때요? 참고로, 친구 회사는 우리 회사보다 조금 더 커요."

망설이는가 싶더니 숨겨진 미소가 나왔다.

"좋아요. 그럼."

*

한 달하고도 절반이 더 지났다. 매일 만나던 안나와는 그 사이에 세 번을 본 게 전부였다. 그것도 일하는 중간에 잠깐 본 게 다였다. 왕복 8시간 거리를 달려온 안나와 서둘러 식사하고 서둘러 보내곤 했다. 신경 쓰였지만 어쩔 수 없었다. 메시지에 대한 답도 짧게는 1시간 2시간, 길게는 6시간이 지나서야 보냈다.

수지와는 디자인 작업하는 시간이 더 많아졌다. 어느새 퇴근 후 카페에 가고, 함께 식사하는 것도 자연스러운 일상이 됐다. 어떤 커피를 좋아하는지 어떤 음식을 좋아하는지 서로의 취향도 잘 알았다.

둘은 주말에도 만났는데 주말엔 일부러 교외의 조용한 카페로 이동했다. 거기서 디자인 작업도 했지만, 사적인 대화도 많이 나눴다. 시간과 성격이 맞물려 둘도 없는 친한 친구가 됐다.

그날도 그랬다. 주말 오후 교외에서 함께 식사를 하고 앞으로의 일에 대해 얘기했다. 수지는 종종 만나본 적도 없는 안나의 안부를 묻곤 했다. 노아의 대답은 똑같았다.

"우린 몸은 멀어도 마음은 늘 붙어있어."

"그게 가능하긴 해?"

"바쁜 거 끝나면 여기를 떠날 거야. 매일 출근하는 것도 아니고 매주 한 번 왔다 갔다 하면서 일해도 되니까. 바다 보면서 살아야겠어, 여기는 왠지 내가 있으면 안 될 것 같은 공간이야, 너무 숨막히고 답답해."

"그 여자 얼마나 좋아해?"

"아이를 갖고 싶은 생각을 처음 하게 만든 여자."

"사진 보여줄래?"

"어…. 위험한데…"

노아가 입을 씰룩이며 말했다.

"야! 네 여자는 안 꼬셔!"

노아를 쏘아 노려보며 말했지만 표정은 장난이 섞여있었다.

노아는 안나의 사진을 수지에게 보여주며 말했다.

"너하고는 아예 반대인 여자야."

"그래서 좋아하는구나?"

"아니, 그런 게 아니고…"

노아는 말끝을 흐렸다. 좋아하는 이유를 도무지 짧은 몇 문장으로 절대 설명할 수가 없었다. 이유를 대자면 끝이 없었다. 모든 것이 다 좋은 여자였다.

"키도 크고, 인상도 좋아 보여. 얼굴에 '나 착함'이라고 쓰여 있는 거 같다."

"고마워. 언제 어디서 어떻게 봐도 사랑스러워. 안나는 내가 버티고 살아가는 힘이야. 빨리 안정돼서 여유 생기면 좋겠어."

밤의 조명 아래에 있는 꽃을 보면서 걸었다. 종일 일하다 잠시 외출을 한 것이었지만 멀리서 봤다면 둘의 나란히 천천히 걷는 걸음, 웃으면서 걷는 모습이 영락없이 연인의 모습이었다. 큰 도시에서만 살아온 수지는 노아에게 이따금씩 꽃, 나무 이름을 물어봤다. 노아는 대개 그 질문에 대한 답을 알았고, 수지는 이를 신기해했다.

연예인보다 꽃, 나무의 이름을 잘 아는 것이 신기하다고 했다. 꽃말을 하나하나 알아가는 게 재미있다고 말했다. 사실 노아는 꽃, 나무 이름을 안나에게서 배웠다. 산책하면서 가르쳐준 꽃의 이름은 기억하려 하지 않아도 저절로 머리에 남았다.

"안개꽃은 언제부터 안개꽃이고, 장미는 언제부터 장미였을까? 그 전엔 뭐라고 불렸을까?"

"그러게, 이름을 붙여준 순간부터는 특별해지는 거잖아. 그 전에는 그냥 이름이 없었겠지. 워낙 특별하니까 장미의 종류는 2만 5천 개의 다른 이름이 있어."

"2만 5천 개? 진짜 엄청나."

수지와 함께 있었지만 안나와 했던 얘기를 잠깐 회상하며 걸었다. 안나가 없는 시공간에서 알 수 없는 죄책감이 들었다. 그마저도 꽃이 시야에서 사라지면 순식간에 그 회상도 휘발했다.

*

"언니 자살했어. 푸른병원 데스크에 가면 형사님 있을 거야…"
미안하다는 말을 꺼내려하자 전화가 툭 끊겼다.

수지에겐 전화 내용으로 설명을 대신했다.

"내가 운전해줄까?"

수지의 말에 노아는 말없이 고개를 저었다. 비틀거리며 힘겹게 몸을 운전석에 올렸다.

"내가 운전해주는 게 나을 거 같아서."

"가볼게…"

노아는 곧장 운전대를 잡고 달렸다. 몸이 뜨거워지고 시야가 일렁거렸다. 눈앞에서 파도가 덮쳤다. 다시 스스로 빠져나올 수 없는 세탁기 안에 갇혀버렸다. 앞뒤 창문을 모두 열고 달려야만 했다. 찬바람으로 눈물을 날려야만 했다. 평소 4시간 거리를 2시간 30분 만에 도착했다.

병원 앞에 도착해서야 실감이 났다. 후… 크게 심호흡을 하고 병원에 들어섰다. 미나와 어머니, 형사가 있었다.

형사는 서서 수첩을 들여다보고, 미나와 어머니는 고개를 숙이고 있었다. 이미 한 바탕 울고 난 뒤의 지친 뒷모습이 보였다.

"미안해… 죄송합니다…"

노아는 둘을 안았다. 그 다음 말이 도무지 생각나지 않았다.

"내가 세심하게 더 살폈어야 했는데…"

어머니가 말했다.

"아니에요, 제 탓입니다…"

아버지와 언니를 잃은 미나와 남편과 딸을 잃은 어머니를 달랠 수 있는 말은 어디에도 없었다.

"…오빠 책임은 아니야…"

빨개진 눈동자로 힘겹게 얘기하는 미나가 흐릿하게 보였다.

"밥은 먹었고?"

이 와중에도 밥을 챙기는 미나 어머니에게 더 미안했다.

"괜찮습니다."

노아는 그들의 보호자였다.

그의 시선에 형사가 들어왔다. 힘겹게 발걸음을 옮겨 형사에게

다가가 물었다.

"잠시 밖에서 얘기 좀 나눌 수 있을까요?"

"그러시죠."

"좀 진정되셨나요?"

"좀처럼 믿기질 않네요. 자살이라뇨."

형사가 쳐진 어깨를 두드리고 말했다.

"이거 한 번 보시죠. 가족들한테는 따로 남겼고, 이건 남편 분에게 남긴 겁니다."

조심스럽게 안나의 유서를 건넸다. 차마 그 자리에서 열어볼 용기가 나질 않았다. 두 손으로 조심히 받아 안주머니에 넣었다.

"가족들에게는 따로 말씀을 안 드렸습니다만, 향정신성의약품을 거래했더군요. 지난주에 피의자 신분으로 전환돼서 조사를 받은 것으로 확인됐습니다. 졸피뎀이던데… 혹시 평소 잠을 못 잔다는 말을 했었나요?"

"졸피뎀이라뇨, 불면증이 있다는 얘기는 전혀 못 들었는데요."

"졸피뎀을 사적으로 구입하기 시작한 게 3년쯤 됩니다. 이미 자백도 했고요. 의사 처방전 없이 구입하면 안 되는 향정신성의약품인데 아는 간호사 통해서 불법 투약했…"

형사의 뒷말은 들리지 않았다. "3년 전…"이라는 시간만 되 뇌였다.

"공소권 없음으로 처리될 겁니다. 그리고…"

"네?"

"혈액 검사 결과 임신을 하신 걸로… 3개월 정도 됐다고 하던데 혹시 아셨나요?"

"…… 몰랐습니다."

"장기기증은 잘 하신 선택입니다. 가족들 잘 위로해주시고요. 차량은 내일 인계해드리겠습니다. 내일 일찍 또 오겠습니다." 라는 말과 동시에 형사가 시야에서 사라졌다.

3년 전이면 안나의 아버지가 자살한 시점이었다. 안나는 그 힘듦을 치료했고 신앙의 힘으로 극복했다고 얘기해줬었다. 오히려 노아를 위로해줬지만, 사실 그녀는 계속 아픔 속에 살고 있었다. 공무원이라는 보수적인 사회에서 정신과 치료를 계속 받는 것이 부담이 됐던 것일까. 남은 가족들을 위로해야 하는 큰 딸로서의 상황 때문이었을까.

안나는 종종 노아에게 꼭 필요한 사람이라고 말했다. 갑작스런 노아의 부재가 더 힘들게 했던 것일까. 어떤 이유를 생각한들 늦었다. 시간을 되돌릴 수도, 더 큰 비극으로 빠져 가족들을 달랠 수도 없는 진정한 지옥이었다.

안주머니의 유서를 살살 펼쳤다. 안나의 마지막 손이 닿은 종이였다.

〈호칭을 어떻게 해야 할까 고민했어. 당신이라는 조금은 먼 호칭을 쓸 수밖에 없어. 이해해줘. 내 삶은 한 마디로 시작부터 끝까지 시련만 있는 우울한 영화였어. 시간이 지나는 게 죽어간다고 생각했는데, 어느새 살아가는 걸로 바뀌더라. 당신 덕분이었어. 눈을 감는 순간, 하나님보다는 당신을 떠올릴 거란 걸 알아. 어쩔 수 없어. 내 믿음이라는 건 그정도밖에 안 돼. 당신이 내 전부였어. 나를 아는 사람도 당신이 유일해.

삶의 끝자락에서 당신을 처음 만난 날을 기억해. 크게 내색하지는 않았지만 여기저기 다쳐서 내 눈 앞에서 신음하는 걸 봤어. 그냥 두고 볼 수만은 없었어. 근데 내가 어떻게 지키고 보듬을 수 있겠어. 그저 같이 옆에서 울고 아파하는 수밖에 없었어.

내 자신보다 더 사랑하는 사람을 꼭 찾아보고 싶었는데, 찾았어. 이곳이 내 처음이고 마지막이야. 다른 건 안 바랄게. 많은 별 중에서 내 이름 하나만 지어줘. 그리고 가끔 시간 나면 쳐다봐 줘. 그리고 바로 옆에 있는 작은 별에도 이름 지어줘. 내가 이름 지으려고 했는데 못 짓겠어. 아들인지 딸인지 모르니까. 우리 아이 못 지켜서 정말 미안해.
어떤 죄책감도 갖지 마. 마치 없던 사람인 것처럼 잊고 살아. 언젠가 마음이 다쳐서 고요함이 필요하다면 그 때 꺼내서 추억하면 그걸로 만족해. 하늘을 올려다봐도 괜찮아. 대신 자주 오지 마. 고요함을 찾는다는 건 분명 어딘가 다쳤다는 의미니까.

당신에게만 기억되고 불리는 이름이면 짧은 내 인생 성공한 거 같아. 그리고 엄마랑 미나가 나… 안 보게 해줘. 좋은 얼굴만 기억하게. 나 갇혀 있는 건 싫어. 화장해서 우리가 자주 가던 바다에 뿌려줘. 바쁠 텐데 마지막까지 번거롭게 해서 미안해.

　나를 죽일 수 없는 고통은 나를 강하게 만든다는 당신 말에 강해질 거라고 대답했지만 난 한 번도 강해진 적이 없었어. 언제나 나약하고 두려움 속에서 살았어. 그걸 인정하면 왠지 실패자가 된 느낌이었거든. 근데 이젠 두렵지 않아. 내 삶이 끝나는 순간 차갑게 식어갈 때도 당신이 나눠줬던 따뜻한 체온을 생각할 테니까. 당신에게 집착하는 것도 미안했어. 당신 마음이 변하지 않았다는 건 알아. 그러니 다시 말하지만 죄책감은 갖지 마.

　만약 괜찮다면, 가끔 몇 년에 한 번이라도 좋아. 미나랑 엄마에게 한 번씩만 안부 물어줘. 자기를 좋아하고 자랑스러워했으니까. 아마 나를 보는 것처럼 반가워 할 거야. 나 며칠째 잠을 못 잤어. 너무 힘들어. 그 누구도 아닌 나 때문에. 이게 꿈인지도 모르겠어. 차라리 꿈이었으면. 깊게 자고 싶어. 그럼 꿈속에서라도 만날 수 있으니까.〉

　유서를 반복해 읽었다. 다시는 펼쳐볼 수 없을 거라고 생각했다. 몇 번 더 유서를 읽고 쓰다듬고 입을 맞추고 가슴에 끌어안았다. 그러고 보면 노아가 미래를 말 할 동안, 안나는 현재를 말하고 있었다. 노아에게 꿈이 밥이고 각성제였다. 꿈만 먹어도 배부르고 밤에는 들뜬 마음이었다.

　안나에게 미래는 어떻든 중요하지 않았다. 실패하든 성공하든 전혀 중요하지 않았다. 차라리 실패해서 곁에 있어주기를 바랐다.

노아의 몸 전체가 바들바들 떨렸다. 어지럼증이 일어 벽을 짚고 기대서야 겨우 서 있을 수 있었다. 한참을 그대로 서 있었다.

안나의 죽음을 고스란히 받아들였다. 방조 혐의로 대기업들과 소송했지만 결국 안나를 방조한 것은 자신이었다. 남몰래 수면제를 처방받은 것도, 정신과 상담을 놓아버린 것도 몰랐다. 의사 역할을 했어야 할 노아는 방조범이 돼있었다. 보호자가 피보호자를 보호하지 못한 죄였다. 스스로 단죄해야 했다.

재판 과정은 짧았다. 스스로를 죽여야 했다. 그의 작은 성공은 안나의 죽음으로 돌아왔다. 애초에 그의 것이 아니었다. 노아가 세운 그럴싸한 계획 따위는 늘 빗겨갔다. 언제나 그랬다. 하지만 한 가지는 확실히 알았다. 곱게 침대 위에서 자연사하지 않을 것이라는 걸. 비참한 인생의 종착점이 있다는 걸 굳이 부정하지 않았다. 여정이 조금 빨라졌다. 단지 그것뿐이다. 판결은 속전속결로 이뤄졌다.

혼자서라도 뒤늦은 후회를 하고 싶었다. 눈물을 쏟아낼 누구에게도 보이지 않는 장소가 간절했다. 마음을 가다듬고 안나의 집으로 향했다. 비밀번호는 노아의 생일이었다. 1.2.1.9. 번호를 누르면서 벌써 목이 뜨거워졌다. 손잡이를 살살 당겼다. 묵직한 문을 열고 들어갔다. 침을 삼키고 어두운 방의 조명을 켰다.

먼저 고양이가 있었다. 복이라고 이름 지어준 고양이었다. 윤기나는 털만 봐도 듬뿍 사랑받고 있었다. 강아지처럼 사람을 잘 따르는 복이는 안나의 손길이 닿은 유품이었다. 야옹 소리를 내고 꼬리를 세우며 다가왔다. 그러고 보니 바빠지고 안나와도 조금씩 어색함이 생긴 시점부터 복이 사진을 보내지 않았다.

무거운 발을 천천히 내딛으면서 방을 살폈다. 책상 위 약 봉지가 먼저 보였다. 신경정신과라고 쓰여 있었다. 열어보니 알약 3개가 있었다. 직감으로 하나는 항우울제, 하나는 항불안제, 마지막은 수면제라는 것을 알았다.

낯선 매장 이름의 쇼핑백도 보였다. 가까이 가서 살펴보니 아이 그림이 있었다. 열어보니 여자 아이 용품이었다. 아마도 노아가 평소 딸이 더 좋다는 말에 딸아이의 용품을 구입했던 것일까. 집안 작은 소품들과 분위기마저 안나의 숨겨진 마음을 드러냈다. 몸 안의 열기가 목으로 점점 넘어왔다.

싱크대로 시선을 돌리자 나른하게 늦잠을 자고 일어나 냉장고 안의 재료에 맞춰 요리하던 게 생각났다. 나란히 앉아 밥 먹고, 안나의 등에 붙어 설거지하던 걸 방해하며 머리에 입 맞추던 지난날들이 스쳐 지났다.

이제 어디에도 안나는 없다는 생각에 어지러웠다. 뜨거워진 얼굴을 닦으려 욕실에 들어갔다. 노아의 칫솔과 면도기가 있었다. 같은 거울을 보며 입안 가득히 치약 거품을 물고 얘기하던 추억들이, 같이 샤워하던 기억들이, 욕실 배관을 타고 소리가 새어 나갈까 소리 죽여 사랑을 나눴던 기억에 괴로웠다.

비틀거리며 책장 앞에 섰다. 가장 화려한 색깔의 책을 집어 들었다. 흥미로운 동물의 행동, 비슷한 제목이었다. 안나의 손때가 묻은 책이었다. 볼에 가져다 안았다. 습관처럼 책을 가볍게 훑어보다 책 끝이 접힌 부분이 있었다. 많이 본 동물이었다. 고래, 침팬지, 물개, 곰의 사진이 있었다. 예전 유화 속 그림과 똑같았다. 이 책을 보고 그린 것일까, 생각하다 그림 아래의 설명을 보고 심장이 덜컹 내려앉았다.

고래나 물개 같은 해양 동물이 얕은 해안가로 올라와 식음을 전폐하다 자살에 이르는 현상에 대한 설명이었다. 가족이 죽자 우울증 증세를 보이다 숨지는 침팬지, 병든 자신을 죽이고자 독한 유황 냄새를 맡으며 죽음에 이르는 곰.

안나가 그림을 버렸을 때 노아는 없었다. 점점 숨이 거칠어졌다. 터질 듯한 두통과 안압이 치솟아 몸이 산산 조각나는 것 같았다. 겨우 몸을 일으켜 가지런히 정리된 침대에 걸터앉았다. 안나가 옆에 누워있을 것만 같았다. 그녀가 누워있으면 배를 만지던 그 자세였다. 허공에 손을 댔다. 그러다 간혹 잠자던 침대 바깥쪽에 살며시 누웠다. 고개를 안나 쪽으로 돌리니 아직 냄새가 남아있었다. 그는 베개에 코를 댔다. 아예 엎드려 코를 베개에 묻었다. 크게 숨을 들이마셨다. 그리고 내뱉지는 않았다.

뒤늦게라도 안나를 몸에 담고 싶었다. 노아를 위로하며 당연한 것은 없다고. 사랑에도 당연한 것은 없다고. 입 밖으로 나오고 표현하는 것이 당연하다고 말했던 안나에게 가고 싶었다. 안나가 있는 그곳으로 가서 당연히 사랑한다고 크게 입 밖에 내고 싶었다.

베개에 질식해 죽어버렸으면 좋겠다, 베개에 얼굴을 강하게 밀어 붙이고 생각했다. 컥. 1분도 참기 힘들었다. 아마 안나의 2개월과 노아의 2개월이 달랐을까. 블랙홀에서 시공간이 왜곡되는 것처럼 그녀에게는 20개월이 넘는 시간이지 않았을까. 노아는 별별 생각을 다 하며 스스로를 혐오했다. 꾸역꾸역 숨을 쉬는 자신의 모습에서 혐오의 정당성을 찾았다. 거칠게 숨을 몰아쉬고, 발코니 문을 열었다. 바다가 보이는 오피스텔의 경치는 좋았다. 종종 같이 시간을 보내던 곳이었다. 안나를 뒤에서 앉고 함께 야경을 보던 생각을 했다.

다시 방으로 들어와 천천히 살폈다. 발은 더 무거워졌다. 머리가 아파왔다. 빗에는 긴 머리카락이 있었다. 바닥에 떨어져 밟힐까봐 미리 속이 쓰렸다. 자칫 끊어질까 손가락을 천천히 움직였다. 여러 가닥을 집어 유서 사이에 담았다. 왠지 그래야 할 거 같았다.

동물원의 코끼리처럼 좁은 공간에서 이리저리 같은 정형행동을 반복했다. 그러다 안나의 침대에서 웅크려 누웠다. 여전히 안나의 냄새가 배어 있었다. 숨 죽여 울었다. 베개가 젖어 바다를 이루고 거기에 얼굴을 빠뜨려 죽고 싶었다. 머리가 더 뜨겁고 아파왔다. 숨을 쉴 때마다 머리가 욱신 욱신거렸다. 고통스럽게 죽을 수 있겠다고 생각해 두통약을 먹지 않았다. 정당성 있는 고통에 진통제는 사치였다.

방 안이 그리움과 미안함이라는 물로 가득 차 강한 수압으로 노아를 찌그러뜨렸다. 그의 온 몸이 움츠러들고 위축돼 비틀렸다. 뇌에는 계속 압력이 가해졌다. 통증으로 얼굴이 비틀렸다. 고통 속에서 의식이 희미해지고 이내 고단한 하루에 그대로 쓰러졌다. 현실인지 무의식의 세계인지 모를 어두운 점의 세계로 들어갔다. 점점 고통이 희미해졌다. 질긴 하루의 끝은 고통스러운 죽음이었어야 했는데 잠이 들었다. 잠에서 깰 무렵 의식이 아득히 일어날 때 다시 죽어있기를 바랐다. 차라리 핵전쟁이 나거나 거대한 혜성과 충돌해 모두가 다 죽어버렸으면 좋을 것 같았다. 꾸역꾸역 살아나 일어나는 자신을 죽이고 싶었다.

장례는 비교적 간소하게 치루었다. 상주는 노아가 했다. 주변의 만류도 있었지만 노아는 꼭 자신의 손으로 보내주고 싶어 했다. 직장 동료들과 안나의 친구들과 친인척들이 방문했다.

교회에서도 조문 왔다. 젊은 나이에 고인이 된 장례식장에는 누구도 위로의 말을 건넬 수도 없는, 더욱 짙은 슬픔과 서늘함이 있었다. 자살이라는 것은 누구에게도 밝히지 않았다. 안나의 친척들과 조문객들에게는 교통 사고였다고 둘러댔다.

하지만 장례식장 바깥에서 경찰과 미나 어머니와의 대화 내용을 한 조문객이 들은 모양이었다.

"안나가 자살했대…" 라는 수근거림이 직장 동료들로부터 나오기 시작했다. 그 수근거림은 한 순간에 장례식장 전체로 퍼졌다. 목사는 동생 미나에게 자살을 한 게 사실이냐고 소리를 낮추어 물었다.

안나의 할머니는 긴 울음이 멎은 이후에 자살했다는 얘기가 순식간에 퍼지자 구십 노인이 신생아처럼 울부짖었다. 자식과 손녀를 허망하게 떠나보내는 걸 어떻게 표현할 수 있을까. 참척. 자식을 먼저 잃은 슬픔. 참혹할 정도의 슬픔. 인간이 겪는 최고의 고통이었다. 같이 슬픔 속으로 빠져 들어가는 방법 이외에는 그 슬픔을 사그라지게 할 수 있는 방법은 어디에도 없었다. 하지만 그보다 더 큰 슬픔도 없었다.

교회에서의 자살은 타살만큼 큰 죄라는 것을 아는 미나는 그렇지 않다고 거짓말했다. 십계명 중에 살인하지 말라는 말은 자신에 대한 살인도 포함한다는 것을 잘 알았다.

자살한 사람의 장례 예배는 하지 않을 수도 있다는 두려움과 자살로 마무리된다면 장례 이후 마주칠 혹독함이 두려웠다. 목사는 믿지 않는 눈치였지만 무사히 장례 예배는 마무리되었다.

참혹한 슬픔과 자살이라는 걸 숨겨야 하는 이중고 속에서 정신없는 시간이 흘렀다. 장례 절차가 끝나고 안나의 친척들과 함께 식사를 하고 유해는 유서에 쓰인 대로 자주 가던 바다에 뿌렸다.

안나를 바다에 보내고 노아는 마치 살인자가 된 느낌이었다. 억울하고 분했다. 미칠 것 같았다. 그 화는 온전히 자신에게만 향했다. 스스로를 죽여야 살 것 같았다. 아니면 차라리 그의 형처럼 미쳐서 지금의 감정을 느끼지 못하기를 바랐다. 일에 미쳐 살다가 소중한 것을 지키지 못한 바보. 죽어야 마땅한 죄가 있다면, 소중한 사람을 지키지 못하는 죄여야 했다. 노아가 지은 죄였다.

머리는 과부하 돼서 터져버렸다. 머릿속에 다른 무엇도 들어갈 여유가 없었다. 서버가 다운돼버렸다. 소프트웨어와 하드웨어가 동시에 파괴됐다. 복구가 불가능한 타격이었다.

방향 감각 잃은 고래가 됐다. 여기저기 부딪히고 정신 병원에서 환자들이 정형행동을 하는 이유를 알았다. 스스로에게 형벌을 내리는 거라고 생각했다.

그 때 마침, 다른 회사와의 추가 계약을 앞두고 있었다.

"계약 준비해야 하지 않아?"

수지가 매우 조심스럽게 물었다.

노아가 초점 없는 목소리로 말했다.

"그래야지. 조금 있다가."

"지금 아니면 다음 달까지 버티기 힘들 수 있어."

"직원들한테는 피해 안 갈 거야."

"그건 상관없는데, 우리 처음 계약했을 때 기억나? 거기서. 우리 과실로 피해를 끼칠 경우에 손해를 모두 배상한다는 조항이 있다고 신경 써달라고 하더라. 추가 계약에 신경 쓰고 열심히 일하라는 말이지."

노아는 듣는 둥 마는 둥 알겠다고 대답했다. 이튿날, 노아를 보러 갔다. 며칠 사이에 수척해진 얼굴을 보며 할 말을 찾는 중이었다. 마침 노아가 먼저 말을 걸었다.

"저번에 말했던 그 번아웃 자가 테스트 있지? 그걸 어제 해봤어."

"응, 결과가 어땠어?"

"매우 심각."

수지는 바로 표정을 읽을 수 있었다. 무거운 짐을 내려두고 도망가고 싶어 했다. 수지는 섣불리 충고할 수 없었다. 가슴에 와 닿는 말은 없었다. 그녀의 말은 노아를 무겁게 할 거란 걸 알았다. 주저앉아 바닥을 짚은 두 손에 끌어당길 수 있는 것은 그의 말을 들어주는 것뿐이었다.

"응….내가 또 번아웃의 권위자잖아. 내 우울함을 우울증 권위자인 네가 치료해줬고, 네 번아웃은 내가 치료해줘야지."

"그저 쉬고만 싶은데, 회사 일을 못 하겠어. 도무지. 손에 잡히질 않아."

"알아. 그 마음."

"내 몸이 내 몸 같지 않아. 몸무게가 갑자기 200kg이 된 것처럼 무겁고 바로 앞을 걷는 것도 힘겨워. 내 심장을 움켜지고 목을 조르는 거 같아. 아… 표현하기 힘들어. 한 마디로 죽을 거 같아."

"우리 집에 가자. 휴식을 취하고, 일은 잠시 내려두고, 네 말 다 들어줄게, 맛있는 음식도 해줄게."

"그렇게까지 안 해도 괜찮아."

"야, 권위자의 말 좀 들어."

성공은 평생을 기어 올라가도 어쩌면 다다르지 못하는 여정일 수 있다. 하지만 실패 순간엔 가속도가 붙는다. 노아의 실패는 중력 가속도에 추진체를 단 것처럼 바닥으로 곤두박질 쳤다.

결국 다른 회사와의 계약을 하지 못했다. 협력사는 이를 근거로 소송을 했다. 피해 금액이 20억이라고 했다. 변호사가 미래의 금액까지 계산해 그렇게 추정했다고 했다.

소송으로 다툴 의지도 바닥났다. 회사의 모든 지분을 넘기는 조건으로 합의했다. 다만, 회사를 운영하면서 생긴 은행 채무는 노아가 떠안기로 했다. 그나마 회사와 직원들은 지킬 수 있었다. 그러나 3억이라는 거액의 빚더미에 올랐다. 불성실함으로 회사에 손해를 끼쳐서 쫓겨났다는 소식은 빛보다 빨랐다.

노아는 알았다. 다시는 이 평판으로 원하는 업계에서 일할 수 없다는 것을. 이번의 우주는 자신의 힘으로 빠져나올 수 없는 거대한 블랙홀이라고 생각했다. 별이 자신도 모르게 갑작스런 생애를 마감하는 그런 곳이었다. 언젠가 죽음도 고독하지 않을까 생각했던 노아였다. 불행한 예감은 대체로 무의식적인 확신에 기인한다. 노아는 그것을 잘 알고 있었다. 그런 삶을 살아와서다.

"죽고 싶은 것이 아니야. 살고 싶지 않은 거야. 이 아슬아슬한 작은 차이가 내 목을 쥐어 잡아 흔들고 집어 삼켜버리는 거 같아."

*

수지는 노아와 연락을 하지 않은지도 일주일이 지났다. 수지가 줄 수 있는 것이라고는 달리 시간 말고는 없었다. 휴대폰을 들었다 놓았다 반복했다. 정형행동이었다. 혼자 두는 것이 가장 위험하다는 생각의 뒷면에는 지금은 혼자 두는 것이 좋을 수도 있겠다는 생각이 있었다. 그렇게 고민하는 사이 어느 덧 2주가 가까워져왔다.

늦은 저녁이었다. 낯선 번호로 전화가 왔다. 평소 스팸 전화도 없던 수지였다. 벨소리가 울리자마자 전화를 받았다. 혹시 노아의 전화일까 긴장했다. 어떻게 말해야할지 생각하면서 통화 버튼을 눌렀다.

경찰이었다. 노아의 휴대폰에 있는 최근 발신 목록을 보고 물어볼 게 있다는 전화였다. 노아가 최근에 어떤 일이 있었는지, 평소와 다른 점은 없었는지 물었다. 신변에 이상이 있을 거라는 생각은 하지 않았다. 수지는 묻는 말에 솔직하게 대답했다. 그의 애인이 죽고, 회사가 힘들어졌고, 정신적으로 많이 힘들어 했다고.

경찰은 방파제에 대해서 물었다. 노아에게 어떤 의미 있는 장소인지 물었다. 사실대로 모른다고 답했다. 수지 생각에 자살할 이유가 더 있는지도 물었다. 경찰의 입에서 자살이라는 말이 나오자 수지는 당황스러움을 넘어섰다. 머리가 하얘졌다. 목이 뜨거워져 뜨거운 숨을 힘겹게 다시 삼켰다. 무서움과 화가 동시에 치밀어 올랐다. 갑자기 죽어버린 것인가. 이렇게 무책임하게 가버린 것인가. 그 뒤로 경찰이 한 말은 기억하지 못했다.

충격파가 지나간 이후의 여파는 엄청난 분노였다. 죽은 사람이라도 붙들고 화를 내야했다. 아무 말도 없이 죽어 버리다니, 순간 죽은 노아의 뺨을 때리고 가슴을 내려쳐야 직성이 풀릴 것만 같았다. 그가 짓이겨 질 때까지 때리고 싶었다.

수지는 기억에서 사람을 지워버리는데 가장 편한 방법을 택했다.

그를 과거의 남자들처럼 격렬히 혐오하고 미워하기로 했다. 이 짧은 생각들이 전화 통화하는 사이에 불꽃처럼 일었다.

경찰은 마지막으로 유서가 발견돼서 실족보다는 자살에 무게를 두고 있다고 말했고, 위로의 말을 전하며 죄송하다고 말했다. 수지는 목을 가다듬고 혹시 유서에 어떤 내용이 있었는지 물었다. 경찰은 무미건조하게 말했다. 사망 보험금으로 그동안 신세진 사람들에게 빚을 갚아달라는 내용이라고 전했다. 그가 짊어진 부채는 법원에서 상속포기, 한정승인 절차를 밟아야 한다는 것과 보험금 수령 방법에 대한 내용 등 주로 사망 후 행정 처리에 대한 방법, 그리고 살면서 고마웠던 사람들에게 미안하다는 말이었다고. 그 중에 수지도 있다고 말했다.

화가 날 만큼 무서웠다. 무서워서 화가 났다. 전화를 끊자마자 떨리는 손으로 최신 번호를 검색했다. 위, 아래를 보아도 노아의 전화번호뿐이었다. 그의 휴대폰은 꺼져있었다. 무서움과 화가 동시에 일었지만 화는 이내 사라지고 무서움과 그리움만 남았다. 이윽고 그가 불쌍해졌다. 그의 가족에게 연락해서 정황을 묻는 것도, 경찰에 전화해 진행 과정을 물을 수도 없었다. 무슨 사이도 아니었고, 그저 잠깐 같이 일하던 사이였다. 노아는 그대로 바다에 가라앉아버렸다.

노아의 소식은 경찰서에 드나드는 사회부 기자에게도 닿았다.

경찰 "글로벌 검색 기업과 소송 전 불사했던

238

스타트업 대표 이모씨, 사망한 것으로 판단"

– 공소권 없음 처분으로 사건 종결 예정

– 최근 유명 검색 기업과 소송전을 벌었던 스타트업 대표 이모씨가 지난 7일 자살한 것으로 잠정 결론을 내리고 경찰은 공소권 없음으로 검찰에 송치한 것으로 알려졌다. 경찰은 이 사건과 관련해 제3자 개입 가능성이 적고 주변 CCTV를 확인했으나 현재까지 별다른 범죄혐의점을 발견하지 못해 이씨가 극단적 선택을 했을 가능성에 무게를 두고 수사했다고 밝혔다. 차량에서 유서가 발견되었으며, 평소 우울증, 불면증 치료를 받은 것으로 알려졌다. 경찰은 그의 심경이 담긴 자필 메모를 확보한 상태다. 그러나 유서 내용에 대해서는 함구했다.

　자살 정황이 매우 확실한 상태에서 경찰은 더 수사하지 않았다. 경찰 입장에서는 중요한 사건도 아니었다. 굳이 철저히 수사할 이유도 없었다. 하루에도 많은 자살 사건이 일어나고 그 중의 하나일 뿐이었다. 자살 사건으로 압수수색 영장을 받아 집을 뒤지거나 가족들을 수사하지도 않았다. 경찰은 진심으로 심심한 위로를 전하고 서둘러 사건을 종결했다. 공소권 없음.

*

수지 역시 방향 감각 잃은 고래가 됐다. 노아가 마지막으로 발견됐다는 방파제에 가볼 용기도 나지 않았다. 그와의 추억이 있던 집에는 여전히 그의 흔적이 남아있었다. 노아는 이 집의 첫 방문객이었다. 머릿속에 남아있던 노아의 잔상을 없애야 했다.

노아가 언젠가 말했던 오키나와 바다가 보고 싶어졌다. 그 곳에서의 추억을 말해주며 변하던 얼굴을 잊지 못했다. 생각을 하니 머릿속에 보지도 않은 바다가 그려졌다. 선명했다. 다른 생각으로는 지울 수 없었다. 참을 수 없을 지경이었다. 수지는 잃어버린 방향 감각을 되찾을 곳은 정해졌다,는 표정이었다. 반드시 다시 빼앗긴 자신을 되찾아야 했다.

바로 오키나와행 항공권을 확인했다. 다음 날 출발하는 항공권과 당일 저녁 항공권이 있었다. 미룰 수 없었다. 3시간 뒤에 출발하는 비행기였다. 당장 눈에 바다를 담아야 살 수 있을 것 같았다. 며칠 굶은 사람의 허기짐이었다. 출발 시간을 맞추려 보이는 대로 옷을 입고 신발을 신었다.

크게 숨을 한 번 고르고 집을 나섰다. 문이 닫히기 직전, 문틈으로 거실의 긴 테이블이 흐릿하게 보였다. 그가 앉던 자리도 그대로였다. 긴 숨을 내쉬고 문을 닫았다.

서둘러 공항으로 가는 택시에 몸을 실었다. 이것만으로 눈앞에 성찬이 차려진 것 같았다. 이제 몇 시간 뒤면 이 허기짐을 달랠 수 있다. 하지만 갑자기 배에 기름기가 들어가면 온 몸이 뒤틀릴 만큼 괴롭지는 않을까. 마음을 채울 거라는 기대감과 온 몸이 뒤틀릴 수도 있다는 불안감이 동시에 온 몸을 둘러쌌다. 그래도 빨리 오키나와의 바다가 보고 싶었다. 일렁이는 바다를 바로 눈에 담아야 했다.

출국장은 붐볐다. 공항에서 보는 사람들의 얼굴은 설렘 가득했다. 수지는 이상하게도 그 행복한 표정들이 보기 싫어 빨리 비행기에 몸을 싣고 눈을 감아버리고 싶었다. 그 사람들의 얼굴에서 프랑스 파리의 에펠탑이, 뉴욕의 야경이, 상하이의 음식, 방콕의 휴식을 마주하기 직전의 기분 좋은 얼굴이 보였다. 비위 상해 보기 힘들었다. 다른 차원에 사는 홀로그램이고 싶었다.

눈을 감고 음악을 들으며 짧은 시간을 채웠다. 탑승 시간이 되자 빠르게 비행기에 몸을 실었다. 비행기는 가볍게 활주로를 달려 밤하늘의 움직이는 별이 되었다. 수지는 창가에 앉았지만 안대를 끼고 눈을 감았다. 창밖의 모습도 보지 않고 스튜어디스의 간섭도 없는 고립된 섬이 되고 싶었다. 어차피 유럽이나 미국행 비행기의 오랜 비행 시간동안에도, 먹고 나면 아무 기억에도 없는 기내식을 전혀 먹지 않는 까다로운 입맛이기도 했다.

끼이이익 하는 바퀴의 굉음과 함께 어느덧 오키나와에 도착했다. 곧이어 비행기 문이 열리고 따뜻한 남국의 바람이 얼굴을 먼저 스쳤다. 그 따뜻하고도 시원한 바람이 입을 양쪽으로 끌어 올렸다. 한 겨울에도 13~15도인 오키나와의 온도는 수지가 가장 좋아하는 온도였다.

남국의 정취가 주는 따스함은 맛있는 음식을 먹을 때와 비슷했다. 왜 노아가 그렇게 자연을 갈구했는지 그녀는 단 번에 알 수 있었다. 저녁의 공항 풍경은 막바지 비행기와 마중 나온 사람들, 광둥어를 구사하는 신혼 여행객들, 비즈니스맨들을 받아들일 준비에 분주했다.

간단한 입국 수속을 마치고 공항 로비에 들어섰다. 늦은 시간에 도착한 비행기에서 내린 여행객들은 서둘러 공항을 빠져나갔다. 집과 호텔을 향해 들어가는 인파 사이에 걸음을 멈추었다. 정신을 차리고 보니 이곳에 와 있었다. 순간 유리문을 통해 보는 수지 자신의 얼굴을 마주했다. 스스로도 처음 보는 표정이었다. 어떤 것에 홀린 표정이었다. 그런 자신의 낯선 얼굴을 넋 놓고 바라보고 있었다, 계속 봐도 낯선 얼굴은 그대로였다.

자신의 낯설음과 마주하는 사이 자동 유리문을 통과하는 사람에 의해 유리문이 양쪽으로 갈라졌다. 그리고 몇 초 지나자 다시 유리문이 붙었다. 바깥의 상큼한 바람이 머리를 스치자, 방금 전의 표정과 미묘하게 달라졌다. 그제야 슬며시 웃었다.

하지만 수지가 생각한, 노아가 말했던 오키나와는 이 곳이 아니었다. 왠지 이 곳에서 벗어나고 싶었다. 시간은 저녁이었고, 즉흥적으로 온 오키나와에 대해 아는 것이라고는 노아가 말한 조용한 해수욕장과 쏟아지는 별에 대한 이야기뿐이었다. 택시를 타야했다. 의사소통은 번역기를 통했다.

수지는 가장 조용한 해변과 별이 잘 보이는 장소를 부탁했고, 택시기사는 나고라는 곳을 추천했다. 자신의 고향이라서가 아니라 가장 조용한 해변이 있는, 별이 잘 보이는 곳이라는 설명은 과장이 아닌 듯 했다. 자부심도 느껴졌다. 다만, 조금 멀다고 말을 흐렸다. 수지는 일본어를 몰랐지만 택시 기사의 표정을 읽을 수 있었다. 표정에는 국경도 언어도 없었다.

"조금 가까운 곳도 있는데요. 그 곳도 괜찮아요."

택시기사가 말을 끝내는 동시에 목소리가 흘러나왔다.

"나고시, 그곳으로 부탁드립니다."

기계음이 말했다.

나고시에 도착한 시간은 밤 11시 30분이었다. 1시간 30분 거리를 달렸다. 택시비도 비교적 많이 나왔지만 아깝지 않았다. 그곳은 작은 도시였다. 택시에 내려 주변을 둘러보았다. 옆으로는 까만 바다가 펼쳐졌다. 약간의 허기짐이 달래지는 듯 했다. 내일 아침이면 허겁지겁 바다를 눈에 담고, 마음을 가득 채울 수 있다고 생각하며 걸었다. 매우 어두운 시골이었다. 어두운 우주 끝에서 빛이 나고 있었다. 발길은 빛을 향해 갔다.

빛은 라멘 집이었다. 문을 열고 들어서자 돼지육수 냄새가 향긋하게 인사했다. 수지는 서툰 일본어로 라멘을 주문했다. 라멘을 주문하고 가게를 둘러보니 손님이 없었다. 마지막 손님인가, 생각하며 사장에게 죄송하다는 말을 꺼냈다.

"고멘나사이. (미안합니다.)"

서툰 발음으로 외국인이라는 것을 알았는지, 사장은 힘껏 손을 저으며 아니라고 말했다. 라멘이 나오자, 사흘 동안 제대로 된 식사조차 하지 못한 수지는 육수가 혀끝에 닿자마자 음- 소리를 계속 내질렀다. 결코 숨길 수 없는 소리였다.

라멘 집 사장은 여자였는데, 자신이 만든 라멘을 맛있어 하는 수지를 보며 만족한 표정을 지었다. 나이는 40대 초중반으로 보였다. 늦은 시간이었지만 사장의 얼굴을 보면 아침 10시의 산뜻함이 느껴졌다. 외국인이라는 것을 알고, 알 수 없는 일본말을 하더니 대화 말미에는 손가락으로 자신을 가르키며 가즈에라고 말했다. 이름을 말하는 것 같았다.

"와따시와 나마에와 수지데스. (제 이름은 수지입니다.) 아리가또 고자이마스. (감사합니다)"

서툰 일본어로 감사의 말을 전했다. 가즈에도

"마타 키테쿠다사이. (또 오세요.)"라고 웃으며 말했다.

라멘 집은 나고시로 오는 택시에서 예약한 호텔과 걸어서 20분 거리였다. 늦은 밤 라멘 집을 나와 호텔을 찾아가는 길에서 여러 번 헤맸다. 정말 방향 감각이 상실된 것인가, 익숙하지 않은 골목 때문인가, 하지만 택시를 부르고 싶지는 않았다. 몇 번을 헤맨 끝에 새벽 2시가 넘어 체크인 했다. 호텔은 레지던스 타입이었는데, 3박 4일을 예약했다. 낯선 공간이 주는 어색함도 고된 피로감은 이길 수 없었다. 밤늦게 들어간 수지는 체크인 하자마자 씻고 알몸으로 잠들어버렸다.

이튿날 아침, 커튼 사이로 들어온 햇살이 흔들어 깨웠다. 수지는 몇 번 흔들지 않아 일어났다. 가뿐한 기분이었다. 몸무게의 절반은 날아 간 느낌이었다. 힘들게 몸을 비틀며 일어날 필요도 없는 가뿐함이었다.

눈을 비비며 홀린 듯 창가에 다가서니 바다가 보였다. 눈 부셔 일그러진 표정으로 한쪽 눈을 겨우 떠서 본 바다였지만 황홀한 바다였다. 그가 말한 바다가 이런 바다였을까. 남성성과 여성성을 동시에 가진 바다. 수지의 마음을 한 번에 사로잡기에 충분했다. 눈을 통해 허기가 채워지고 있다. 두 시간 정도였을까, 허기를 채우다 못해 눈과 마음이 체할 지경이었다.

배는 채워지지 않았다. 긴 샤워를 하고, 어젯밤 먹었던 라멘 집을 다시 찾아야겠다고 마음먹었다. 호텔을 나와 큰 길을 걷다, 다시 골목길로 접어들고, 그 골목에서 몇 번을 더 꺾으면 됐다. 밤과 낮의 풍경은 달랐다. 길을 헤매 몇 번을 돌고 돌았다. 하지만 지도를 보고 싶지 않았다. 길을 잃는 것이 자신의 그것과도 닮아있었다. 겨우 도착한 라멘 집은 어젯밤에 봤을 때보다 작고 아늑했다.

가즈에는 수지의 얼굴을 기억하고 있었다. 마지막 손님으로 갔는데 첫 손님으로 또 왔다며 반가워하는 표정이었다. 손가락 하나를 들어 올리며 첫 번째 손님이라고 신기해하는 표정이었다.

어제의 맛은 단순한 허기짐 때문이 아니었다. 왠지 이 가즈에를 여러 번 만날 것 같다고 생각했다. 아마 몇 번 더 오지 않을까. 어쩌면 이곳을 떠난 이후에도 이 라멘 집을 다시 찾지 않을까 생각할 정도로 수지를 만족시켰다.

낯설고 조용한 도시에서의 맑은 이튿날은 살아있음을 느끼게 했다. 캘리포니아 사람들이 우울증 없이 긍정적인 태도로 산다는 뉴스를 기억하며 이곳 사람들 역시 비슷할 거라고 생각했다.

가볍게 조용한 동네를 산책했다. 조용한 시골 동네였지만 길을 헤맨 끝에 호텔에 들어와 다시 침대에 누웠다. 바깥에서의 기분과 달리, 잊혀 질 것 같았던 생각들이 아직 지워지지 않았다. 따뜻하고 불쾌한 하수구 냄새처럼 떠올랐다. 수지는 그 생각들을 떨치려 다시 몸을 일으켰다. 머릿속은 아직 오키나와에 도착하지 않았는지, 시간은 빠르게 흘렀다. 시골에선 하루가 36시간처럼 느껴진다던 노아의 말과 달리 시간이 빠르게 지나갔다. 다시 노아를 생각하니 열이 났다.

저녁의 밤하늘이 보고 싶었다. 노아가 그토록 찬양하던 그 밤하늘의 별이 고팠다. 미리 봐둔 30분 거리의 해변으로 갔다. 오키나와에선 한 겨울인 날씨에 해변에는 수지 한 사람뿐이었다. 그곳에서 하늘을 올려다보았다. 차갑고 맑은 바람 사이로, 쏟아지는 별에 그대로 묻혔다. 이른 밤의 총총한 별은 막 태어난 별처럼 아이 같은 모습으로 빛났다.

"저 별이 또 다른 큰 생명체의 세포이지 않을까, 내 몸 안의 세포들은 나를 우주라고 생각하지 않을까."

수지는 중얼거리며 신기해했다. 평소에는 생각하지 않을 주제였지만 이상하게도 별에 묻힐 때는 철학적으로 변하는 스스로의 색다른 모습을 즐겼다.

오키나와의 겨울도 제법 추웠다. 또 다시 따뜻한 라멘이 생각났다. 해변에서 택시를 타고 이동했다. 벌써 세 번째 도착하는 라멘 집. 가즈에는 역시나 수지를 기억했다. 이번에는 손가락 세 개를 들어올렸다. 세 번째 방문하는 것을 기억하는 것일까. 낯선 곳에서의 본 온화한 미소 덕분에 자신이 나고 자란 곳처럼 포근했다. 수지는 '아리가또 고자이마스. (감사합니다.)'라고 말하고 같은 라멘을 주문했다. 혼자 여행 와서 같은 라멘을 세 번이나 주문하는 여자라니. 더구나 이 곳은 관광지와도 떨어진 곳이었다. 세 번째 보는 가즈에의 표정은 미묘하게 달랐다. 내심 걱정하는 표정이었지만 수지는 개의치 않았다.

그녀는 이 곳이 꽤 마음에 들었다. 조용한 해변도 밤에 보는 별도 좋았다. 3박 4일을 예약했지만 연장해 4주를 예약했다. 그 정도면 위로받을 수 있지 않을까, 스스로 진단명을 내리고 치료기간도 정했다.

가즈에의 손가락은 어느새 6개로 늘어났다. 두 손을 이용해 수지를 맞이했다. 수지도 가즈에도 언어가 통하지는 않았지만 친해진 눈치였다. 번역기로 서툰 의사소통을 했다.

가즈에는 수지가 왜 혼자 오키나와로 온 지 알 것 같다고 말했다. 물론 완벽한 번역기는 아니었지만 그 의미는 정확히 알 수 있었다. 그리고는 남자는 아무 것도 아니라고. 사랑은 다시 시작하면 된다고 말했다. 세상에 남자는 많다며 두 손으로 크게 원을 그렸다. 수지는 과장된 몸짓으로 말하는 가즈에의 행동에 웃음을 보였다. 그 과장한 행동에 위로를 받았다. 낯선 곳에서의 느끼는 따뜻함은 단순한 따뜻함이 아니었다. 치료였다.

언제나 그렇듯 다음 날에도 별 이불을 덮으러 가려고 호텔을 나섰지만 안타깝게도 구름에 가려져있었다. 다른 별이 생각났다. 달도 별도 잘 보이지 않는 밤, 어두운 거리에 빛나는 별에 다시 방문했다.

여전히 호텔에서 라멘 집을 찾아가는 길은 한 번에 가기 힘들었다. 그래도 처음보다는 조금씩 빨리 도착한다. 어두운 거리에서 이 별을 홀로 지키는 가즈에의 손가락은 8개로 늘었다.

언제까지 이곳에 있느냐고 문자 손가락 세 개를 들어올려 4 Weeks(4주) 라고 영어로 답했다.

꽤 오랜 시간 머무는 것을 알자, 가즈에의 표정이 바뀐다. 놀라움에서 걱정스러움으로 바뀌는 표정이 수지에게는 보였다. 오랜 시간의 위로가 필요하다는 것은 그만큼의 깊은 상처를 의미하는 것을 가즈에는 알고 있었다. 그리고 같은 위로를 건넨다. 두 손을 크게 벌려 남자는 많다고 말하고, 두 손으로 X표시를 하며 고개를 저어 사랑은 별 거 없다고 위로했다.

가즈에와는 어느새 친구가 된 것처럼 익숙했다. 낯선 곳에서의 작은 익숙함에 수지의 회복 속도도 빠를 거라 생각했다. 머지않아 잃은 방향 감각도 찾을 수 있다, 어쩌면 빨리 진정될 수 있겠다,고 생각했다.

오키나와의 생활도 일주일이 지났을까, 어쩌면 10일이 지났을까? 시간의 흐름을 계산하는 것도 무의미해졌다. 태양이 뜨고, 지고, 날씨가 좋고, 흐린 자연의 변화들에 생각을 집중했다. 처음 겪어보는 느긋함과 여유를 실컷 즐겼다.

손가락을 들어 인사하던 가즈에의 손가락은 10개로도 부족해 더 진한 웃음으로 대신했다. 그 미소가 40대 여성의 미소 같지 않았다. 오전의 미소와 밤늦은 시간의 미소가 같았다. 마치 사춘기 소녀의 웃음 같아 수지의 표정도 같은 사춘기가 되었다.

가즈에의 라멘을 열 번 넘게 먹어도 수지의 입에서는 늘 감탄사가 멈추지 않았다. 가즈에는 수지가 늘 해변에 간다는 걸 알고, 근처의 다른 조용한 해변을 소개해주었다. 밤에도 좋지만, 오전에 가도 조용한 해변일거라고 말이다. 자신도 종종 마음을 비우고 싶을 때는 그곳에 간다고 했다. 그렇게 가벼운 대화를 나누는 동안 가즈에의 휴대폰이 울렸다.

누구에게 온 전화인지 모르지만 수지를 향해 손을 흔들어 양해를 구하고 몇 발자국 옆으로 가 고개를 돌렸다. 휴대폰 너머 굵은 목소리의 남자 목소리가 들렸다. 짧은 통화였다. 가즈에는 다시 수지 곁으로 와서 마저 해변의 위치를 설명해주었다. 열심히 제스쳐를 동원해 해변의 위치와 얼마나 좋은지에 대해서 설명했다. 사춘기 소녀 같은 그 표정만 봐도 좋은 곳이라는 것을 알 수 있었다. 가보지 않아도 가본 것처럼 좋았다.

수지는 라멘 집을 나서, 조용히 여유로움을 만끽했다. 그제야 방향 감각을 회복한 수지는 다시 호텔로 들어갔다. 이번에는 길을 헤매지도 않았다. 제대로 방향도 익혔다. 자신도 모르게 콧노래를 흥얼거리며 한 번에 호텔을 찾았다.

호텔에 돌아와서도 콧노래는 왠지 끊이지 않았다. 얼마 되지 않는 짐을 싸면서도 계속 이어졌다. 3주일 정도 남은 호텔이었지만 망설이지 않았다. 수지는 체크아웃을 하고 바로 공항으로 향했다.

*

수지는 삼켰던 노아의 죽음을 다시 게워냈다. 썩어 문드러진 시신이라도 확인해야 믿을 수 있었다. 자신의 열정과 마음을 준 것에 화가 났다. 그러다 생각하면 또 불쌍해졌다.

"배신자 새끼… 네 무덤 앞에서 침을 뱉고 오줌이라도 싸줄 거다."

시간이 지나자 다시 조금씩 화가 일었다. 화를 어디에서라도 풀어야 했다. 그리고 보면 노아는 늘 바다를 보면서 마음을 정리한다고 했다. 수지는 그가 마음을 누그러뜨린 장소를 찾았다. 왕복 8시간 거리였지만 매주 찾았다. 종종 노아가 그 곳의 경치를 사진으로 찍어 보내, 가보진 않았지만 아주 익숙한 곳이었다.

즐겨 찾던 카페, 공원, 바닷가… 수지에게도 치료 기간이 필요했다. 전치 3개월이라고 자가 진단을 마친 터였다. 그 치료 장소는 노아의 장소여야 했다. 자신의 영역으로 만들어 냄새를 묻어야 했다. 자주 가니 점점 수지에게도 익숙한 곳이 되었다.

그가 가끔 얘기하던 해양공원에 다다랐다. 그의 말대로 바다 전

250

망이 좋았다. 에스프레소를 받아들고, 2층으로 올랐다. 1층보다 더 넓은 공간이 있었다. 저녁 시간의 카페는 사람들로 북적였다. 화려한 조명이 바다에 닿아 일그러졌다. 단체 관광객들과 커플들의 수다에 카페는 어느새 뉴욕증권거래소처럼 북적거렸다.

굳이 모르는 사람들을 시선에 두고 싶지 않은 수지였다. 고개를 바다에 두고 있었다. 180도로 돌려도 바다가 보였다. 그렇게 고개를 돌려 시선을 사람 많은 곳으로 옮겼다. 카페의 구석진 곳에 익숙한 사람이 얼핏 보였다. 그는 혼자였다. 그가 좋아하는 구석진 자리.

수지는 순간 떨었다. 저기 있는 사람이 노아일 리가 없었다. 그가 말한 형 일거라고 생각했다. 그럴 수밖에 없었다. 죽은 사람이 돌아 올 리도 만무했다. 경찰도 이미 자살로 사건을 종결 처리 하지 않았나. 경찰이 죽었다는데 살아서 돌아다닐 리는 없다. 절대 그럴 수는 없다고 생각했다. 다시 마음을 다잡았다.

그저 반대편에서 쳐다볼 수밖에 없었다. 그 형의 얼굴을 통해서라도 노아를 추억하고 싶었다. 그는 내내 고개를 숙이고 무언가에 집중하는 모습이었다. 얼굴을 들어 눈을 마주치기만 하면 알 수 있다, 생각했다. 그는 시간이 지나도 무언가에 골몰하는 모습이었다.

이윽고 밤이 되자 사람이 많던 카페에 손님들이 빠시고 이느 새 빈자리가 보였다. 드넓은 창밖으로 야경이 반짝였다. 그 때 큰 유람선이 부우 뱃고동 소리를 내며 지나갔다. 사람들이 뱃고동 소리에 고개를 들어 바다를 쳐다봤다. 그도 고개를 들었다. 사람들 사이의 빈틈을 파고들어 남자의 눈과 마주쳤다. 움직일 수 없었다. 시선을 거두지 않고 그저 바라만 보았다.

수지는 매우 조심스럽게 천천히 다가가서 목소리를 낮췄다.

"앞으로 어떻게 할 거야?"

그는 잠시 당황했지만 이내 평온을 되찾았다.

"…… 우리 별 보러 갈래?"

긴 한 숨을 내쉬며 말했다. 함께 어색한 발걸음을 옮겼다. 노아의 걸음이 멈춘 곳엔 마렝고 대신 작은 승용차가 있었다. 얼핏 봐도 10년 정도는 된 차로 보였다. 말없이 차에 올랐다. 노아는 이후 내내 말이 없었다. 수지도 물어봐야 답이 없을 거란 걸 알았다. 이상했다. 무슨 말을 건네야 한다는 부담이 없었다. 오랜만이었지만 서로 말이 없어도 편안했다. 수지는 타임머신을 돌렸다. 최근의 일을 입 밖에 꺼내지도 않고 추궁하려고 하지 않았다. 아무 일 없던 것처럼 과거의 그를 대하기로 했다. 타임머신은 수지의 마음에 있었다.

창밖을 보면서 웃기도 하고 멍하니 밖을 보기도 했다. 1시간을 달려 한적한 시골길에 접어들었다.

헤드라이트에 의지해 가로등 없는 드넓은 바닷가 간척지를 달렸다. 속도를 확 늦췄다. 타이어를 타고 올라오는 거친 노면의 소음뿐이었다. 중간쯤 도착했을까. 주변에는 어떤 불빛도 보이지 않았다. 노아가 천천히 속도를 줄여 차를 세우고 시동을 껐다. 잠시 정적이 흐르고 수지를 보고 말했다.

"우리 휴대폰도 끌래? 가끔은 외부와 단절된 느낌이 좋아. 일상으로부터 완전히 독립된 자유를 느껴봐."

사실은 노아도 완전한 자유가 무엇인지는 몰랐다. 자유의 진정한 의미도 모르면서 혼자 고요한 곳에 있으면 자유라고 생각했다. 그곳에서는 무언가를 갈망하지 않았다. 그래서 그걸 자유라고 생각했는지도 모른다.

모든 전자기기의 작동이 멈췄다. 혹시 어디서 연락이 오지 않을까 하는 불안감도 잠시였다. 하늘의 별만 보였다. 겨울 하늘은 별이 더 총총했다. 경이로운 밤하늘에 압도되었다. 몸이 경직되나 싶더니 이내 적응되어 몸도 마음도 풀렸다.

노아가 사랑하고, 또 사랑을 잃었던 그 곳. 숨을 깊게 들이 쉬었다. 차가움이 목을 타고 넘어왔다. 계속해서 크게 숨을 들이켰다. 수지가 갸우뚱하며 쳐다봤다.

"그렇게 숨 쉬면 몸에 차가운 공기 들어가. 감기 걸려."

"같이 해봐. 공기가 아니라 흩어진 물을 마시는 것처럼."

"공기를 그렇게 마시는 사람이 어디 있어. 보이지도 않잖아."

"보이지 않는 것을 보인다고 생각해봐. 원래 중요한 것들은 보이지 않아. 사랑했던 사람들, 행복, 열정, 미움, 분노. 보이지 않는다고 해서 없는 건 아니잖아. 숨을 들이켜서 네 몸에 담아봐."

노아는 계속해서 숨을 들이켰다. 심한 갈증에 있는 사람이 물을 마시는 것처럼 보였다.

"난 네 표정을 보면 그것들을 다 볼 수 있는데?"

"근데 내가 가진 것의 크기와 네가 보는 것의 차이가 있잖아. 내가 가진 기쁨, 슬픔이나 분노가 100이라면 표정으로는 겨우 1,2 정도만 보일 거 같아."

"아니야. 난 특별한 능력이 있잖아. 네 마음은 전부 보여. 표정, 행동을 다 관찰한 결과야."

"그건 수지 네가 특이해서 그래."

"야. 특이 말고. 특별!"

수지의 말이 맞을 수도 있다. 처음 복이를 데려오던 날, 안나의 표정과 행동을 보면서 저게 사랑의 모습이라고 느낀 적이 있었다. 마음이 있다면 보이지 않는 것도 육안으로 볼 수 있다.

"이건 자가 치료행위야. 살면서 몸과 마음에 생채기가 날 때 바로바로 치료하지 않으면 덧나고 곪아. 계속된 유지, 관리가 필요해. 여기가 내 병원이야."

"좋은 병원이네. 여기 별 잘 보인다. 야광모래 뿌려놓은 것처럼. 볼 때마다 진짜 신비로워."

노아는 말없이 옅은 미소를 지었다. 혹시 별자리도 볼 줄 아냐는 수지의 질문에 고개를 끄덕였다.

"저 별은 뭐야? 3개가 나란히 있는 거."

"오리온 자리인데, 내가 제일 좋아하는 거야."

안나도 가장 좋아하는 별자리였다.

"저 별은 이름 뭐야?"

수지가 손가락을 뻗어 올렸다. 노아는 그게 무엇을 향하는지 알수 없었다. 그러자 수지는 더 가까이 붙어 손을 하늘로 뻗었다. 수지 손가락 하나를 두고 두 사람의 눈이 붙을 정도로 가까워졌다. 숨소리가 느껴질 정도로 가까웠다.

"몰라, 저기 별 중에서 99.999%는 이름이 없어. 소수점 9가 많아서 100%라고 해도 무방해. 지구상에 있는 모래를 다 합친 것보다 7배가 많아. 계속 많아지고."

"지구 전체의 모래보다 7배? 우와. 정말 셀 수가 없을 만큼 많구나. 정말 신기해."

"나도 볼 때마다 신기해. 가만히 보고 있으면 별똥별도 자주 보여. 신비롭고 예쁘지."

"불 꺼진 방에 있는 거 같아. 천장에 별 스티커 붙인 것처럼. 여기는 시간도 멈춰버린 것 같아."

"난 내가 더러운 놈이라고 생각하지만, 여기에서 별을 볼 때만큼은 아니야. 순수해지고 별 볼일 없는 놈 같아서 좋아. 버러지 같아서. 그저 본능으로 살아가는 버러지."

"마음이 씻기는 기분이 좋다. 더럽게 묻은 얼룩이 깨끗이 씻기는 거 같아. 별이 나를 씻어주는 거 같아."

노아는 씻는 것 같다는 수지의 말이 좋았다. 그 표현이 더 정확하다고 생각했다. 마음이 정갈해지는 씻김이 좋았다. 수지와 이야기를 나누며 어느새 예전의 익숙함과 편안함을 찾는 듯 보였다. 오랜만이라는 어색함도 금방 사라졌다. 수지에게는 어색함을 없애는 능력도 있었다. 그동안 아무 일도 없었던 것처럼 대화를 이어나갔다.

"어? 봤어? 별똥별!"

수지가 신기한 눈으로 말했다.

"별똥별은 밤하늘 보고 있으면 종종 보여."

"빨리 소원 빌어."

노아가 말했다.

"난 소원 같은 건 없어."

수지가 눈을 흘기며 말했다.

"그럼 난 어떤 거 빌었는지 물어봐."

"어떤 소원 빌었어?"

"진짜 나를 찾는 거. 내가 뭘 좋아하는지 확실하게 알고 싶어. 나는 내가 가장 어려워. 내가 어떤 사람인지 뒤늦게나마 알아보고 싶어. 사춘기에 하는 고민을 지금에야 하다니 웃기지?"

"전혀 아니야."

노아가 고개를 크게 위아래로 천천히 움직이며 말했다.

"그런 소원이라면 꼭 이루길 바랄게."

수지가 뭔가 떠올랐다는 듯 아, 하며 노아를 올려다보았다.

"그거 알아? 우주가 또 다른 생명체의 세포일 수 있다는 거."

"응, 그 프렉탈 우주론 말하는 거야?"

"용어는 모르지만 아마도 그거 같아."

"내 몸 안에 있는 세포는 내 몸이 우주가 되고, 우리를 비롯한 지구는 또 다른 우주 생명체의 작은 세포라는 그거?"

"응, 언젠가 다큐멘터리에서 봤어. 나도 우주. 너도 우주. 사람 눈을 자세히 들여다보면 우주랑 비슷하다는 거야. 그걸 보고, 나는 프렉탈 우주론을 믿게 됐어."

"그럼 빅뱅은 어떻게 설명해?"

수지는 잠시 고민하나 싶더니 아차! 하는 표정으로 말했다.

"난자와 정자가 만나서 뭔가 빵! 하고 생겨난 게 아닐까? 그래서 빅뱅!"

수지의 생각이 귀여워 웃지 않을 수 없었다. 소녀 같은 표정을 한 수지를 보며 차마 그것이 유사과학이라고 말할 수가 없었다. 우주배경복사, 양자역학 같은 어려운 개념을 설명할 자신도 없었다.

"믿는 건 자유니까. 사람이 하나의 우주가 되는 것도 좋지."

"우주가 어떻든지 내가 좋으면 그만이야. 앞으로는 나도 자주 와야겠어."

"뭔가 중요한 결정을 할 때, 여기에 와. 내면의 소리를 듣기 힘든 시대잖아."

"혼자 조용히 생각에 잠길만한 곳이 도시엔 없으니까, 나도 네 아지트에 와도 되지?"

"그럼, 근데 너만의 아지트, 벙커를 만드는 것도 좋아."

"이미 여기로 정했어."

노아가 숨을 크게 고르고 짧은 침묵 끝에 말했다.

"어떻게 할 거냐고? 내가 노아든 요한이든 상관없어. 형의 이름으로 잠깐 살다가 다시 이름 없는 별이 될 거야. 그렇게라도 살아야겠어. 보살펴야할 사람들이 많아. 다시 시작하려고. 오늘 여기서 노아는 죽고, 형 요한을 살리려고 해."

"그럼 노아는 죽은 거야?"

"서류상에 죽었다고 해서 죽은 건가. 사람들 기억에 없으면 죽은 거지. 네가 기억하고 찾아줬으니까 나 역시 죽지 않았어."

"앞으론 어떻게 할 생각이야?"

"잠시만 이름을 빌릴 거야. 이대로 살아도 나쁠 건 없어."

"혹시 걸릴 수도 있잖아."

"나 국가공인 정신병자잖아. 정신병원에도 다녀오고. 정신과 치료 경력도 있잖아. 아마 처벌 대신 치료를 받겠지. 공식적으로는 미쳤다고 하지만 난 사실 미치지 않았어. 그냥 미친 척 하고 살아도 나쁠 건 없잖아. 이러다 공식적, 비공식적으로 전부 다 미쳐도 괜찮아."

*

노아는 미리 휴대전화와 노트북에 흔적을 남겼다. 어렵진 않지만 꽤 시간과 공을 들여야 하는 작업이었다. 완벽히 사라질 수 있는 준비 과정이었다. 스스로 해체하기로 했다. 표정은 비장했다.

〈고통 없이 죽는 방법, 자살할 경우 보험금 지급 기준, 번개탄 자살,

수면제 과다복용, 청산가리 복용…〉

　경찰은 자살로 결론짓지 않을 이유가 없었다. 챙겨 먹진 않았지만 우울증 약을 처방받은 근거도 있었다. 게다가 노트북과 휴대폰에는 힘들다는 메시지, 검색 기록, 장문의 유서까지. 완벽했다. 하지만 한 명을 설득해야했다. 어머니였다. 노아는 자신이 사는 유일한 길이라고 설득했다. 다시 시작할 수 있다고 설득했다.

　CCTV가 없는 한적한 바다 근처를 찾아 헤맸다. 일기예보를 보고 D-데이를 정했다. 태풍이 오지 않는 겨울이 야속했다. 완벽히 사라져야 새롭게 시작할 수 있었다. 겨우 한 장소를 찾았다. 인적도 드문 어선들도 오가지 않는 외롭고 볼품없는 방파제였다.

　간혹 토박이 낚시꾼들이나 들릴까. 낚시 포인트로서의 가치도 없는 방파제였다. 날씨가 안 좋은데다 물살이 가장 빠른 사리 때가 겹친 날을 정했다. 아예 바다 속으로 사라지는 것을 택했다.

　시신을 공해 상 바다로 빠르게 보낼 수 있는 거친 날씨. 오래 기다릴 필요도 없었다. 주변에는 CCTV도 없었다. 준비물은 싸구려 중고 오토바이만 한 대 뿐이었다.

　방파제에서 휴대전화의 마지막 발신으로 어머니 번호를 남겼다. 다시 한 번 이것이 유일하게 사는 방법이라고 거듭 일러주었다. 쌍둥이 형인 요한으로 나타나겠다고 안심시켰다. 어렵게 어렵게 동의를 얻어냈다. 경찰이 보기에는 죽기 전 심경을 담은 통화라고 생각했겠지만, 어머니를 다시금 안심시키는 전화였다.

주변인들에게도 마지막 인사를 건넸다. 일상적인 안부였지만 경찰이 보기에는 자살을 암시할만한 대화 내용이었다. 수지에게는 차마 인사하지 못했다. 그리고는 바로 휴대폰을 껐다. 마렝고에 입을 맞추고, 싸구려 오토바이로 갈아타 현장을 빠져나왔다.

자살 위장 사건은 놀라울 만큼 빠르게 잊혀졌다. 경찰은 노아를 찾으려 하지 않고, 진실을 아는 사람은 그의 어머니뿐이었다.

이름 세탁은 빠르게 진행됐다. 노아에서 요한으로. 쌍둥이 형이어서 세탁은 더 쉬웠다. 죽었지만 죽지 않았다. 이름만 바꿨다. 세상은 그대로였다. 시신이 없어 장례를 치르지도 않았다. 노아 어머니의 목사를 모셔 간단한 기도로 장례를 대신했다.

다시 평화가 찾아왔다. 바뀐 것은 없다. 오히려 지긋지긋한 부채가 사라졌다. 실종 신고 후 일정 기간이 지나면 사망으로 처리되어 보험금도 받을 수 있다. 보험은 채권 추심의 대상이 되지 않았다. 5년이 넘은 저축성 생명보험금을 유산으로 남겼다. 자살면책 기간도 이미 훌쩍 넘겼다. 바쁜 경찰과 까탈스러운 보험사가 인정한 죽은 사람이 됐다.

이제는 그저 이름만 다르게 살아가면 될 뿐이었다. 형은 여전히 자신만의 바다에서 헤엄치고 있다. 도무지 그 바다에서 나올 생각을 하지 않은지도 10년이 훨씬 넘었다. 노아는 바다 속에서 이리저리 뒹굴며 벌써 물고기 밥이 됐을 터.

"가족을 보살피면서 조용히 살다 가면 된다. 버러지처럼 가족을 보살피는 본능에 의지해서만 살면 된다."

노아는 조용히 다짐했다. 죽고 나자, 새로운 것들이 보였다. 시장에서 과일 살 때 하나라도 더 담아주려는 할머니, 무뚝뚝해 자칫 불친절해 보일 수 있지만 좋아하는 반찬을 꾹꾹 담아주는 단골 식당 주인, 오랜만에 본다며 그동안 잘 지냈냐고 묻는 편의점 아주머니, 늘 웃으며 사이즈 업 해주는 단골 카페 바리스타, 에너지 넘치게 인사하는 종종 마주치는 택배 기사님. 얼굴만 아는 동네 주민들과의 가벼운 인사들. 무거운 짐을 놓자 따뜻함이 스멀스멀 올라왔다. 살아가야 할 이유였다.

결심을 굳힌 표정으로 말했다.
"이동할까?"
"벌써?"
"더 있으면 힘들어질 거 같아."
산고의 고통은 짧았다. 노아는 스스로 탯줄을 잘랐다.
둘은 다시 차를 타고 이동했다. 행선지를 정하지도 않았다. 클래식 음악을 틀었다. 평소에 듣지 않은 클래식이지만 밤에는 또 클래식만한 게 없기도 했다.
볼륨을 낮게 했다. 라이트에만 의지해 시골 들판 길을 천천히 달렸다. 걷는 속도보다 느렸다.
"근데 나라는 걸 어떻게 알았어? 3개월을 두문불출 했었는데…"
"턱수염을 만지면서 삐져나온 수염을 만지던데… 긴장하거나 집중할 때 네 습관이잖아. 그리고 나 0.0001초의 표정 변화도 읽을 수 있는 능력 있다고 했잖아. 눈 마주치자마자 알았어. 아직도 내 능력 못 믿어?"

"믿어…, 나 다시 시작해보려고. 도와줄래?"

수지가 고개를 끄덕였다.

"노아든 아니든, 너는 그대로잖아."

"휴우-. 고마워. 사실 무서웠어. 근데 왜 다시 도와주는 거야?"

"비틀거리다가 나한테 쓰러졌잖아. 딴 데서 쓰러지던지."

"……"

"그래서 그냥 잡아준 거 뿐이야."

"고마워."

이렇게 퉁명스럽게 말하는 수지에게 고맙다는 말 이외엔 할 말이 떠오르지 않았다. 그게 수지의 위로 방법이었다.

"네가 내 비밀을 다 알고 있잖아. 내 비밀을 아는 사람은 너 뿐이라고. N.G 외치고 다시 시작하면 돼. 네가 해준 말이야."

"…… 고마워."

"사람이 부서지고 깨져야 물리적, 화학적 변화가 있는 거야. 가만히 있으면 부패하기만 해. 다시 해봐. 이것도 네가 해준 말이야."

"말을 잘 기억하는 능력도 있는 거야?"

"네가 미운데 미워하지 않는 내가 밉다."

"……"

노아는 대꾸할 마땅한 말을 떠올리지 못했다.

"사람이라면 모두가 아픔과 병을 안고 살아가. 그게 인생이야.

262

편안함은 사람을 어른으로 만들 수가 없어. 별 거 아니야. 쉽게 치료하는 방법을 알려줄게. 이건 내가 하는 말이야."

"……"

노아는 말을 하지 못했다.

"지금부터 내가 시키는 대로만 해. 차 세우고 내려 봐."

어리둥절해 하는 노아를 재촉했다. 차를 세우고 시동을 끄고 함께 내렸다. 아까와 같은 별이 보였다. 수지가 말했다.

"이리 가까이 와서, 눈을 감아. 절대로 눈을 떠선 안 돼."

노아가 실눈을 뜨고 말했다.

"그래."

"두 팔을 벌리고 숨을 고르게 내쉬면서 잠깐 가만히 있어봐."

수지는 한 걸음 다가가 안았다. 노아는 놀라서 눈을 떴다.

"절대 눈 뜨지 말라고 했잖아. 다시 눈 감아."

"응."

노아가 눈을 감았다.

"그리고 팔로 나를 감싸 안아."

노아는 두 팔로 수지를 안았다.

"잘했어. 그렇게 10분만 가만히 있어. 아무 말도 하지 말고. 내 심장 뛰는 게 느껴질 만큼 세게 안아봐. 그대로 가만히 있어."

강하게 안은 상태에서 시간이 지나자 노아의 가슴에 수지의 심장 박동이 느껴졌다. 노아의 뺨에 생전 흐르지 않는 뜨거운 물이 흘렀다. 수지의 어깨가 젖었다.

"눈에는 눈, 이에는 이, 마음에는 마음이야, 멍청아."

"고마워…"

"계속 이대로 있어. 치료가 바로 되는 건 아니니까."

수지는 안고 있는 상태에서 계속 말했다. 키가 작은 수지는 노아의 어깨에 못 미쳐서 말을 했다. 차분한 톤이었다.

"나는 질서에 순응하면서 살았잖아. 시키는 대로, 주변에서 요구하는 삶을 살아왔고. 그게 옳든 그르든 질서 속에서 순응할 때 안심하고 만족하면서 살았어. 그게 노예 아니야?"

수지의 보기 드문 표정과 진지한 목소리였다.

"이혼을 하니까 질서를 어긴 느낌인거야. 익명의 사람들이 멋대로 날 기소하고, 재판에 세우고, 판결했어."

"전혀 그렇게 생각할 필요 없어. 그럼 나도 사별한 느낌이야."

"응?"

"안나 말이야."

수지를 안고 있으면서 안나 이야기를 하다니, 노아는 순간 미안해졌지만 수지는 못 들은 척 대꾸하지 않았다.

"노아 네가 질서를 만들겠다고 했던 말이 좋았어. 실패해도 족적을 남기는 삶. 그게 좋아. 잊혀지는 것과 기억되는 것의 차이는 하나야. 순응하든지 자신의 질서를 만들던지. 넌 우리 사이에 질서를 만들었고, 그 때문에 난 너를 기억하는 거야."

"비이성, 비상식, 비정상. 난 이게 좋아서 한 것뿐인데… 좋게 포장해줘서 고마워. 나도 어쩌면 네가 싫어했던 그 질서에 순응하고 싶은 욕구가 있는 것인지도 몰라. 나를 잘 안다고 생각했는데 살아갈수록 모르겠어. 어려워. 그냥 버러지처럼 살 뿐이야. 버러지한테 질서 같은 게 어디 있겠어. 좋아하는 걸 하는 게, 본능이잖아."

수지는 노아에게서 한 발자국 떨어졌다. 달빛에 그 작은 얼굴이 올려다보는 게 보였다.

"맞아. 본능대로 못 하는 사람들이 많으니까, 너를 네 생각을 오래 담아둔 거지. 이제 회사도 없고, 어떻게 할 거야? 당분간 좀 쉬는 게 좋지 않을까?"

"이 정도면 많이 쉬었어. 이제 어둠에서 나와야지."

"어둠도 괜찮아. 굳이 나오려고 하지 마."

노아가 수지의 말을 이해하지 못한다는 표정을 짓자, 수지가 다시 고쳐서 말했다.

"상상을 해봐. 우리가 정말 어두운 밤길을 걷고 있어. 지금처럼 달도 없고 별도 없는 칠흑같이 어두운 밤이야. 그 옆엔 작은 강이 흐르고 있어. 우리는 그 강이 넘치지 않게 쌓아놓은 제방 길을 걷고 있는 거야."

"내가 좋아할만한 길이네. 머릿속에 생생히 그려져."

"어두운 그 길엔 약 300미터 정도 간격으로 가로등이 있어. 그 가로등이 불빛을 아래로 비추는데 고깔 모양처럼 그 부분에만 빛이 나. 생각하니까 멋지지?"

"좋다. 조용한 음악 틀어놓고, 밤 산책하고 싶은 길이야."

"그 길의 어두운 곳에서는 밝은 가로등 밑에 있는 사람이 잘 보여. 어둠 속에서는 어둠도 잘 보일 거야. 아마 그 때는 강변에 흐드러지게 피어 있는 갈대도 볼 수 있을걸? 갈대가 파도치는 것도 볼 수 있을 거야.”

“뭔지 알아. 눈이 밤을 받아들일 때.”

“근데 밝은 곳에서는 어두운 곳이 절대 안 보여. 더 짙고, 더 진하고, 더 깊은 어둠으로 보이거든. 네가 빛으로 오라는 말을 하려는 게 아니야. 어둠에서는 어둠도 잘 보이고, 빛도 잘 보인다는 말을 해주고 싶은 거야. 그러니까 어둠에서 나오려고 너무 애쓰지 않아도 돼.”

“어둠에서는 어둠과 빛이 같이 보인다… 정말 좋다. 쉼의 마침표를 찍는 말이야.”

“오해 없이 받아들여줘서 나도 고마워.”

수지가 긴 숨을 내쉬며 안도했다.

“혼자 숨어서, 쉬면서 무슨 생각했니?”

“나는 참 핸디캡이 많은 인간이구나. 하자 있는 인간이구나. 겉모습만 인간인 진짜 버러지였구나.”

“좋은 집안에서 태어나서 부족함 없이 무탈하게 회사를 키웠다면 거기에 어떤 이야기가 있을까? 잘 되려면 결핍, 핸디캡이 필수야. 그래야 이야기가 만들어져. 이야기가 없는 밋밋한 사람이었다면 나부터 너한테 관심 안 줬을 거야.”

“……”

“미혼모에게서 태어나 대학을 중퇴한 사람이 만든 휴대폰, 트럭 운전사가 최고의 영화감독이 되는 걸 봐. 사람들은 결핍이 있는 사람들에게 이끌림이 있어. 인간은 원래 그렇게 디자인된 거야."

"고마워."

노아의 진짜 미소가 입가에 묻어나왔다.

"재밌는 얘기 하나 해줄까?"

운전대를 잡은 노아의 손가락이 피아노를 치듯 가볍게 움직였다. 콧노래는 없지만 손가락만 봐도 제법 기운이 나는 모양새였다. 음악도 클래식에서 팝송으로 바꿨다. 약간은 상기된 표정이었다.

"어?"

수지는 뭔가 생각난 것처럼 말꼬리를 높였다.

노아는 의아하다는 듯이 되물었다.

"왜?"

"나 이 표정 알아. 일을 꾸밀 때 표정이 있거든. 설레는 표정으로 말 하는 거. 사춘기 남자로 돌아간 거 같은 거."

"너 귀신이야? 어떻게 나보다 나를 더 잘 알아."

"이렇게 예쁜 귀신 봤어?"

수지가 웃었다.

"꿈을 꾸는 사람은 표정이 달라. 아저씨도 소년으로 만든다고."

"그 말 마음에 든다. 나이가 들어가도 소년으로 살아야지."

"그 표정으로 재미있다는 이야기 해 봐. 마음을 다 열고 들어줄 테니까."

노아의 얼굴이 더 어려졌다.

"우리 둘 다 카페 가는 걸 좋아하잖아. 카페에서 시간 보내는 것도 좋아하고,"

"응. 하루에 한 번은 가니까 좋아한다고 봐야지."

"카페 갈 때 주로 어디 가?"

"조용하고 차분하고 대화에 방해받지 않는 좋은 카페."

"그거야."

"우리 새로운 브랜드 하나 만들어볼래?"

"브랜드를 만든다?"

"브랜드 로고 박힌 컵만 들고 다녀도 다른 사람과 구분 지어주는 것."

"그런 카페 브랜드는 많잖아."

"근데 아무나 못 들어가는 카페…"

"세상에 그런 카페가 있어?"

"회원제로 운영되는 카페를 만들고 싶어. 1년에 멤버십 비용을 받는. 새로운 아이텐티티가 되는 그런 장소, 멤버십 카드를 가지려 사람들이 안달 내는. 비즈니스 하는 사람들이 조용한 분위기에서 미팅을 할 수도 있고, 비즈니스 미팅을 주선할 수도 있는. 시끄러운 대화 소리에 고막을 뺏기지 않아도 되는 그런 장소. 그런 카페라면 조금 더 비싸도 갈 수 있잖아. 흡연실도 예쁘게 만들어 줄게."

"흡연실은 안 만들어도 돼. 담배 끊었으니까."

"오, 진짜? 정말 잘한 거야. 어쩌다 끊은 거야? 무슨 심경의 변화라도 생겼어? 나처럼 죽으려고는 하지 마. 알았지?"

노아가 웃었다.

"오래 살려고 끊었다. 왜? 꾸역꾸역 네 몫까지 살아줄게."

"그래, 네가 할머니 되는 것도 보고 싶다. 시크한 할머니. 좋은 캐릭터야."

"야, 시크한 할머니한테 한 번 맞아볼래?"

수지 특유의 장난기 섞인 화난 표정이 싫지 않은 표정이었다.

"그나저나 그 카페라는 건 사람들의 욕구를 이용하는 거야?"

"맞아. 사람은 남다른 무언가를 소유할 때 가치를 증명한다고 생각하잖아. 우리 새로운 커피 브랜드 만들자."

"명품 가방처럼 카페 멤버십 카드가 하나의 아이템이 되는 거라…. 사업성 검토는 해봤어?"

"당연하지."

"어떻게?"

"스케치북 한 가운데에 길게 줄을 그었어. 한 쪽에는 할 수 있는 이유를 적고, 또 다른 한 쪽에는 할 수 없는 이유를 적었지. 근데 조금 이상했어."

"뭐가?"

"할 수 없는 이유는 몇 개 안되는데, 할 수 있는 이유를 적으니까 스케치북으로 한 면으로는 너무 부족한 거야. 할 수 있는 이유가 훨씬 많은데, 그럼 해야지 어쩔 수 있나? 나 단순한 거 알잖아. 51% 정도 확신이 있으면 일단 움직이는 거."

"그 정도 확신이면 충분해. 실패에 대한 출구 전략은 있어?"

"출구 같은 건 없어. 본능으로만 사는 버러지잖아. 내 본능대로만 살아갈 거야. 삶도 죽음도 내 본능대로 해야 그게 인간이지. 인간 같지도 않은 것들 사이에서 인간성을 찾아 헤매려고 하지 않으려고. 삶도 죽음도 본능이 이끄는 대로 하는 게, 내 질서야."

"합격! 인테리어, 아웃테리어 디자인 컨셉은 내가 해볼게."

"로고도 작업도 부탁해. 나머지 가맹 모집이나 마케팅, 계약 준비는 내가 담당할게."

"그럼 이 회사 이름은 어떻게 할 거야?"

"음…"

"회사 이름이 있어야 로고 작업을 하지. 혹시 좋은 이름 생각해 둔 거 있어?"

"이름… 그까짓 게 뭐 그렇게 중요해?"

"이제부터는 '길 잃은 바람'으로 살면 돼. 그러다 '우직한 바위'로 죽을 거야."

"바람은 뭐고, 또 바위는 뭐야?"

"있어 그런 게."

수지는 얼른 입 밖으로 내뱉으라는 뜻으로 흘겨보았다. 그런 표정이 너무 사랑스러워서 조금도 숨길 수가 없었다. 어차피 노아는 숨기는데 재주가 없는 인간이었다.

"인디언식 이름이야. 인디언은 그러니까 비가 많이 온 날에 태어났다면 '비 내리는 아들'이 되고, 새끼 늑대가 가까이 있었다면 '아기 늑대와 춤추는 곰'과 같은 이름을 지어."

흥미로워하는 수지의 표정을 보며 노아가 이어서 말했다.

"삶을 살면서 겪은 일이나 꽃 피운 재능이나 죽기 전 이룬 업적에 따라 이름이 수시로 바뀌어. 바람으로 살다가 마지막엔 바위로 죽겠다는 거야. 경험이 많은 노인처럼."

"그래서 길 잃은 바람이 되시겠다?"

"응. 이미 길을 잃었잖아. 지금 상황에서 꽤 적당한 이름이지."

"그렇다면 내 이름은 어떻게 짓는 게 좋을까?"

"눈이 크고 흰 작은 고양이."

"아니야, 너무 길어. 난… '얼굴에 내리는 비'로 할래. 그동안 많이 울었으니까."

"의외다. 눈물 없을 거 같은데…"

노아가 중얼거렸다.

수지가 입술을 삐죽 내밀더니 혀를 놀려 입술을 정리했다. 입술에 맑은 침이 묻어났다. 하지만 쌀쌀한 날씨에 다시 말랐다.

"이제 바람 만났으니까 비도 마르겠지."

"과연, 바람이 비를 마르게 해줄까, 아니면 둘이 합쳐서 격동의 비바람이 휘몰아칠까. 살아보니까 인생은 무탈하고 편한 게 좋아, 격동이면 힘들지 않나…"

"잠깐, 차 세워줘. 우리 별 조금 더 보자."

수지는 조금은 떨리는 목소리로 말했다.

잠시 숨을 고르고 차를 세웠다. 해가 뜨기 전의 새벽은 하루 중 가장 검은 색이었다. 처음은 칠흑같이 깜깜하더니 눈은 빠른 속도로 어둠을 빨아들였다. 아까 본 별이 그대로 빛났다.

"이 별은 어디에서 봐도 다 똑같지?"

수지가 물었다.

"그렇지."

노아가 답했다.

"정말 좋다. 어디에서도 같다니."

"별은 언제 봐도 사람을 생각하게 만들어서 좋아."

"알아. 네가 죽었다는 전화를 받고나서 갑자기 네가 있던 우리 집이 싫어졌었어. 영역 표시한 것처럼 네가 냄새를 남겼잖아. 독한 냄새가 안 빠지는 거 있지?"

"내가 무슨 냄새를 남겼다고."

"기억 말이야. 그 기억이 빠질 때까지 떠나 있으려고 바다 보러 갔었어. 네 기억을 덮어야 했으니까. 예전에 네가 스치듯 말했던 오키나와가 생각났어. 조용히 생각하고 싶었거든."

노아는 고개를 끄덕이며 말했다.

"그랬구나. 가보니 어땠어?"

"오키나와에서도 시골 쪽으로 쭉 들어갔어. 1시간 넘게 달렸으니까 택시비도 꽤 많이 나왔지."

"역시 부자라서 택시를 타고 다니시는구나."

수지가 노아를 째려보자 미안미안, 하며 다시 이야기 하라고 말했다.

"거기서 가즈에라는 라멘 집 사장과 조금 친해졌는데, 둘 다 서툰 의사표현이었지만 신기하게도 이게 위로가 되는 거야. 마음의 문을 조금 열어 두고 그 사이로 이야기했어. 너랑 얘기할 때처럼 활짝은 아니었지만."

"응. 맞아. 서툰 언어는 중요하지 않아. 마음이 중요하지."

"너무 좋았어. 위로가 됐고 바다도 실컷 봤어. 그래서 호텔도 4주 동안 예약했거든."

"4주 동안? 꽤 오래 머물렀구나?"

"근데 왜 2주일 만에 돌아왔는지 물어봐."

"뭐야, 진짜? 2주일 만에 돌아 왔어? 호텔비 아까웠겠다. 왜 이렇게 빨리 돌아왔어?"

당황스럽고 놀란 표정으로 말했다.

수지는 약간 머뭇거렸다. 조금은 부끄러워하는 표정이었다.

"가즈에가 그랬어, 남자는 아무것도 아니라고, 사랑은 언제든 다시 시작하면 된다고 말이야, 근데 어떤 남자와 통화가 끝났을 때는 표정이 미묘하게 달라져있는 거야. 사랑 없이는 살지 못한다는 표정이었어. 그 표정을 보자마자 바로 짐을 쌌어."

별은 곧 사라질 것을 아는 듯 더욱 격렬히 빛을 발했다. 둘은 한참이나 말없이 서로를 쳐다봤다. 굳이 어떤 말을 하지 않아도 마음이 오고 가는 것을 느낄 수 있었다. 말이 필요 없는 사이. 침묵이라는 언어로 통했다. 먼저 마음이 부둥켜안고 섞였다.

노아는 다시 팔을 벌렸다. 수지는 아까처럼 노아에게 안겼다. 하지만 자동차 조수석에서 안겨오는 게 불편했는지 차 뒤를 힐끔 쳐다봤다. 마렝고 같은 SUV가 아니어서 공간이 좁았다. 그래도 운전석보다는 중간에 턱이 없는 2열 좌석이 더 편했다.

자동차 문을 열지도 않은 채 몸을 비집고 뒤로 넘어갔다. 노아도 뒤따라 몸을 구겨 뒷좌석으로 넘어갔다. 다시금 팔을 벌렸다. 체구가 작은 수지는 품에 쏙 들어갔다. 끌어당기는 힘, 인력은 둘 사이에도 작용했다.

수지의 정수리에 코를 묻고 등을 토닥였다. 아무 말도 하지 않았다. 왠지 말을 하면 안 될 것도 같았다. 그래도 될 것 같았다. 말이 필요 없었다. 마음에는 마음이라는 수지의 처방은 옳았다. 가슴으로 전해졌다.

수지가 먼저 고개를 들어 올렸다. 천천히 세게 얼굴을 밀어 올렸다. 입술이 그대로 닿았다. 입술을 떼지도 않고, 입을 벌려 따뜻함을 전하지도 않았다. 그대로 있기만 했다. 그리고는 작은 손으로 목과 어깨를 감싸 안았다. 수지의 작은 떨림과 긴장한 호흡이 맞물려 닿았다.

노아의 입에서는 짠 내가 났다. 입을 떨어뜨리지 않은 채 눈가의 물을 닦아 냈다. 쌀쌀했는지 코를 훌쩍였다. 숨을 쉬기 힘들었는지 수지가 입을 살짝 벌려 숨을 들이켰다. 입은 열었지만 어찌할 바 모르는 것 같았다. 코로 내쉬는 숨 내음만 얼굴에 닿았다.

노아는 어쩔 줄 몰라 하는 수지의 따뜻하다 못해 뜨거운 혀를 천천히 감싸 안았다.

사랑스러움과 섹시함이 동시에 와 닿았다. 노아는 강아지와 토끼의 매력을 갖고 있던 안나를 잠시 떠올렸다. 하지만 그래선 안 될 것 같은 죄책감에 휩싸여 머뭇거렸다. 동시에 안나를 만날 때와 수지를 만날 때 중에서 과연 어떤 모습이 자신의 본 모습일까 떠올렸다. 짧은 순간 스쳐간 생각이었다.

수지는 고개를 잠시 떼고 노아의 얼굴을 쳐다보며 말했다.

"뭔가 다른 생각을 할 때면 네 얼굴에서. 온 몸에서 표시가 나. 그 여자 잊지 않아도 돼. 계속 기억해도 괜찮아. 어차피 못 잊을 거잖아. 가슴 속에 묻었잖아. 그것도 너의 일부니까. 가끔 꺼내도 돼."

"순간 안나를 생각하니까 너무 미안해져. 이래도 되는 될까."

"나 안나라는 그 여자한테 질투 안 해. 지금의 너를 빚은 그 여자를 어떻게 질투해. 꿈에서라도 안나를 만나게 되면, 난 고맙다는 말부터 할 거야. 정말 고마운 사람이니까."

노아가 듣고 싶은 말이었다. 안나는 결코 지울 수 없는 사람이었다. 진정으로 고마웠다. 그의 표정은 죄책감에서 점점 안도감으로 바뀌었다. 그제야 자동차 안은 비와 바람이 휘몰아쳤다. 살이 부딪히며 내는 마찰음과 이따금씩 터지는 신음과 촉촉한 입에서 나오는 소리는 한 동안 차 안을 채웠다. 차 안은 금세 뿌옇게 김이 서렸다.

오랜 비바람이 걷히자 촉촉한 대지가 부끄럽게 얼굴을 드러냈다.

수지는 부끄러웠는지, 시선을 돌리려고 했는지 김 서린 창가에 손 가락으로 자신과 노아의 이름을 썼다.

노아는 거친 손으로 수지의 얼굴을 투박하게 닦아냈다. 그리고 한 번 더 꽈악 안았다. 그녀의 눈두덩이에 입을 맞추고, 헝클어진 옷을 주섬주섬 정리했다.

"이름대로 얼굴에 내리는 비가 됐네."

얼굴에 내리는 비가 말했다. 노아는 그녀를 한 번 더 안았다. 어 색함을 없애려는 비의 감각이 무척이나 귀여웠다.

"우리 어디로 갈까? 이제 여기서 벗어나자."

비가 물었다.

"나도 같은 마음이야. 생동감 넘치는 아침 바다가 보고 싶어. 살 아있는 반짝이는 바다."

바람이 답했다.

다시 시동을 걸어, 천천히 차를 몰았다. 자전거 속도보다 느렸 다. 조금 더 멀리 가면 반듯한 아스팔트 도로가 나온다. 거친 노면 에서 올라오는 흔들림이 좋았다. 작은 차는 바닥의 진동을 피하거 나 거부하지 않았다. 고스란히 받아 들였다. 노아는 그 덜컹거림 이 좋아 최대한 느리게 가고 싶은 마음이었다. 이 진동이 마치 다 른 세계에 진입하기 직전의 흔들림 같았다.

수지는 차 여기저기를 둘러보았다. 오래되고 낡은 작은 차엔 시 선을 끌만한 것이 없었다. 몇 번 휙 둘러보더니 볼 게 없었는지, 글 로브 박스를 열어 물티슈를 꺼냈다. 노아의 경계선과 영역에 거침없이 침범하는 건 여전했다. 그러고 보면 수지는 처음부터 노아의 세계에 들어온 침략자였다.

누군가가 선을 넘어올 때는 화가 나고 불쾌했다. 그런데 선을 뛰어 넘어 오는 누군가가 그립기도 했다. 수지는 노아의 선을 넘나들며, 선의 흔적마저 지워버렸다.

얼굴에 비가 묻었다며 능청스러운 표정으로 노아의 얼굴을 닦았다. 자신의 얼굴에도 비가 묻었다며 스윽 닦더니, 새로운 티슈를 꺼내 대시보드와 차 안 여기저기 먼지를 닦아내며 노아에게 물었다.

"근데 왜 이 차에는 이름 안 지어줘?"

"그냥 차에 무슨 이름이야. 이 차는 17만km 달린 중고차라서 곧 폐차 시켜야 해."

"그래도… 이 차 흰 색이니까 구름 어때? 인디언식으로."

"음……"

"구름을 타고 바람과 비가 같이 유유자적 이동하는 거야. 어때, 이름 예쁘지 않아? 이제부터 이 아이 이름은 클라우드야."

노아는 잠시 생각에 잠겼다. 무언가 골몰히 생각하는 척 고개를 좌우로 내저으며 말했다.

"이상한 꿈이 생각나. 예전에 이상한 꿈을 꾼 적이 있었거든. 기억 클라우드라고, 머릿속의 나쁜 기억들을 부분 삭제해서 행복한 기억만 업로드 해주는 꿈. 근데 이거 현실 맞지?"

"이게 다 현실이 아니었으면 좋겠어?"

"아니. 그 때도 그랬어. 상처 입고 아프고 힘들고 불완전해도 좋다고. 그게 나니까. 그게 사람이니까. 그게 인간적이니까."

"옳은 대답이야. 네 말대로 다치고 깨져야 인간이야. 고마운 표정 안 지어도 괜찮아."

노아는 자신만의 방식으로 어르고 달래는 수지에 대한 고마움을 도무지 말로 표현할 수 없었다. 얼핏 지나가는 표정만으로도 마음을 알아주는 것이 고마웠다.

"아이가 2천 번을 넘어져야 일어나거든. 우리는 이미 2천 번의 경험이 있으니까 앞으로 더 많이 넘어져도 돼. 일어나면 돼."

덜컹거리는 길을 지나 반듯한 아스팔트 노면에 접어들었다. 노아는 왠지 부드러운 길이 시작되는 게 아쉬웠다. 멀리서는 점점 어둠이 걷히고 차갑고 퍼런 새벽이 보이기 시작했다.

갑자기 수지가 손가락을 하늘로 가르키며 말했다.

"저기 봐봐, 새들이 V자 그리면서 가는 거. 비행기 날개보다 더 커."

지금껏 보지 못한 수지의 천진난만한 얼굴이었다. 높은 음역대로, 모든 감탄사를 냈다.

"와. 정말 경이롭다. 어머. 세상에. 어떡해. 이야."

하늘에 에어버스 A380, 보잉 747보다 큰 V가 움직였다. 그 뒤에는 작은 v가 뒤따랐다. 수지의 손가락이 새의 방향으로 같이 움직였다. 노아는 잠시 차를 세우고, 손가락 방향으로 시선을 돌렸다. 멋진 제복을 차려입은 열병식 같았다. 대단한 장관이었다.

새들이 만들어낸 V는 노아의 양쪽 입가를 힘차게 끌어올렸다. 치아는 보이지 않는 입 꼬리만 슬며시 올라간 미소였다. 수지가 고개를 돌려 노아를 응시하며 말했다.

"지금 표정은 정말 미묘해."

수지조차 가늠할 수 없는, 도무지 알 수 없는 미소였다.

"정말 처음 보는 얼굴이야."

수지가 의아한 표정으로 말했다.

그곳엔 가로등 불빛조차 다 밝히지 못한 짙은 안개가 있었다. 촉촉이 젖어있는 커브 길을 지나자, 흰 장막이 조금씩 걷히기 시작했다. 한 번 더 커브 길을 돌자, 장막에 숨겨진 표지판이 희뿌옇게 보였다.

순천만 2km

노아는 블랙홀을 빠져나와 새로운 우주로 들어가는 기분을 느꼈다.